周汝昌 著
周伦苓 整理

梦解红楼

中国工人出版社

自 序

提“梦解红楼”，也有一段鲜为人知的小故事：

1953年之秋，《红楼梦新证》在沪出版，顿时引发了海内海外空前的，也是名实相副的“轰动”。我那时在成都做教师，在外文系教翻译，老同窗许兄政扬就将北京的消息及时传给了我；其一叙写各种佳话时，讲到启功先生，说他见了《新证》十分高兴，表示“我要画一幅《周公解梦图》”。

原来，自古流传，西周文化创始人周公（陕西岐山周公庙遗址已发现镌有周公名字的甲骨文），是“演《易》”和“解梦”之大圣人（和孔子并称“周、孔”），民间有“周公圆梦”的书，说他能解译梦境的征兆意义。这是“解梦”的最早史话。所以启先生那时的一席话，即巧用双关的妙语——那“梦”，自然是指“红楼”之“梦”了。

如今因为这本小书命名，于是想起要讲“解梦”，当从这儿引起。

“解”，今日时尚语言似乎就是“破译”之意。报纸标题，为了“吸引”看报人，不时可见“解（揭）开××之谜”的措辞。但我这里借用此字，却不是为了“吸引”什么，倒是时常想着雪芹书中的原话：“都云作者痴，谁解其中味”，那个“解”，乃是“懂得”“理解”“晓悟”

之义，虽然也与“揭开”可以关联，毕竟侧重在神智上、文化上感受和领会一层要义，不是要引起什么“轶闻效应”。

先说明这一点，可免误会。

本书收录了大约80篇谈红说梦的随笔文字。回顾过去数十年所写《红》文，有些是“学院派”的所谓“论文”，学术性强，表达方式不通俗，带着“学问腔”，一般读者并不爱看。《红楼》文笔奇妙，需要“奇文共欣赏”，须有“每有会心便索然忘食之乐”，方是读《红》的真正享受处。因此，我也喜欢写这种文章，以为更适于遣怀抒感，更便于与读者沟通交流，共得其乐。

基于以上拙想，也承应不少读者报函，特别是女儿伦苓的提议，遂将适合这种性质、文体的历年习作尽可能地搜辑，由伦苓整理编纳于一帙之间，可省检觅之劳烦，可供“独坐”之遣兴，更可引发由这些浅显的生活现象、文化课题而进入高层次的思索和研求——那么，这个“解”就不是单方只由作者来“破译”什么奥秘，而是著与读双方共同“索而解”的事情和乐趣了。

还请勿忘：我们中华文化文学传统，从来最重“解人”这一词义。用今天的话来说，雪芹作书开卷不久就先关切着有无“解人”这件大事。“谁解其中味”，即谁可为我这《红楼梦》的“解人”？——即能读懂我之旨义精神的“会心者”？所以，轻下一个“解”字，实在太孟浪，太不自揣：我们有资格充当一个能“解”之人吗？

言念及此，惭颜自哂矣。

再者，“梦解红楼”，四字如此安排，亦颇费苦心。这种句法较为灵活，你可以读作“睡里梦里都在为红楼求解”，也可理会为“梦中说梦倍辛酸”（陈寅恪先生诗句），或者就是“梦想”“妄想”要强解《红楼》。若如此，这书名取得就更有自嘲语味了。

一位不相识的远方投函者，寄来一张明信片，首尾不具，只言：“爱读您的书，爱听您的课（电视讲座），谢谢您，辛苦了。”语少而情真，让我感动，让我鼓舞。

这样的“知音”遍天下，不能尽举；为了他们的热诚好意，我将自己这些拙文结集成编，聊为答报，料想定会得到友声，兼予切磋，不胜欣幸之至。

诗曰：

梦解红楼日月长，奇情异彩细参商。

零笺碎墨皆堪念，中有微怀一瓣香。

甲申十月小阳春写记

目 录

我与《红楼》有夙缘

我家与姥姥家都是“海下”养船的人家，母亲姓李，纯粹旧时家庭妇女，没有名字。母亲为独生女，当时她还没有赶上有“女学校”的时代，自幼深慕读书的堂兄弟们，偷听他们念书的声音，能仿效当时学生朗诵诗圣杜甫的五言律诗的声调——北方特色的抑扬顿挫的“美读”法。她因此发愤自学，竟能阅读一般的小说、唱本，也能学戏台上的唱腔。一句话，她是个酷爱文学艺术的村女。

重要的是，她有一部《红楼梦》。

奇怪的是，她的这部书（还叫《石头记》的版本）

竟是日本版！

我第一次看《红楼》，就是看母亲的这本《石头记》。

怎么是日本版？原来，这书是她堂兄（我的大舅）在她出阁之后，前来看她时，给她带来的礼物。那是清光绪二十三年（1897），母亲年方二十。那书后面印着“明治三十八年一月十三日”，是绿色布面，精装上下两册，带批语、绣像。

我那时太小，看不懂，就丢下了。

母亲却津津乐道，常提《红楼梦》的名字，讲给我听。给我印象最深的是她向我追述早先我家盛时的一些往事。我家曾有一个傍河依水的小花园，有小楼，有花木，大树很古老，百花竞放。爷爷很爱惜，也很得意，春秋花盛时节，各院年轻的女儿、少妇们，盛妆打扮，花团锦簇，到园中去看花。母亲追述这些，就是为了一句话：“那时家里的姑娘媳妇们，穿的，戴的，打扮的，真是好看极了！我们一群，一齐来到园子里，那真像《红楼梦》里的那么好，那么热闹……”

我听得很神往——可又似懂非懂。

但是，这种追述，对我来说，也就是一种熏陶。从此种下了很深的“缘”源因子。

我长大了，家境比母亲追述盛时的那年代更败落了，园子也被族中败家子弟拆毁，卖了“材料”。

我上大学了……沦陷了……重返学校了……我在校学西语，志向是精通外语，为了向世界介绍中华文化、文学名著——我在南开高中时英文成绩就过得去了，英译过冰心女士的小说……暗自立下一个志愿：准备英译《红楼梦》。我和黄裳（散文名家）是同屋同窗，每晚墙子河边散步，二人热烈讨论的主题不是别的———就是《红楼梦》。

经历沧桑，重返燕京大学，我已年龄“老大”，心情十分抑郁，郁郁寡欢。这时，四哥祜昌在家乡读三哥泽昌的旧书，因三哥少年时是个小说迷，当然也就有《红楼梦》等有关的“闲书”。四哥因而重看起《红楼》来了，对作者曹雪芹之为人发生了强烈的兴趣与求知欲，就写信给我，希望我对他（雪芹）作一番考察。

这一封信不打紧，却一下子引发了我这个早先读不懂芹书的人的极大兴致，一头扎进“红学”的无边乾坤里去了！

从那以后，我与四哥两个人在四十几年里，无有一时一刻不在为考芹研《红》而努力。什么困难险阻、挫折中伤，都没能使我们二人改变初衷，失去信念。

我与《红楼》的夙缘，始于家庭母教与手足之情，但更始于中华民族文化的极深至厚的培育灌溉。

再说我的母校燕京大学，没有那样的学术环境，我是无法做红学功夫的，特别是那座了不起的图书馆，凡是我想用的书，那儿几乎一索即得，那藏书太富了！可是，只没有《红楼梦》的好版本。后来，经过我的提议与张伯驹先生的努力，使得珍贵的“庚辰本”成为了馆中珍笈——彼时的情况，那种古钞本无一人重视，任其流落湮没，如不得入此名馆宝库，其命运真是不堪设想，难以揣量了。

“庚辰本”，我得见的先是一部珍秘的照相本，已在我得见“甲戌本”之后。“甲戌本”是胡适先生的珍藏，世间首次复现的乾隆精钞朱批、未经高鹗等篡改的《石头记》原本，中华无价之宝。我与胡先生素昧平生，斗胆借阅，他竟立即托小说专家孙楷第先生捎给了我，报纸包着，上以浓朱笔写我的姓名和“燕京大学四楼”。那年暑假，我与四哥拿定主意，为保护纸已黄脆的原本，全力经营，抄出了一部副本。

后来，北平和平解放之前，情势不可预卜之际，我想把这珍本交还物主，因为人家胡先生自从借与我，从未催询过一字，这种对一个陌生的学生的信任，世上少有，我不能做不道德的“攘为已有”的昧心之事，就专程送还。到了东城东厂胡同一号，出来的是他的长公子，将书收到手中，我不入门而告辞。事后很多年方知，那时胡先生正要坐南京派来的专机飞离北平，临走只携带两部书，而这部古钞“甲戌本”竟是其中之一!

以后，台湾首先影印了它。这年适逢甲戌年，乃“甲戌本”诞生240周年，台北寄来请柬，方知高校学府将于六月举行甲戌年纪念研讨大会。这不禁使我忆起了上述的种种情事。

我与四哥为了大汇校，写定一部真本，聚集了一些历年搜得的比较难得的本子，也包括胡适惠借的大字“戚序本”。未及“文革”，大约是“破四旧”时，四哥正在运用的那些本子全部被“抄”走了，至今不知被谁饱入私囊。母亲的那部启蒙的《石头记》，因为存在我处，却得以幸存，但是总不忍翻阅了。

我与《红楼》有夙缘。真是三生之幸。

借玉通灵存翰墨　为芹辛苦见平生

和红学结下因缘，从明确的意义讲，总在三十年代。二十年代的我，还看不懂《石头记》——开过几次头，都读不下去，只好掩卷收书而罢。但在初中时候，胡乱学写诗词，那种令和七言歌行，却都不是直接来自宋篇唐句，而是带着一眼可见的《柳絮词》《葬花吟》的影响痕迹的“学语”之作。其时年龄十三四岁至十五岁之阶段也。到了高中时期，是在有名的南开中学，和老同窗黄裳兄住同屋（那时还叫作“斋”，这宿舍名称包含着悠久而丰富的历史文化内容，饶有意味）。我们二人，志趣略同，都酷爱文艺，每日晚饭后，情意悠闲，风日晴淑，例至校外散步，直走到墙子河畔为度，饱领落日归鸦之趣，霞天散绮之奇。我们不光是走，嘴里当然在说笑，不知怎的，话题往往落到《红楼》上来。这毕竟所因何故，今天我已解说不清了。而且所谈的到底涉及哪些点或面，也是不能追忆的了。只记得曾论及一义：像《红楼梦》这样的中华文学精华，必须译成一部精确的英文本，使世界上的读者都能领略一二。于是，黄裳兄遂发一问曰：我们有“红学”这个名目，可惜外国还不懂得，比如，英文里也不会有这个字呀，这怎么办？我当即答言：这有何难，咱们就能造（coin）一个新字，就是“Redology”！他听了大笑。

此情此景，如在目前，而年华一箭，早是五十来年过去了。黄裳兄给香港报刊撰小文，好像也提到过我们两人南中晚步的往事（他指出我对研红的规模意度大致已具于彼时了），不过他未必涉笔及此——创造英文“红学”的掌故。至于“Redology”这个字，迟早会收入《牛津大词典》的，对此我曾说过我是深信不疑，无须多说的。

那是三十年代。我和他因九一八侵略炮火流离星散，不相闻者十余载。到我们再通信，已经是新中国成立了——那是他因见《燕京学报》上有我写的《真本石头记之脂砚斋评》一文，将其中一节文字（可能是第二节《脂砚斋》吧）转载于上海《文汇报》，来信告知于我，并附有晚报所刊读者撰文表示赞同的资料。他对我的研红事业始终关切，并且在每一个进展阶段上都以不同的方式支助于我——但我此刻要表的，还不是我们两人的学谊交期（因为实非数言可尽，须俟专文）；如今借此也可说明，我这个人，虽然确实比有的人是“余生也晚”，但比他们开始研究红学要早三四十年呢。

但《红楼梦新证》(以下简称《新证》)落笔却晚多了，实撰于1947年至1948年，当时被认为是一部巨著，倘若核实了，却只是一个学期的课余和两个暑假的时间。那真正是因陋就简，草草成篇。因为那时正写西语系的毕业论文，而题目又是向西方介绍陆机的《文赋》，所涉甚繁，本不能精心专注，一力研红，何况一个基础不佳、八年沦陷、学殖荒落的我，又怎能在此时此际写出比较理想的红学著作呢？然而就是这样一本书，也发生了不小的影响。红学界对它颇有一些评论，无论毁誉，当然都是对它的不弃和关注，志而弗谖；但能从红学史的发展角度来论述它所给予后来者（1953年以次）的影响的，却不多见。比如，研论红学史，而只会就事论事，就书论书——都是当作个别的、孤立的事物去处理对待，而不知道应该着重指明一部著作的来龙去脉，它的历史位置和作用影响，那就失去了史的性能职责。对《新证》的评价，最近却有周策纵教授的一句话，他说："自从'五四'时期新红学发展以来，经过许多学者的努力，我们对《红楼梦》和它的作者、编者和批者的研究，已进步很多了。这期间，周汝昌先生1948年起草、1953年出版的《红楼梦新证》无可否认是红学方面一部划时代的最重要的著作。"(《曹雪芹小传》序）这样的评价，我在别处是没有听到过的，自然也倍感惭愧；不过，周策纵教授是一位在国际上有声望受尊敬的学者，我们此前并不相识，用金钱、势力、情面等物向他索买颂语谀词，是办不到的。他那一句话，语有斟酌，字具斤两，包括着具体内涵而非一般泛泛之言可比，我虽愧难克当，却也仔细地想了一番，体会他学力与识力的高度。我以为，最主要的就是他不同于那些就事论事派，而是从史的角度（同时也是一种高度）去看问题，因此他第一点就指明：自从有了《新证》，现代红学才进入又一个新的时期。他实际是说：1919 年五四运动兴起后，新思想新文化的潮流把旧来通俗小说的身价提高了，胡适于 1922 年即进行《红楼梦》的考证工作；如从 1922 年算到 1951 年我将《新证》全稿交付出版者，正好经历了三十年的时间；从《新证》出现以后，红学（严格意义的红学，不包括一般小说学家对《红楼梦》的赏析评议之类）才真正向前阔步前进。只有从这一历史眼光来看问题，始见周策纵教授之洞明红学，深具史识。所谓划时代，就是说，如果没有某一种事物，就不会迅速涌现随它之后的各种事态的进展。《新证》所考明的事实与所提出的问题，引起了国内外的红学的重新兴旺，《新证》以后的红学著作，几乎没有一部不是可以在其中看得到《新证》的营养和启发的，包括那些驳难、攻击和毁谤《新证》的文字中所表现的红学知识和观点。周策纵教授用笔点出："汝昌在考证方面给红学奠立许多基础工作，在讲论方面也引起了好些启发性的头绪。"这都不是所有的人所能看到或者愿意承认的。

比如，搜集、整理雪芹家世资料而加以考订的，不自我始，但《红楼梦》的真正的时代背景，曹氏这个家族在清代史上的身份地位，曹、李两家与皇室的实际关系和他们承政局变故而遭受的后果，他们在政治、经济、文化等多方面的作用和影响，当时满洲统治的分化，满汉民族文化的汇合，以及所有这些时代条件所给予曹寅、曹雪芹的思想影响，《红楼梦》这部作品与艺术之所以出现——首先是它产生的可能的重要原因——这都不是《新证》以前的红学论著（胡适也好，李玄伯也好）所曾和所能认识或注意探索的。而在《新证》问世以后，有的人却好像“早都知道”，把它“拿来”当作“常识”似的谈讲起来，甚至夹枪带棒，倒打一耙。一比之下，周策纵教授的话，就显出那才是懂得历史的学者的眼力和态度了。

例如，《曹雪芹家世生平丛话》（以下简称《丛话》）一组文章，就属于方才所说的这一类。记得发表之初，鲁迅研究老专家杨霁云先生赐信鼓励，说：望眼欲穿，才得一篇续出！——那时每月登出一节文字。杨先生此后屡屡叮嘱，此文必须续成完篇才是。同时见赏的，还有四川大学历史系的缪钺、梁仲华诸位教授，梁先生特别来访，专谈他对此《丛话》的印象，认为能这样写法，是向所未见，评价甚高，并言：你应该写一部《康熙大帝》，为清史研究论文开一新生面。北京的叶恭绰先生，素未拜识，忽遣人送来手札及赠书，对《丛话》表示击节赞赏，至言：“又读一篇，不觉益为兴起！”说这是一项大事业，一定要写下去，因为所关甚巨，非仅为“红楼”一梦也。

此外，吴晗同志也以另外的方式表示过赞助。称奖、督促的读者很多。可是只登到第八节，报纸不知听见了什么话，突然变卦停止续载（开头的热情是向我每星期要一篇）。我就此停笔，转而事它了。从那以后，只续了一节《太祖舜巡》，而心情笔墨，迥异从前，全不对头了——果然杨先生看了就坦率地告诉我说：这篇不行了，大非当年之比了！这不仅他为之嗟惜，我自已也觉惘然。

当然，读者们所嗟惜的，未必是我一已的“江郎才尽”，而是事情的机缘条件。世界上的事，大约都需要钟期、伯乐，安得当时有赏音者大力支持，使我一气而呵成乎。

再举一种例。在红学上，我似乎成了“考证派”的“代表人物”，以为我是在“搜集史料”上做过一点事情的，“尚称丰富”云。但是说也奇怪，云南一位青年却投函来说：他读了所有的红学著作，觉得只有我是最注意探索雪芹的思想的研究者。说实在的，我听了这话，不能不有高山流水、知音犹在之感。我确实十分感慨，也十分高兴——我高兴不是因为听了他夸奖的话，是借此而证知，青年一代大有人才，我并不曾错料。他们有眼光，也有心光，看事深，见物明，并不像有些专家那样皮相。

提起这，可以举《雪芹小传》中的“正邪两赋”那一节，早先本是作为单篇写的，写是应邀，当时某重要文艺刊物的一位同志特来约稿。写成了，经手的同志非常欣赏，付排，编在首篇，可见重视。后来竟然不知何故取消。我于是收入《曹雪芹》作为书的一章。出版社看了，竟不敢做主，建议删掉。经我坚持，总算得以保留下来。书刚出以后，就有了在全书中特许此章的读者反响。最近重印，改订为《曹雪芹小传》，庚申岁不尽一日，收到湖南一位读者寄到的《小传》细批本，见他在“两赋”章的后面批道：“此篇是本书精髓所在。”并言欲理解红楼，此为途径。对此，又怎不令我再三慨叹呢。又如《新证》中《本子与读者》的第七、八、九、十这最后四篇文字，其精神意度之所在，有的人读了全然不能理会，可说是茫然木然，引不起任何“感应”；而另有读者特地前来对我说：“一部《新证》，我读了最得意的是《本子与读者》

最后四篇，特别是《试磨奚墨为刊删》！”他的意思是这种文字是别处所看不见的——也即此“才是《新证》的真精神所在”。有的人对考证一味表示他的讥嘲和轻蔑，说实在的，我怀疑他是否真看清楚了考证文字都是什么样的。这也正如《曹雪芹》这一种力图勾勒出雪芹生平遭际的精神面貌的论著，也曾被人看成只是给《新证》“补充一些资料”而“更为芜杂”云云（当时海外学者对此书的具有分量的评价，国内知者无几）。知与未知，识与不识，表现在人们之间的差异，还能再比这巨大吗？

又如《曹雪芹所谓的空和情》，也属于上述这个主题范围。它仍然很粗糙，但是提出了关系到理解《红楼梦》思想的根本问题，其实，我从多个角度、多个方面来考察探索曹雪芹的种种，中心目的便是为了了解这一位奇特人物的思想和心灵。我的一切考证和论述，都是围绕着这一中心而进行的。知我者，二三子。能看到这一点的，却是在普通读者当中大有其人。

没有上述一层道理，有许多话（篇、章节、段落）我是不会平白无故地写它的。一些编造的传说，一批伪托的资料文物，因为它们都极拙劣地歪曲雪芹，所以我强烈反对。程、高的伪续后四十回，更是歪曲雪芹的极严酷的恶毒货色，所以我更强烈反对——以致时时有人站出来替程、高喊冤叫屈，说我“不公平”“偏激”“罗织”“深文”“极左（！）”……总之据云程、高手笔诚然不及雪序，但是别的没有什么大问题。我不禁万分诧异：这些好心的同志，为何不见他们以同样的“正义感”先替雪芹打抱不平一次呢？！不妨说，这一斥伪尊真，是我的红学的全部主题内容，而且观点明确了，别的都可以靠后再谈。

我对雪芹原著八十回以后的情况，最感兴趣——说“兴趣”就显得轻了，其意义实极重大。斥伪，与返本是事情的正反面。从这个角度来看待我对全书回数的推断，以及一百零八回书中每九回为一大段落的组织结构法的讨论，就不至于觉得离奇。与此相关联的是对现存八十回内的重要线索的正确理解问题。我对“双星”和“金玉”的两篇探讨文字，似乎可以为“理所当然”的旧解（误解）推扩出一点新的思路境界。我觉得这一方面在目前红学界成绩最不显著，应多加倡导，尽早地从原地踏步、冷饭充新的老局面向前迈出新步子。

千枝一树，百派归源，不惜反复强调：要想理解《红楼梦》，先得理解曹雪芹的处境和思想，也就懂了他的小说，两者是如此地紧紧连在一起，其间关系，并不同于罗贯中之于《三国》，吴承恩之于《西游》等类。忘记这一点就容易只顾枝叶。有一位老教授到香港讲红学，他曾向我戏言，我的《红楼梦新证》应“正名”改作《红楼梦作者家世新证》才对。而他的红学观点实质倒是认为自传说是“有道理的”。（他的意思可以说是“带有假话的自传说”……）在追本溯源的问题上，他仍为一种错觉搅扰着：像《红楼梦》这样的小说，也同样是打开书本、就书论书，才是正经；说了半天，也就仍然是不必考虑从这部小说的具体特殊情况出发而作出具体的研究分析。我自己的看法是：如果你真的了解了曹雪芹的一切，《红楼梦》中的很多问题总是不讲自明；如果你不了解曹雪芹，讲《红楼梦》也讲不明白，讲不深切；到目前为止，对雪芹的研究了解还极不够，大量问题没有解决，研究工作绝不是太多了。

说也奇怪，对李白、杜甫，对汤显祖、洪昇……没有哪个出来说研究考证“太多”“太细”了，唯独一涉及曹雪芹，事情就七嘴八舌起来。难道不是头脑作怪吗？若说我与有些同志有“分歧”，不过在此点而已。

与此直接相关的是曹雪芹的处境心情和写作态度。尽管脂砚斋早就再三明白告语：“字字看来皆是血，十年辛苦不寻常”“滴泪为墨，研血成字”“所谓此书是哭成的”，可是还是有人把他泪写血书的“小说”和别人的续作相提并论，以为他会有心情作无聊的胡扯。再就是还总把这位惊才绝艳、异常高明的文学大师的心灵手笔看得轻易等闲，甚至有时还以戏笑的眼光心理对待《红楼梦》，与伪续的极其拙劣俗恶的思想感情、文字笔墨放在一起时，竟然不能敏锐强烈地感到其间的巨大差别，因而说什么伪续后四十回还是出于雪芹一手所作——至少是程、高之流在雪芹原著、残稿的基础上“加工”而成的，云云。我忍不住要直言：在学术问题上，见仁见智，百家争鸣，还可以理胜者服众；在精神境界、文笔水平问题上，如果对高下优劣的感受上差异太大的话，那是连“讨论”“商榷”也无从说起的。这个问题其实也不新鲜，古人在这方面的话头是够多的了。上面说过的每当我替雪芹稍申不平时，必然有人出来为伪续者鸣冤吐气，甚至以棍子、帽子的某派“文风”来加我以罪名。此事初觉奇怪，后思也无甚可异，他们所真正关心、欣赏的既然早已不再是曹雪芹所写的这部作品了，我们再要多谈，岂不是牛头马嘴，“君向潇湘我向秦”，有什么意义可言呢？

有一位老篆刻家自选佳石，为我制成一块镇纸，问我要刻上什么词句，我说别离开我的“本行”本色最好。承他仿汉砖字法镌赠十四个字，文云：

借玉通灵存翰墨　为芹辛苦见平生

现在借这一联来结束本文，未知可否，也算对景切题吧。

自 1981 年秋日开笔，百端杂事楔入，有时写几行即须中断，或者间旬不能续写一字，以致全不成文，甚至全文内容、笔调，也和下笔时的设想不相一致了。读者谅之。壬戌暮春三月。

不悔——知愧

我还是服膺曹子雪芹的话："愧则有余，悔又无益。"八个字像是只不过一两层道理，其实却是千回百转、回肠荡气的人生感叹。不是不悔，若真的不悔，那愧又何来？其愧既又有余，则其悔之深可想而知矣。然而，悔到底是个"马后课"，比及知悔能悟，事情早已明日黄花，成了"历史"，故曰无益。俗话还常说"追悔莫及"，是以万人能悔，虽是好事，毕竟那万人已然做成了至少一万件错事坏事了。呜呼，岂不可悲，岂不可痛！

这么说，其实还是一层最浅的常理。倘若细究起来，雪芹是个大智慧者，他那话涵蕴的内情恐怕还深还厚得多。那“无益”，也许并不是顽固不化、执迷不悟、死不回头；而是这种悔者，本来丝毫没做什么错事，倒是做极高尚极善美的事——可结果呢？做错事坏事的万人都功成名就，位高禄厚，扬扬乎自得，而这个做好事的曹雪芹，却落得“万目睚眦，众口嘲谤”，一生忍辱负垢，受尽了欺侮贬抑，诬陷伤害。雪芹之知悔而又曰无益，盖深嗟人世之险恶，天道之不公。把他那无比沉痛的话看浅了，读错了，则是更加可悲，更加可痛！

我常常为此而自己忧愤，世人待他太浅薄，太恶毒了。心里十分难过。

只因这么一点痴念，我自己也走上了一条可愧可悔的狭路。

我不幸之至——当上了“红学家”。

甲子（1984）那年，我作过一首《自咏》的自度曲，幸有存稿，其词曰：

为芹脂誓把奇冤雪。不期然，过了这许多时节。交了些高人巨眼，见了些魍魉蛇蝎；会了些高山流水，受了些明枪暗钺。天涯隔知己，海上生明月。凭着俺笔走龙，墨磨铁；绿意凉，红情热。但提起狗续貂，鱼混珠，总目眦裂！白面书生，怎比那绣弓豪杰——也自家，壮怀激烈。君不见，欧公词切。他解道：“人间自是有情痴，此恨不关风与月。”怎不教人称绝！除非是天柱折，地维阙；赤县颓，黄河竭；风流歇，斯文灭——那时节呵，也只待把石头一记，再镌上青埂碣。

您看这支曲子，可不算短，该说是个大曲。它说了那半日，到底说个什么？那中心焦聚，正是个悔与不悔的问题。因为这实在合题对榫，我才引录于此，以见我这拙文，并非随时就题托寓，真是在自家胸中，思量已久了。

这支曲子，分明说的就是一个悔，一个不悔。说悔，那语气好像是受了那些魍魉蛇蝎的那么多明枪暗钺，可谓遍体鳞伤，若不当“红学家”，何至如此？是则悔之之意存焉。说不悔，那语气也不为不强了，为了给雪芹脂砚洗雪奇冤，受了这等人的欺辱伤害又算得什么？倘若因此而悔，一切都不值一哂了，也把雪芹的价值给拖下不少。我怎么能改易初衷，向魍魉蛇蝎投降呢？

所以，始终不悔，永远不悔。

这一不悔，是永恒不变的。我将继续承当一切明枪暗钺的惠然垂顾。

欧公的那十四个字，见于他的小词《玉楼春》。我以为，把它摘取来移赠雪芹，最是贴切不过。雪芹是我中华最崇高最伟大的情痴，但他的小说（原著，不指一百二十回程、高伪续本《红楼梦》）绝对不是为“风月”而作。他的情痴，已臻极处，应尊之为“情圣”才更对。但是，痴还是一个关键的字义。此痴，非本义“不慧”之谓，相反，那正是大慧若痴，如同大智若愚之理。痴方能执著，方能锲而不舍——方能无退，即不悔。

雪芹明示吾人：愧则有余，悔又无益——其不悔之教，可谓至矣。

小说里的贾宝玉是谁？有人说就是雪芹自己的化身幻影，有人说与雪芹无关，是张三李四的“集中概括”。唯鲁迅先生明言不讳，一曰贾宝玉的模特儿是曹雪芹，再曰雪芹是“整个儿的进了小说”。我愿意听信鲁迅先生的话，他不开玩笑，也不背教条。那么，您看雪芹怎么写宝玉？他为了蒋玉菡的事，为了冯紫英的事，为了龄官的事，为了金钏的事（还有隐在字里行间的某些人的事），遭到了一场几乎致命的毒打，及至黛玉慰问他“你从此可都改了罢”，他却长叹一声，简短地回答：“你放心，别说这样的话。我便为这些人死了，也是情愿的。”

这声音，也就是雪芹的回答别人劝他逼他放弃写书的声音。

他又何尝悔，悔什么。因他自知并没有做坏事或做错了事。

“风月”是表面。“这些人”也绝不是一个人，是一群人——即一类同型之人。一部《石头记》原计划是写一百零八名女子英豪——如《水浒》之写一百零八条男子好汉。正所谓“千红一哭”“万艳同悲”，即是此义。

然则，他又悔个什么呢？

雪芹的诞辰是首夏芒种节四月二十六日，他在书中用明笔暗墨巧妙记明，但世人不悟。我有一首拙诗咏怀写道：

今日芹生日，萧然举世蒙。

寿君谁设盏？写我自怜工。

万口齐嘲玉，千秋一悼红。

晴蕉犹冉冉，甄梦岂全空？

在万口嘲谤、千夫所指的压力下，他为了“悼红”，毅然不悔。他是位不世出之异士奇才，而无人正识，反遭诬谤。我们这些通常的大俗人，休言“望尘”二字，可人家为了那么崇伟的目标都能不悔，咱们又所悔何事？

无悔，不悔，难悔，也拒悔。

可是悔与愧常常相联，如有不解之缘；揆其缘由，大抵因愧生悔，所悔即所愧，二者一也，本不可分。反过来，能推衍出一句不悔即无愧吗？然后再言悔与不悔。

扪心自问，我做了“红学家”，一面无愧，一面有愧。

无愧者，从四十年代一开始，我就是只知为了芹脂奇冤须雪，不知有它。那时是个青年学生，写了第一篇“红学”文章，连“发表欲”都没有，就压置在纸堆中，自然更不懂发表了还有“稿酬”。至于凭借着这个冷门兼热门的“学问”竟也可以升官发财，当上什么“长”之类，还有公费旅游的条件，可以到处用假头衔去招摇撞骗……当然更不曾梦见。所以也没有排挤别人、打扮自己的意图。很纯洁，很天真。

在这一面，无愧。暗室无灯，也没怕过会有鬼来报仇问罪。而且直到今天，还是如此。

然而，另一面则抱愧实深，想起来时，觉汗颜内疚。这就是：我自知并没有充当红学家的真实的德才学识。如果在这一点上我不自揣量，那真是不知愧耻之尤了。

记得似乎是曹子建说过一番比喻：须有美人南威之色，方可以论姿容；须有宝剑龙渊之利，才堪以议断割。每诵其言，辄生愧心。又闻

《文心雕龙》著者刘彦和大师曾说：“夫麟凤与麇雉悬绝，珠玉与砾石超殊；白日垂其照，青眸鉴其形；然鲁臣以麟为麇，楚人以雉为凤；魏民以夜光为怪石，宋客以燕砾为宝珠：形器易征，谬乃若是；文情难鉴，谁曰易分？”雪芹是麟凤珠玉，是龙渊南威——而我是个大俗人，大陋才，大卑识，大禄蠹——我会有资格来对雪芹说长道短吗？

岂非笑谈，岂非神话？

实实愧煞人也！

说到这一层，就须识得雪芹和他的书，具有几个层次的巨大的悲剧性。一是雪芹这个人的遭遇的悲剧性，怀才沦落，不为世容。二是他的书的悲剧性，那是为了千红万艳同悲一哭的博大思想襟怀，却被伪续者篡改歪曲而成为一男一女、哥哥妹妹的“爱情不幸”“姻缘未遂”，才子佳人，被“小丑”拨乱破坏了的大俗套。三是此人此书的身后命运的悲剧性，第一流大学者、高人卓识，不屑不肯来为之研讨论著，却把“红学”的重任落到了像我这样不学无术之人的手中笔下，由白日青眸，而鲁臣宋客……呜呼，岂不愧哉，岂不悲哉！

知愧，知愧。这愧，是为了自励自勉，努力提高与充实自己。龙渊南威，这辈子是无望了，但还妄欲高山仰止，景行行止。所以这愧，并不由此而生悔。这道理是明白无误的。

知愧，不悔，无“矛盾”可言。知愧是为了鼓舞自己不断努力，使可愧者逐减，也为了与那处心积虑挤抑于我的比赛“本钱”。不悔，是为了增强勇气与体魄，以便抵挡那些与日俱增的明枪暗钺，承当伤害。两者都是积极的。友人说我“竞技状态”总是良好。

但近来，不时传来各地友好关切的声音，有的说:“读过某刊，时有与您毫无干涉的事，也会贼贼咕咕地捅一刀。”表示慨叹。有的说:“请多珍重，一些不入耳的话，不必多往心里去。”我着实感动，感激他们的不敢明言多言而又不忍不言的苦心蜜意。我拿什么来报答这些善良的心田呢?

可怜，没有别的，还只是四个平常的字:知愧，不悔。

鲁迅先生当年也说过一段话，大意是:世界是大家的，不是谁一个独占独霸的，我也要来逛逛——“潇洒”一回，咱有这权利。

我们中华汉字奥妙无穷，悔是“每”加上“心”。“每”加“日”为“晦”，加“雨”为“霉”，这都让人不起快感好感。那么，悔的心情应是黯然低沉的了。但是，“每”加“文”为“敏”，加“充”为“毓”，却是吉祥繁茂的境界。“每”加“木”为“梅”，加“水”为“海”，那就更是不黯淡不低沉。我是决意不悔的，但万一有朝一日被逼得非写“悔书”不可时，那个“竖心”里也会隐藏着木和水，只觉寒香挺秀，浩荡汪洋，还是光明磊落。“红学”的本来境界，即是如此。是以悔与不悔，总归是如木长春，似水常流，不枯不涸，因为真红学是永恒的生命，无尽的时空。

甲戌深秋，写讫于燕都东皋。是年为“甲戌本”之二百四十周年，雪芹诞生之二百七十周年，逝世之二百三十周年。

不离本行

我能为《书香集》写篇小文，实在打心里高兴——说真的甚至有点儿荣幸之感，所因何故？就是我还能与书沾点边，这确是一桩大事。不过您也不必误会，倘若将来有《铜臭集》问世，那时未必就一准没有我的大作收进去，因为人会走运，说不定我也发了洋财，成为"十万元户"，一脱寒酸之气——谁知道呢！

世界上最聪明的人不暇去讲什么人品道德这类虚无缥缈的名词，专讲香臭得兼，先弄点儿书，必要时他偷都"可以"——然后凭那资本去骗钱，也能，不，才更能"饮誉"海内外。在他看来，书名取作铜香书臭，是同样十分美好惬意的。

但是咱们的洋财还没发成，所以仍旧守这一点儿本分——先为《书香集》点染篇幅。

我不喜欢写“就事论事派”的文章，因为那其中什么联系都不在考虑之下，孤立地“论”起来，以致那“事”就成了游魂幻影。比如拿书来说，你不讲论它产生的时地、背景、思潮、风气、人事关系、特殊关系等一切，就来“说书”，那是书铺记流水账，很难成为“读物”。咱们《书香集》不宜开账单，莫效“著录家”，恐怕是主编先生的一项基本要求。如所料不致太差，那么拙文的书香气味不管多么浓郁，也得容许夹杂着一些（适量）看上去是题外之言才行。当然，书香也似梅馨，“疏影横斜水清浅，暗香浮动月黄昏”，方是真梅之境；你若弄上巴黎的什么牌号的“系列”香精超级化妆品，梅就成了时装模特儿了。所以，书之为香，不自外来涂抹，而是本体内生。准乎此，书也有臭书，无待“考证”而可知。就是香精洒多了，也会物极必反，杂以狐臭，那可是世上最难闻的气味。——这么一来，为《书香集》写文可不是容易事。

古时的秀才，写卖驴券，三纸犹不见“驴”字。咱们不能三纸不见“书”字，但也很难走向另一极端：句句都见“书”名。天下书多，汗牛充栋，我想了半天，结论还是谈谈《红楼梦》，别的书，让它靠后一会儿。

现在有的人发《红》财，吃《红》饭（社会舆论如是云），曹雪芹贫困一世，作品却也可以转化为铜臭，思之未免堪悲。但是《红楼梦》并非靠“系列化妆品”而生香，这一点是无须乎再调查研究的，因此谈谈它，满有理由。

《红楼梦》这部书，香在哪里？馥于何处？有人以为，它专写女子裙钗，所以香生于脂粉。你看，这和“系列化妆品”虽有古今之别，实无本质之差。世界上，写女人的书可多哩，未见得一概都香。雪芹之书，满纸生香，却不是只因他专写“闺友闺情”。其故安在？他安排好让书中人读《会真记》，他特意点出，读完了，不但手不忍释，而且“余香满口”。于是我就要问一句：这香，究竟是什么？既谈书香，必须回答这个问句。

有人又即答云：这是指词句的华美，情事的香艳，有何难解之可言？看来，谈咱们中华文化，就是中国人自己，也是颇为复杂麻烦的事情。对于雪芹写下的这个字眼，理解认识起来，就“士各有志”“人异其趋”了。

上面我出了个难题，如何解决？定然也得像大观园中姊妹们向史湘云说“请君入瓮”，由出题的人自己作出这份考卷。幸而我早有准备，遂尔答曰：雪芹所说的读了某部好书，竟会“余香满口”，那香不是别的，就是中华文化最独特最美好的一个特点特色：诗，诗的境界。

《红楼梦》不是小说吗？是小说，又不是小说。小说是形式，本质如果也只是小说，那它如何会与别的一万部小说都如此不相类似？你想没想过这其间的道理？

拙见以为，雪芹之书，貌似小说，实为诗作。他的小说，本质是一篇很长的诗——中华民族式的抒情诗。

这不指书里起诗社、联句、分题等，那也只是一种形式。我指的是诗的观察，诗的体会，诗的感受，诗的表达，诗的境界、气质、韵味。

没有这个，《红楼梦》将是一个空躯壳，不会具有那般奇特的魅力。

所以我说，我们读《红》，也像林黛玉读《西厢》，只觉余香满口。这香，不是乾隆时代的香饼子、香串子，也不是“引进”的“系列”品，这香，说是书香，却是诗香。

曹雪芹为何以小说的形式来写诗，或者说他为何以诗的素质来写小说，这问题也要解答。我在另外一文中曾说过一段话：

> ……他（按指雪芹）以诗人之眼阅世，以诗人之心察物，以诗人之情待人，以诗人之笔摛藻——这才产生出一部与在先的小说大大不同的《石头记》来。这部小说的许多特色之中最大的一个，就是那种浓郁强烈的诗的气息与境界……
>
> 在这个新的角度上，我们似乎可以说，大诗人曹雪芹，在传统的诗的篇幅容量中，已然难以找到足以驰骋他的才思的原野（他在前八十回书中最长的韵语不过是两篇五言排律“联句”与一篇四六兼楚辞体的诔文，可以说明一些问题），因而他要转向一个新的疆域去寻求适宜他的才情思致的广阔幅员，于是，他决定了用稗官野史的体形来驻藏他的诗的自传的灵魂。其结果，竟是出现了如此惊动万众、具有异样魅力的《红楼梦》。（见《〈红楼梦〉与中华文化》）

如果我的这种看法有其“合理成分”，那么在《书香集》中不谈谈这部“诗小说”，岂非莫大的憾事？

研红良不易　一得贡真愚

红学本不是我的“本行”，开头的时候自然也是偶然从事，谈不上什么“事业”之心。但是由于进程发展很快，认识随之而不断地相对提高了，这就有了感受。如今试就其大端，粗略敬陈愚见，聊为野芹之献，或者可以从诸般不同角度和意义上提供少许借鉴之资。

我想叙列的第一点，就是治红学不是搞什么小玩意儿。它的研究对象不是一个“小盆景”的事。屹立在你面前的是一座崇光巨彩、奇丽异常的大建筑。曹雪芹是何许人？我的意思是：他是大思想家，大诗人——然后才是大“小说家”。他是十八世纪前半期我们中华民族所出现的一个最伟大的头脑和心灵！说他的《石头记》批评揭露了旧中国旧社会，固然没有错，但是我以为这样认识又是不全面不深刻的。因为仅仅这样看他，就丢掉了很重要的另一面，那就是我们伟大中华民族的精神境界、文化水平。不认识这种头脑和心灵所代表的是什么，就会只见其小善而昧其大美。基于这样一个认识（如果它是不太谬误的话），那我治红学的总目标当然就是一切工作都拱卫着它，以它为最终极的高山仰止之点而努力地景行行止。

因此，我时刻不忘记它。要记得这是个绝“大”的题目，真正是一件“大”事。任何“小化”之都是对这部书的严重歪曲。比如，从昔至今，有很多评价者（不但指文章议论而言，也包括各种艺术形式的移植、表现……）把曹雪芹的著作说得不过是表兄妹二人的一段“爱情悲剧”，因而读者（包括观众）也受了这一模式的先入为主的影响。在我看来，这就是极严重的“小化”，退多少步讲，也是以局部为全部的一个很大的错觉（这原因，受程、高续后四十回的欺骗是主要的）。我从二十多岁涉足红学领域，即绝口不谈“宝黛爱情悲剧”，有的朋友说这也未免过于矫枉了吧。但我以为，总在“爱情悲剧”的圈子里打转转，尽管也有“反封建”的说辞为之尊题，为之立义，但终究是无由以窥雪芹的头脑之至大，心灵之至美。

所以我主张，治红学，尽可细处入手，但要大处着眼。此为第一要义。

跟着的，就该问了：雪芹思考的大问题到底是什么呢？说它“大”，又大在何处呢？

流行的说法，以为“宝黛爱情悲剧”是其“大”处。然而鲁迅先生早在 1925 年就说过了：

中国婚姻方法的缺陷，才子佳人小说作家早就感到了，他于是使一个才子在壁上题诗，一个佳人便来和，由倾慕——现在就得称恋爱——而至于有“终身之约”。但约定之后，也就有了难关。……实际却不容于天下的，仍然免不了要离异。

《红楼梦》中的小悲剧，是社会上常有的事……（见《坟·论睁了眼看》）

你看鲁迅的锐利眼光和笔力，不是抉示得一清二楚了吗：要论“爱情悲剧”而含有“反封建”意义的，才子佳人小说作家们早就认识到而且表达过了——然而这，先生的意思是：不过小悲剧而已。那么，所谓“大”又何而有哉？！

在《红楼梦新证》增订本后记中我说了一段话：

（高鹗伪续将雪芹原著的）一切矛盾冲突，通通化为乌有了之后，小说怎么续下去——而且为了不致暴露是假续，还必须照顾前八十回的线索。高鹗是很聪明的，他转移目标，改换重心，看准了佳人才子因“终身大事”而弄出了一些波澜——是历来传奇野史中并不罕见也并不难以“处理”的东西，于是遂抓住钗婚黛死这一点，大做其掩饰耳目的文章，这样果然效果不差，使人们忘记了其他的一切，这就是高鹗将一部《红楼梦》"改造"成一出"爱情悲剧"的巧妙手法。

我的这一看法，不是随随便便地得来的——更不是"生而知之"，是经过了多年不断的探研作品本身，还包括尽可能地了解围绕着《红楼梦》前后左右的各种事物，这才逐步看清了的。

这可以说明，我不认为把《红楼梦》孤立起来，就《红楼》而论《红楼》，就可以把《红楼》的问题弄清楚。必须懂得"红学"以外的很多东西，并且明白其间的诸般事相的来龙去脉。

那么可见，依愚意而言，《红楼梦》之"大"，既然绝不在"爱情悲剧"，则定然另有所在。我在另一处，又说过一段话：

曹雪芹心目中最关注的，是"人"（或者说人物）的问题，而人的出现，他所能发生的作用和价值，以及他的命运，则尤其是他关切中的关切点。

在曹雪芹时代，还没有"社会"这个名词（连带它的概念），但是我们又分明可以看出曹雪芹正是从社会的角度和关系中去认识了"人"的。

他分明考虑过宇宙、世界、人生、国家、政治、道德、宗教、伦理、制度、风俗……他确实考虑得极多，而且似乎想要得到一个哲学的理解和解决。他把小说的开头引到娲皇炼石补天的神话上，说来虽近荒唐，细语则深有趣味，说明了他落笔之先，已然有了一种思想认识，而其中之味，是须要读者细语才能理解的。换言之，曹雪芹不仅是要传写“闺友闺情”，记述“悲欢离合，炎凉世态”，即反映社会生活和人物，而且是要通过这个形式来表达他自己的哲学思想。(《曹雪芹小传》)

一旦达到了这样一种认识，我自然更加注重考察曹雪芹这位作者的时代环境、家世生平，因为只有从这些方面才能更好地理解他伟大的头脑和心灵之所以形成。

当然，我也并没有撇开小说本身的事情——并不像有些人认为的那样：我只愿研究作者而无意分析作品。只不过“宝黛爱情悲剧”始终不是我的兴趣集中点，他们便产生了错觉。我首先提出的是补天被弃、“邪正两赋”这些从来为人轻忽的问题。我不知道我对“补天”思想的解说是否正确，无论如何，从那以后的很多议论“补天”问题的，尽管解释种种不同，但沿流溯源，显然多由拙文而引起。

同“爱情悲剧”一样，我也特别不赞成“色空观念说”——用这一认识去解释《红楼梦》，其影响至今犹在，并且还要从此来“批判”曹雪芹呢。事实究竟如何？照我来看，曹雪芹是用一个“武器”同三方敌对作战，这武器就是“情”。第一，以情反理。所以《红楼梦》开头就表示：此书乃是“适趣闲文”，而与“理治之书”相为对待。第二，以情反礼。所以脂砚斋的批语揭示明白：“宝玉重情不重礼。”第三，就是以情反空。

怎么说是以情反空？盖佛家讲空诸一切，首先得空那个情——以为情是诸般幻象、种种苦恼的总根源，情既断尽，自然一切乌有，万境归空。而那位“开辟鸿濛，谁为情种？……趁着这奈何天、伤怀日、寂寞时，试遣愚衷——因此上演出这怀金悼玉的红楼梦”的曹雪芹，却字字是情，句句为情，书末列出“情榜”，全书就是“大旨谈情”。试问，这非“以情反空”而何？万事莫看“字面现象”。这一点，我在《大连师专学报》1982 年增刊卷首《出席辽宁省第四届红学学术讨论会发言追述》中为答复同会者的提问而作了较为简洁的解说，代表了我对“色空观念说”的异议见解。

与此紧相关联的问题就又落到了“情”在雪芹书中究竟何指？是否即是十分狭隘的“男女之情”（鲁迅已指出：我们本来叫“倾慕”，现代化之后叫“爱情”了）？这一点，我已在《曹雪芹所谓空与情》一文中详加论述了，通过分析，阐明了曹雪芹所写的“情”是一个十分博大的“情”，那并不是像许多人讲的那样，只是男女的爱情——譬如张君瑞与崔莺莺、柳梦梅与杜丽娘等同一性质。并且第一次对“意淫”这个重大题目作了解说。雪芹的这种情，其实是在传写“闺友闺情”的现象下而抒写人与人之间应该有一种什么样的关系，人应该用什么样的心情态度去对待别的人，我以为这才是曹雪芹的小说真正的伟大之所在。把这种伟大“小化”了，甚至误认了别的才是《红楼梦》的价值意义，岂不是一种绝大的错觉与损失？

以上种种，是想说明一个基本点：我做了若干各式各样、不同方面的探索工作，中心目的只有一个，即是为了弄清上述的雪芹思想如何产生、发展，如何表达、传布……的一系列问题。说到最终极，一切考证、论辩都是为了达到这个中心目的的手段。

由于我所注重的是作家表现在作品中的思想内涵，而不是书中人物的“谈情说爱”，所以我对考察作者雪芹特别关切，特别用心。由这里产生了几个问题：作者与书中主人公的关系是怎样的？我至今仍然认为曹雪芹是以他自身的经历见闻作素材而创作的。了解这样的小说，更需要对作者的时代背景、家世生平作极大努力的探研，一切都必须摆到历史的特定环境中去观察和理解，这样才不致从抽象概念出发——转一个圈子回到抽象概念。一切真理总是具体的，所以要实事求是，《红楼梦》到底是怎么一回事？只能从事实出发来求得解答。其次，我用的办法是：多角度，多渠道，多关系。这“三多”，是我努力探索目标的办法，我不喜欢只“跑单线”，只懂直接，只讲表面，那样连一般事物也很难掌握其真相，更何况像《红楼梦》这么特殊而又复杂的事物呢。

说到这里，读者大约会更能理解我开头就说的必须有卓越的诸般门类学科的专家们共同组成“研红班子”的意思了。因为一个人，越是深入研究《红楼梦》，越是感到自己的学识水平的严重不够，这实在不是某一个人的“独家经营”的事业。谁要存着这个念头，谁就是根本不想尊重《红楼梦》，只想“尊重”他自己。

由于我不喜欢“就书论书”——就流行的百二十回本这个“客观存在”来讲《红楼梦》的思想艺术——因为那样是不区别真伪，搅一锅糊涂粥的方法，所以我极严原著与伪续（后四十回）之界限。为了考索真的《红楼梦》，我在红学范围中又特别注重四大分支，即：一曹学，二版本学，三脂学，四探佚学。曹学专研作者的一切，是个根本工作，绝不是什么“外”学，这才是真正的内学。版本学是要恢复雪芹的真手笔——它被程、高等人篡改得太苦了！脂学专研脂批，因为它深知作者，见过全书的唯一一种第一手资料，价值极高。探佚学是专研雪芹原著八十回以后的主要情节、基本布局和整体构思的轮廓概况。只有做好了探佚学，才能谈得上对雪芹的真思想、真才华、真美学观念、真精神境界等有一个初步的理解。在此不妨提到，经过多年的摸索追求和倡导，脂学和探佚学两门学问已告成立，都有专著出版了，此为红学史上深可欣幸之事。

我还喜欢“提端引绪”。质言之，就是治学中大大小小的课题，无计其数，势难尽了，因此常把一些发现、线索、初步见解、某种可能——一切值得注意而不宜掉以轻心的问题，作一个简要的“提引”，以便后来者从此得到触磕，而把研究工作继续和深入下去。比如，雪芹在咏林四娘时写了“流寇”字样，于是评家据此断言雪芹的阶级立场是反动的，反对农民起义的；我根据史实，提出林四娘事件在李自成之前，其“流寇”另有寓意。现在，证据越来越明显，同意这个说法的研究者越来越多了。诸如此类，我自己是没有什么专文细论的，但是启发工作文字不一定很长，意义却不一定很小。

再一层，就是我喜欢“想事儿”——说是“思考问题”就显得堂皇了。比如，胡适考察曹家的结果，说曹寅讲排场、喜挥霍，雪芹从小便有一个“很富丽的文学美术环境”——这是他对曹家的唯一的一点“认识”，也由此才得出他的“坐吃山空，自然趋势”论来。我却觉得事情恐怕未必如此简单，后来一深细探研，才知道康熙与曹寅是“外是君臣，内如手足弟兄”的“嬷嬷哥哥兄弟”的亲切关系，才知道雍正夺位后，他家受了“党祸”的干累（雪芹的至交敦家，正是同样被雍正视为“奸党”的家族），子孙遭遇异常不幸。我于是才又明白“包衣”旗籍人曹寅的“思想问题”，那是颇不单一的，他有很深的感慨和难言之苦。由此，才又想到有清一代何以能产生曹雪芹这个伟大的思想家。然后又想到满汉两大民族汇合以后所孕育的新的类型的文学艺术家如雪芹等这样的问题。不把《红楼梦》摆到这些历史环境的应有位置，不把它提到中国多民族文化关系史的角度和高度去看待问题，将“永远无法真正理解曹雪芹的伟大端的在于何处”。这么一来，我想的“事儿”就不是一点一面，也就不是“富丽的文学美术环境”这类见解所能“共语”了。

我从开始接触红学，以至于今，大致说来，心力所注，理解过程，略如以上所举。如果称得上什么体会心得，也不过就是这些。

自然，我想得多，做得少，做得更不够好。我是一个不学之人，底子很差，加上后来主客观上的复杂原因，我的红学研究并没有如心之所愿那样顺利进行，并且就是在能进行时，也是困难很大。由于学识所限，纵使所见不无一些道理，又可能有其失误偏颇。我这一点经验，是红学史长河中的一个点滴。唐高宗曾云：“轻尘足岳，坠露添流。”连坠露也能添流呢，我贡献的这一滴坠露，愿为洪流添此些许，不自知其可否也。

考证之乐

考证，也说成考据、考订。20 世纪 50 年代因批俞批胡，考证也受了株连，批得很厉害。其实大多数人还弄不清“考证”是怎么一回事，只听说它是该“批倒批臭”的东西，一时“谈考色变”。报刊书社，一闻此二字，吓得三魂走二魂，“敬鬼神而远之”。于是，真才实学从此掩容缩影，唱空调搬教条的成为文化学术的典范。

几十年过去了，从无一人敢为它讲一句话。近时，方知季羡林先生有文章，最为之争名分，复声誉。不禁感慨系之矣。

其实哪一行也从未离开它这一法宝，只不过名称不叫“考证”而已。比如，科学实验，反复印证，出数据，画曲线，示规律，破疑难，得结论——这就是“考”而“证”之，不考无从证，得证皆由考。经济须考证，医学须考证，声光化电，皆由考证而来，修成“正果”——批倒了它，人类将复归于“洪荒”乎？

考证的功能很多了，非止一端，大致说来，一是纠谬，二是辨伪，三是决疑，四是息争，五是抉隐，六是阐幽，七是斥妄，八是启智，九是破腐，十是发现！

有很多原先不为世知的事情的曲折复杂之内幕，诗文的写作背景与文辞事义，事与事的因果，人与人的关系……无不需要考证而后方能发现——哪儿也没有“记载”和“说明”。

考证使人们只以为是“仁智”的看法不同的错觉，变为正误是非的严格界划，而不容以“各存己见”来“相提并论”。

但考证之事实非容易。它需要学、识、胆、诚、义……而更需要有悟性。悟性，到底怎么讲解形容？没法说个清楚，但它并不“玄虚”，而且作用很大。

今举一例，试看其中意趣。

研求曹雪芹的，都要追溯家世史，不能“就芹论芹”，那什么问题也看不清，说不明，因此至少要上追其曾祖、祖父。一看诸书记载皆言其祖父是曹寅兄弟二人，弟名曹宜，字子猷，善画。大家一直这么承认不疑。我得见曹寅诗集之后，确知其弟子猷号筠石、芷园者，不幸早亡，诗句悼念痛切。而故宫档案中那个曹宜分明当差到雍正朝，是个武职，也没说他“工画”的事。而且，曹寅另有一个弟弟叫曹荃——这就怪了。

因此就要“考证”，考证就是必须解决这个疑难的怪问题。

那么，这又怎么下手呢？除上述史料外，再无处寻找任何线索了呀！

这儿，已不仅是学识的事情，就要一点儿悟性了。

在中华氏族谱牒文化中，有普遍传统，即一姓家族为同辈分的兄弟堂兄弟等，取名的汉字都用统一的“偏旁”，我们的字典中本叫“部首”者是也。由此可推，寅、荃、宣三名失此规律，则“荃”非本名，而是变名，中有缘故待详。

记得很清楚，那时我忙着写另一章书稿，就烦四哥祜昌相助，说：你给查寻一下字典辞典，要一个字，条件只两条：一是“宀”部首的；二是此字必应与一个“猷”字有经典关联。并不复杂繁难。

祜昌接受了这个“任务”，就自去“用功”。谁知，只隔了几分钟，他就到我屋来了，说：我找着了一个“宣”字。《诗经》上有句话，是“秉心宣猶”，大约就对。

我一听，大喜！说：太对了！太对了！我们已经找到曹宣！

这就是拙著《新证》设有一个专节，叫作《迷失了的曹宣》的来由。

在这儿，当然得略有古文字训诂学的知识。因为，在篆文时代，偏旁往往左右可以不分，如“好”，也写成“孜”，“独（獨）”也写成“獸”，“够”“夠”不分，“幕”“幙”无别……这就是“宣猶”后世皆作“宣猷”之故。

我们初步结论：曹寅有弟，名叫曹宣，表字子猷，典出《诗经》——正如名寅字子清，典出《书经》一样。

但还有一个怪字“荃”，又怎么解?

原先没法想通，现在一知是“宣”便又悟到：北音“宣”“玄”不分，犯了康熙大帝的嫌讳——他当侍臣日在左右，一叫“宣”就犯帝讳，那是不行的，即只有一个变名的办法。此种古时不乏其例。

至于为何选上一个“荃”，那也许是康熙的意思，或者由于某次呼名说成了此音，遂顺水而推舟。从音韵讲，“宣”本音 suan，北音变为 xuan，改名之音则是 quan，s—x—q 的讹变，有以致之。

这个考证出来以后，反响也十分有趣。

非常赞赏的，是聂绀弩老作家。撰文不以为然并有微词的，是赵冈教授。也有些虽不明文反对而私下蓄疑的学者，以为这样考证太“悬”，不敢凭信。

聂老是一力调我到出版社的人，我一到社他就送我一首诗：

> 少年风骨仙乎仙，《三国》《红楼》掂复掂。
>
> 不是周郎著《新证》，谁知历史有曹宣。

这可见他对这个问题的重视了。但无论如何大有赏音，人家总不能把“假设”当定论。

直到后来，李华先生发现了康熙本《上元县志》的曹玺传，果然载明长子曹寅，次子曹宣。于是反对、讥讽者闭口，我们的奇特“考证”胜利了！（至于曹宜，完全是另一个人，兹不多赘。）

我们的考证之时有奇迹，也可由下一例来得到耐人深思的印证。

《红楼梦》原本传世者止于八十回，记载多得很；坊间一百二十回本乃是伪续。四十回拼配谎称“全璧”，这是公认的事实，已成常识。但伪续四十回到底出于何手何因，看法就大有不同了。

有研究者认为，伪续并非程伟元所作，是他真从“鼓担”买得了一部旧续残本，作者不明；程与高鹗只是“补缀”“润色”，收拾成编罢了。还有不少人坚谓四十回也是“原书”云。

我则相信张问陶在《船山诗草》中所记的一则诗注，明言《红楼》后四十回皆高所补，加上高之友赠高诗亦有“不数石头记”的话——这就是在捧赞高氏的诗文八股等另有专长，而不能把补续《石头记》算作“首选”。这完全佐证了张问陶的诗注，且张是高的内兄，其姊张筠嫁与高鹗，两家至亲，备知底细。

须知，那时作小说并不是一件光彩的文化事业，人皆讳之，岂有以此妄称于人之理？

明清小说作者极少留真名的，皆署以别号，讳莫如深，因为那非正业，亲友社会皆嗤笑，乃不肖行径。此类证据太多了，直到《儿女英雄传》，只署“燕北闲人”，《老残游记》只署“洪都百炼生”……真名都“考证”之所得也。

正因如此，我就非常怀疑一点：为何程、高都在书之开卷大书真姓名？尤其是高鹗，竟在序中说出了“名公巨卿”赏读《红楼》的话，这是破天荒的奇特现象！

因而，揣断其中必有缘故。

有此一疑，引出一悟——

原来，《能静居日记》同治九年一条，记载亲闻老学者宋翔凤言说《红楼梦》是乾隆末年和珅“呈上”的，我立即想到：和珅就是那位“名公巨卿”无疑了，其时绝无第二位能向乾隆呈上一部小说——那是他主持《四库全书》时为了篡改有“妨碍”的一切古书今作而出的坏主意：抽、撤、换、改、销毁等手段中的一招，伪续四十回是阴谋（也偷改前八十回原文）。所以“全本”一出，士大夫“家置一部”，天下风行——是官方的事啊！

为此，我写了一篇三万字的专考。然而，有人竟发文说我是“极左”的“罗织罪名”！

有趣——到1984年，到苏联访古钞本，方听彼邦学者说：莫斯科大学图书馆所藏一部程高本，有第十届教团团长、汉学家卡缅斯基的题记，写道是：“道德批判小说，宫廷印刷的。”程高本正是武英殿修书处的木活字摆印的！

一切明白了，官方的密旨，特殊的“措施”。真让人惊心动魄！那些“护高”以及说我“罗织”的诸公，面对这种硬证，似乎应该“反思”一下了吧？

以上可见，“考证”之功，岂可妄加轻蔑哉！

诗曰：

治学研《红》所为何？中华文化此长河。

从来万事皆须考，有证能休众喙多。

触类旁通

老北京是个大宝地，倒不是“遍地金银”，而是到处皆为文物古迹，不可胜数，只要你有一些文史知识，就会“左右逢源”——也就能“触类旁通”，其乐信乎无穷也。

这“乐”是个什么问题呢？说到根儿上，是个中华传统文化大题目，假使身在北京出门一望，茫茫什么也“看不见”（只见楼房汽车），那恐怕未必是件值得自我夸耀的美事。

我住城内时，“城”是实物，不是虚词。城正东门叫朝阳门，旧时凡从天津经通州晋京的，还有关东一路的无数官民，都会进这个朝阳大门。朝阳门是笔直大街，直通东四牌楼。在大门与牌楼之间，有一条叫“小街”的，分为南北两段。我和这条南北走向的小街缘分最深。这小街两侧，胡同左右分排（当然皆是东西走向）。我住过的一条，叫作“无量大人胡同”——原来是明初功臣吴良的府第所在，其后讹写“无量”了。这胡同西口，有一座老府，清朝宗室溥雪斋住在此处，我有时还碰见他。我的对门，就是京剧大师梅兰芳的故居——想象当年不知多少名流贵客，以及梨园界出色艺人，都曾不断来往出入此巷中。

这胡同的稍北，有十字路口，往东有大官仓名曰禄米仓，还有明代名寺智化寺，门前石狮底座已埋入土中甚深，足见年代之久远。往西是干面胡同，丰润曹家在此有官宅，直隶总督方观承有过题匾。曹寅与族兄们聚会时，即在此宅。

正好，曹寅老宅离此并不很远——稍往东南行，即是贡院（明清两代科考的重地），曹寅家就在贡院左边。所以这一带的尘土地面下，留有不少雪芹一家人的足痕履印。

与无量大人胡同并排的，往南隔巷有一条叫作石大人胡同（明代石亨故居），中间有一座巨大而古老的府第，即明代辽东总镇、宁远伯李成梁的故居。李之晚年，于万历九年以功高赐第一座，即此是矣。

此府于乾隆四十三年重封睿亲王时，作了新睿王的赐府。兴亡易代，府亦沧桑历尽。

我每经过时，见那古墙极高大，上有薜萝，大门外二巨狮，石雕剥落，其古态也令人感到真非数百年绝不能臻此形状也。

这座具有两代丰富历史内容的老府，我曾提案保护，北京市府也已同意列入一级保护文物。唯我迁至东郊，转眼已将十载，此府现状如何，就不知道了。

睿亲王就是“九王爷”多尔衮，努尔哈赤的“三幼子”当中的一名（兄为阿济格，英王；弟多铎，豫王）。多尔衮本来是他父亲最钟爱的意中嗣位人，但后来皇位被其异母兄皇太极夺去，母亲也被迫自缢殉夫。皇太极幼子即位，是为入关后的第一代皇帝，但实权却在“九王爷”手里，一度尊称为“皇父”。他一死，政敌一派说他有“逆”心，于是获罪，削去王爵，革出宗室，抄了家……一败涂地——而且无有后裔。乾隆后期，特旨恢复了睿王，将多铎的后代名叫淳颖的，派给多尔衮系下作为过继袭位人，赏住了李成梁的宁远伯府。

多铎（十王爷）的老府就是后来的协和医院。淳颖早年失父，母佟佳氏抚养教育他，竟成了一位手笔不凡的诗人。他有诗集印行过，集外诗有一首题《石头记》的手稿——

满纸喁喁语不休，英雄血泪几难收！
痴情尽处灰能化，幻境传来石也愁。
怕见春归人易老，岂知花落水仍流？
美人黄土梦凄切，麦饭啼鹃上故丘。

此诗前四句全从“满纸荒唐言，一把辛酸泪。都云作者痴，谁解其中味”雪芹原句化出。第三句指宝玉情至极处自欲化灰化烟的奇语，结尾一句最引人瞩目：这是说的什么？书里哪一段？

答曰：不必白费事，你是找不见的。

“麦饭啼鹃上故丘”，分明是说清明节日宝玉为亡去的某一女儿（或不止于一位）上坟扫墓的情景。

这个精彩的场面，我们已然读不到了——因为淳颖从他母亲手中得到的，还未经妄人删改篡乱的雪芹原本，与今世一百二十回“程高本”完全不同。

我曾猜想，宝玉因为秦可卿送殡，身到郊外，在农家见了村姑二丫头，“恨不能跟了她去”，及至八十回后真本中，宝玉又为亡者上坟，此时已贫穷类乎乞丐，他家坟地，必然路过二丫头家，二人重见，如同隔世，如在梦中，又是一段感人心肺的精彩文字！可惜，我们无此福缘得读了。真是中华文化史上的一种无比痛心的巨大损失。

雪芹，人人都说他伟大，伟大在哪里？

试看，他家几代沦为旗奴，多尔衮、多铎正是他家的老旗主，掌握他们的生死命运。可是，这些不可一世的大王爷，身后凄凉，也未出现一个值得写入历史的辉煌人物；而他们的“奴才”家，却出了一个叫雪芹的，十年血泪，写了一部《石头记》，此书竟使他的“主子”家的后代为之击节，为之折服，为之感动，为之激起诗情，写出深情挚意的动人诗句！这就足以说明，雪芹确是伟大，真实不虚。只有真伟大，方有震撼淳颖的力量。

淳颖的识力极高——只看那第二句，把雪芹理解为一位英雄人物（不指俗义的武侠战将，是精神思想、文笔艺术的无畏者），这真令人为之一惊。

世俗之辈，甚至把雪芹看作“花花公子”，怎么与英雄“沾边儿”？有识者思之，再思之。

楝亭四像一无踪

曹楝亭（寅）一生为善，极得东南士绅商庶的感戴，因此苏州、南京、扬州几大名城，皆有纪念他的建筑，也留下了他的遗像。

据今所知，至少已有四种曹公像，或绘或塑或刻镌于石。

最重要的当然是南京。在那儿，有他的生祠，有名宦合祠，还有一座专祠，即众称曹公祠这处名胜。

曹公祠在聚宝门外雨花台，这是我们早就知道的。记得我与胡适先生相识以后，他到南京去开会，我还致函于他，嘱托踏访祠庙的遗迹。

但其时不知南京古建筑因太平天国大修“天王府”，全城的宫殿、庙宇悉皆拆尽，以取土木砖瓦之资，根本不复存在了。

曹公祠毕竟什么样子？魂牵梦萦，而寻不见一字记载。谁知，如今却获得了一份极为宝贵的文献，使我欣喜无量。

南京师大发表了刘枚先生的文章，他从《如我误》中摘录关于此祠的亲切记录。文云：

聚宝门外雨花台侧曹公祠，中奉康熙间江宁织造曹寅之像。庭前丹桂二株，每至花时，游人雅赏而来，如入清虚之府。

语简而境高，令人神往。这祠中之像，应为塑像。佐证即在另条记载“车天祥像”，叙云汉府（老织造府之北）以西不几步，即延寿庵，中有顺治二年江南织造太监车天祥的画像。那时还没设立内务府，还沿明制由太监职掌宫内各事，车天祥像照样是“玄冠红袍”的明朝服色。然后是清朝历任织造之像，而其中唯曹寅、同德（乾隆时织造）“二公为塑像专龛”。由此也可知曹寅最得民心，其立专祠，像也不会是一纸丹青，必为佳塑。

而且，由此可知，曹氏一门连任织造的曹玺、曹颙、曹頫，也都应有画像了。可惜，恐怕早已被毁。

南京的，不再多谈，且说扬州。

以前不知扬州的事，后听中医研究院老名医耿鉴庭口述：他是扬州人，本来曹寅祠有一石刻像，“文革”时被砸碎做了江边筑堤石，他幸于未全毁时发现而拓了三张，一份自存，一份交“文管处”，第三份给了谁，记不清了。

我恳切地向他求观自存的这幅墨拓本，他说“找不见了”，并云问文管处，答言并无此件。总之已无可奈何，云云。

1983 年到沪参加“红学会”，端木蕻良先生先已到达，我去看他，他提起已在耿处见过了此一拓像，我很惊奇，因而约定回京后一同访见此珍品。

回京后我写信与他，盼践前约。可是信去之后，总未见复。因不知此中有何奥秘，恐怕惹出是非（经验教训不少了），便打消了“求见”的念头，以迄于今。

楝亭先生的江南遗像，恐不止此。南京所遭浩劫巨变，文物荡然，而北京实亦相差百步五十步之间了。有一幅《行乐图》，况周颐《蕙风词话》记为“纳兰容若画像”，纯为误说，因绘此照时纳兰已下世矣。其所以传为“纳兰”者，表明此像主与《红楼》有关，而《红楼》有关旧主却是曹氏，图为禹之鼎所绘，禹又正是《楝亭图》的绘者，而且画中亭旁丹桂，正合曹寅所咏家园之“悬香阁”——“画栏桂树悬秋香”，李贺之句也，其命名出典之高雅可知。图中画栏丹桂，景又正合，故我考为楝亭真像——详见沪版拙著《恭王府考》。

这幅真容，民国初期“老有正书局”影印过，今原件不知在否？难以想象矣。

我苦求诸像，除其本身价值外，还为了有助于判知“雪芹小照”的真伪问题——此事也早成“公案”。近来，河南商丘出现知情人士，证明原藏主郝氏撰写文章自承造伪是有人“导演”的假剧。小照实无作伪之情。

这一情况，十分重要，附记在此，也非“题外”之义吧。

戊寅九月下浣记于证梦轩

应识灵山

不知你可听过昆曲名剧《思凡》，一个青年女尼僧，身穿水田衣，手执拂尘、独角，载歌载舞，能唱“满”了台，而且把你“吸”住，让你不由自主，凝神倾耳，一动不动——此是何神力？这答案就只有一句话：中国文化的诗的艺术境界（不同于西方戏剧的“逼真再现”观念与原则）。女尼法名“色空”，一上场，开口一支曲子，是序引，其中有云：“借问灵山多少路？有十万八千又余零。”

此灵山，佛曾在此说法，极大盛会，地属“西天”，这是人尽皆知的了。

但人们却不知我们东土也有一座灵山。

这灵山又在何地?

却说古燕(yān)之地,有处名曰迁安,此迁安在今唐山市的东端,古时似乎离孤竹国不远。迁安有个蔡园镇——灵山就在这镇之间。

为什么叫灵山,我实不知,但忆古语曾云:山不在高,有仙则灵。由此可以推想,山之称灵,必有神仙之迹。自古流传,民间父老,豆棚瓜圃,津津乐而道之,告诉孩子们:山有神灵,石头是证。

孩子们眼圈张大了。

先讲这个“灵”字。

“灵”字本来写作“靈”,雨字头,当中间儿三个口,下边是个巫——这“巫”也可以写作“王”,就是“玉”字的本体。

原来,“苍颉造字”时,三“口”本是雨点从天而落之表象,而巫则是古时职司天与人交通联系的人——合在一起,是个“会意”字,是说天之雨露,泽及人间,乃“天人感应”的迹象,因此这个字就代表着中华古哲理“天人合一”的大道理。

“人为万物之灵”,可知人即是灵。灵不神秘,也非迷信之义。

人何以能成为灵物?古之哲士亦有解释:盖宇宙本有一种灵慧之气,人禀赋了它,遂不同于万物之冥顽无知,而具有了灵、慧、智、情,能见能知,能感能怀,能思能悟……综上称曰“灵性”,诗家也说作“性灵”。

你看,曹雪芹说那大石头自经娲皇氏锻炼之后“灵性已通”,石化为玉，又曰“通灵宝玉”者，即可领会他之所指了。

但雪芹也非在杜撰，也还是运化古语之义。雪芹最佩服顾虎头（恺之，晋绘画大师），顾亦能文善赋，他为嵇康作传，第一句就是“嵇康，通灵士也。”他又曾说他自己的画已经“通灵”（活了，化而他往了……）。雪芹盖从虎头而获得启示。

然则，雪芹如何又将通灵与娲皇联在一起的呢？

大家引《淮南子》，说女娲炼五色石以补天，是其所本。这当然不差，可是《淮南子》那儿你找不见“灵性”与“通不通”呀，顾虎头也没说过女娲的事。莫非只知其一不知其二乎。

要解此义，这就得“回归”到迁安的灵山了。

就在迁安灵山脚下，人们传述着祖辈的古话。当初女娲补天炼石的所在，就在咱们灵山，补天既毕，剩下的石头还堆在山上，石分五色，一一可指，名叫彩石……

——话未说完，听讲的已有人当下领悟，《红楼梦》开卷即写娲皇炼石的故事，那出典不在别处，正在“燕都、山海间”的这座灵山。

前几年，讲起史湘云的海棠诗，“神仙昨日降都门，种得蓝田玉一盆”，其种玉之典实出玉田麻山，诗家亦称此处为“蓝田”，而“玉田胭脂米”又已成为近年人们乐道之奇品——毛泽东主席还曾让河北省特寻此米试尝。

我也曾提出：雪芹笔下的“平安州”，乃指遵化（有平安城。遵化县自康熙时升为州）；又所谓“兴邑”（皆贾琏外出办事的地点）实指丰润，因丰润自永乐初年移设兴州前屯卫，故尔变幻其词（兴州左屯卫即在玉田）。

这么些故事，合在一处再来审看，雪芹之所叙，往往透露出河北京东唐山一带的古迹之远景，正所谓“花影不离身左右，鸟声只在耳西东”。何其妙也。

“六朝人物”说《红楼》

张中行先生在沪报发表文章，谬奖我是“六朝人物”，他说明撰文意在论人而不敢论学，可是他接着就写道：对于我的红学观点，如主张程、高续本是有政治来由的，却“总觉得能够摧毁反对意见的理由还太少些”。张先生行文之妙，在此一例中，也足供学写作的人作为范本，可谓笔法一绝。

把话讲得直白一些，就是他很不相信程伟元与高鹗等人之续书是有政治背景的。其实，何止张先生一人，不信的人还多的是，只不过能像张先生这样委婉词妙的不多罢了。

张先生所不信的那个“来由”，到底有与没有，这类切磋讨论，实在必要得很。今试一说拙意。至于“摧毁”力量如何，那又焉敢自封自信，还待方家斧正。

这个“政治来由”并不是我捏造而生的。它是赵烈文亲聆大学者、掌故家宋翔凤传述并记之于纸笔的。宋公说:《红楼梦》是乾隆晚期，宠臣和珅“呈上”，乾隆“阅而然之”的。原文可检蒋瑞藻先生的《小说考证》。

什么叫“然之”？点头也，同意也，赞成也。乾隆会“欣赏”这部小说吗？一大奇谈也。再者，和珅何以忽然把这部书“呈上”——征求皇帝的意见？二大奇谈也。要知道，和珅是《四库全书》总裁，掌管删改抽毁书籍的献策人。还有，雪芹之书从一开始就是有避忌的禁书，传抄阅读，都不是公开的，而高鹗公然在“程本”卷端大书“此书久为名公巨卿鉴赏”，三大奇谈也！再次，所谓“萃文书屋”的木活字摆印（今之排印）版式，有人知道那“书屋”云云是烟幕，实乃皇家武英殿版是也——皇家刊书处，给印曹雪芹的抄本禁书？四大奇谈也！

这些奇谈，都怎么解释？不知张先生该是疑我，还是疑赵烈文与宋翔凤？难道唯独对程、高、和珅、乾隆却不去疑他们一疑？

乾隆时陈镛，久居北京，著书记下他亲见芹书八十回，后四十回乃刊印时他人所加！原来，到了编《四库》书后期，和珅就把注意力转移到小说戏本上来了，同样删改抽毁。至今还可看江西地方大吏奏报统查弋阳腔戏本结果的详细文件。和珅“呈上”，皇帝“然之”的，正是将芹书删改抽毁并加伪续的假全本。

有人又不肯相信“萃文书屋”是假名，认为它在苏州；又有人说北京也有这“书屋”，两处是本店分店的关系……总之，这是当时印书卖书的书商，云云。

可是，乾隆五十六年（1791）“程甲本”印出后，1794年就有俄国第十届教团团长卡缅斯基来到了北京。他是汉学家，俄国国家科学院通讯院院士，极重视《石头记》，在他指导下，俄人买得了两部抄本，带回本国。卡缅斯基又在一部“程甲本”上题记云：“道德批判小说。宫廷印刷馆出的。”（见俄学者孟勃夫、李福清两氏论文所引）

好了！卡氏是“程本”伪全本出笼后的第三年就到北京的，那时乾隆还在位。外国的使团、教团、商团，消息灵通，又不必像清朝文士百般忌讳，清文士且慢说不易得知政治内幕，即使得知了，也不敢见于纸笔之间，因此教团成员的报告、日记、回忆等文献，一向是治清史的必备之参考要资。卡缅斯基的这一记载，是其一例。当然，他落笔之际万万不会想到这将于二百年后成为红学史上的秘闻与“佳话”！

虽然如此，虽然我个人是相信卡氏的忠实记载的，但仍然不敢强加于张中行先生。张先生是否认为卡氏之言足以“摧毁”那些怀疑派的疑点，那就更非我所敢奢望了。

“程甲本”于1791年武英殿刊书处木活字予以摆印后，一部禁书立即传遍天下，二年后都传至日本长崎。没有一个“政治来由”，士大夫们焉敢“人人案头有一部《红楼梦》”乎！1991年，颇有一些红学家们为了纪念“程甲本”问世二百周年，举行盛会，歌颂此本的价值与功绩，然而独独不见有人引用卡缅斯基的历史见证之任何迹象，则不知何故。因“纪念”已过，乃觉不妨撰此小文略为之补遗了。质之张先生，尚希有以教我。

附注：

乾隆时方兴木活字摆印版，雅称有“聚珍版”“集锦版”等美名；所谓“萃文”义为“荟萃诸字”，正其美也。

青石板的奥秘

儿时夏夜，庭院中一家人围坐乘凉之际，最爱听母亲或带我的妈妈给我讲故事、“破谜儿猜”。那些有趣的民间谜语中，有一个是：“青石板，板石青——青石板上钉银钉。”大家伙儿你思我索地纷纷猜度。最后谜底揭开：“是天上的星星！”那时孩童的心灵上十分信服地记住这个生动的画面：青石板——那天空原来是石头做的！我仰着头竭力地想要看穿那青空碧落，只见它明净如洗，像半透明。心里想：那青石多美啊！——可不知道它有几尺厚？（应当在此说明：那时候讲的是中国的寸、尺、丈，没有什么“米”“码”“厘米”，等之类。）

我问妈妈“几尺厚”，她没答上来。

我长大了以后，自己才找着了答案。

天，到底有多厚——十二丈!

这个答案在哪儿找到的呢？是在《石头记》里。这并非僻书秘笈。原来曹雪芹早给此问预作了回答。

你看他是怎么写的——

“原来女娲炼石补天之时，于大荒山无稽崖炼成高经十二丈、方经二十四丈大石三万六千五百零一块。……”

好了！你看他说得那么精确，这“高”是十二丈，就正是我在孩童时所想的那“厚”了。妙极!

顺便说一句：这个“经”，就是指“尺度”的“度”字之义。有的本子作“径”，是不对的，因为“周三径一”，直径半径，只发生在“圆”里，与“经”并非一回事。

由此我才恍然：原来那碧落青空是用许许多多的四角见方的大石头“铺”成的或“架”成的，那巨石的厚度是“边长”的一半，如打个比方，就是那形态好像一块块的豆腐或“绿豆糕”的样子。

然而，曹雪芹虽然也解答了我童年的疑问，但他是一位了不起的“百科家”，他还精于“数理”，他所采用的数目字都还隐藏着一层妙用。

这种妙用，本来是超越我们的“常识”和“正规智力”之外的，幸而批书人脂砚斋却指点了内中的奥秘，且看——

“高经十二丈”句下，批曰：“照应（一本作总应）十二钗。”

“方经二十四丈”句下，便又批曰：“照应副十二钗。”

这真使我们洞开心臆！

无人不晓，《石头记》共有好几个异名，雪芹自题则曰《金陵十二钗》，是指书中最重要的女子十二人：黛、钗、湘、元，迎、探、惜、纨、凤、巧、妙、秦。但在第五回中，宝玉在警幻仙姑处看册子，还有“副”钗册、“又副”钗……他没等看完便放下了，又去听曲文了。

这好像是只有正、副、又副三层的群钗之数吗？答曰不然。证据在于另有一条脂批，说是直等到看了末回的“情榜”，才知道了正、副、又副、三副、四副……的全部“名单”。

说到此处，我才敢提醒大家注意，那“副”是有多层的，由此可以确证：上引“照应副十二钗”的那“副”字，是个广义用法，是统包正钗以外所有诸多“副层”而言的。

那么，接着新问题就是：到底在雪芹原著中实共多少副层群钗呢？

答曰：八层。

这又证据何在？证据还是上面已引的“方经二十四丈”的“照应十二钗”。请看：那巨石是正方的，四条边，每条长度是二十四丈，即两个“十二”，所以正方的四边共计“八”个“十二”——这就是“照应”了八层副钗的“数理”。

到此，我再发一问：请算算吧，一层正钗，加上八层副钗共是九层，九乘十二，正是一百零八位女子。

这就表明：雪芹作一部《石头记》，是由《水浒传》而获得的思想启发与艺术联想！其意若曰：施先生，你写了一百单八条绿林豪杰，我则要写一百零八位脂粉英雄，正与你的书成一副工整的“对联”！

一百零八，这是我们的民族喜爱的数字。其实它也还是个“象征数字”——象征着“多”。

为什么单要用一百零八来象征多呢？

讲这种十分通俗的数字的数理，须推源到我们的古《易》之学。因为说起来很费篇幅，如今姑且只讲一点吧：《易》是由阴阳构成的，而我们的数字也有阴阳之分，即奇数为阳，偶数为阴。故在《易》中阳爻以“九”为计爻之辞，阴爻以“六”为计爻之数。“六”的两倍（叠坤卦）即是“十二”。所以在我们中华文化上，“九”是阳数之极（九月初九为“重阳”节），“十二”为阴数之最（太阳历的月份是十二）。因此，我们是将此两个“代表数字”运用起来，“乘”出来一个“一〇八”的——雪芹也正是如此！

雪芹是以这个代表或象征的数字，写了他书中的“诸芳”“群钗”“千红”“万艳”，为这些女子的不幸命运同悲（杯）一哭（窟）！

这是一部极伟大的中华新妇女观的文学巨著——也是文化奇迹。

雪芹不但写人是一百零八位，连全书的回数也是一百零八回。全书分两大“扇”，前扇写盛，后扇写衰，前后各为五十四回书，总是盛衰、荣辱、聚散、欢悲……互相呼应、辉映——那大对称的结构格局，异常精严细密。

书的总精神意旨，只用了两个字来标题概括，曰“沁芳”。此二字实即“花落水流红”“流水落花春去也”的“浓缩”“结晶”，说的是这诸多不幸女儿的可怜可痛结局命运。“沁芳”二字最为沉痛不过，但世人当“闲文”视之，不解其味。

小说会有一百零八回的吗？此说太怪。

答曰不怪。与雪芹同时微晚的一部小说叫《歧路灯》，就是一百零八回。

但雪芹的一百零八更精密：以每九回为一段，共为十二段——仍是奇数偶数的妙理的巧用。

试看：第九回闹学堂（总写男子之不才，引起秦可卿之病），第十八回元春省亲，第二十七回群芳饯花，第三十六回梦兆（宝钗），第四十五回风雨夕，第五十四回除夕元宵（盛之顶点），第六十三回群芳寿怡红……请问哪一个关键不是落在“九”上？不理解（或不承认）这种大文学家的结构法则，对于认识雪芹的思想与艺术都会造成巨大的隔阂与损失，那不实在太可惜了吗？

龙年与曹雪芹

今年戊辰，辰属十二生肖中的龙，所以自从客腊为始，那谈龙的文章遍满报刊，盛极一时。看其情形，是凡沾上“龙”边的，已被搜罗挖掘罄尽，想插一嘴，大不容易。我也未能免俗，把“龙年”写入题目之中。

北京的报上，有两派考龙专家商榷龙的来源。一派说，龙者，原无其物，乃是先民看到闪电现象而想象出来的。一派说，不然，古人对龙记载得那么具体，不会只系想象之产品，定有实物为原型。看到此处，我十分开心，因我个人的感觉，也正如此。但再看下去时，不禁失望之极——原来他认为龙的原型乃是鳄鱼！

我不会说假话“照顾关系”，率直地说吧，这两派见解虽然彼此论战，大不相同，可有一个共同点：就是把我们民族的祖先估量成为“低智”者。“闪电说”虽也破绽重重，到底还令人感到它的富于“想象力”；“鳄鱼说”使我满腹疑团，更觉难以接受。

我们祖先观察审辨动植物、自然客体的高度能力是惊人的，你只要打开一部按“部首”排次的字典，看几眼“金”“石”“木”“艸”“犭”“豸”“魚”“黽”……诸部中的那些字，大约就会暗暗吃惊：原来“低智”的“古人”对事物的认识是如此难以置信的精细！怎么会把鳄鱼或鼍认成了龙？

龙给人的印象，一是蜿蜒夭矫，二是飞腾变化。在我看来，比如，古人形容王羲之的书法是“龙跳天门，虎卧凤阁”八个字，宋代大书画家米颠，还笑话这八个字“不知说些甚的”，其实很明白：龙跳是说右军书法的动态的美，虎卧是说它那静态的美。可见古人写龙，总是飞扬腾跃之姿。至于鳄鱼，我缺乏研究，但只见它是一个笨重的大肚子，既痴肥，又懒惰，趴在那儿，好像永世也不愿动一动劲儿。非说我们祖先会把这样一种毫无“神采”的笨重之物当成了龙，岂不是太低估我们祖先的智力了吗？

到底有没有龙？真龙什么样？龙会乘云，也会吐水——谁见过鳄鱼做“喷泉”游戏呢？现代人知道了荒古时代有过“恐龙”（这是日本译欧语而来的名词），那么谁又能来“保证”在“超荒古”时代不曾有过另一种近似龙的生物呢？所以最好也是慢作结论、不断研究为好。

为什么单单一到辰年便是属龙？这个更得聘请专家解决。辰的古篆体字，很像一个动物形，比如说“蜃”是什么？也很神秘。若按“五行学”来讲，十二地支中，申、子、辰三位联合，成为“北方水局”。申、子、辰是“水”的生、旺、墓三位点，辰是“水”的“库藏”。那么，这或许与龙就有了一些关系？——我这纯系姑妄言之，方家莫笑。

不知中年的同志们，还有见过“老皇历”的没有？皇历的开卷，例有一幅龙图，画几条龙，便写着“几龙治水”。不少人以为那预示水旱年景，其实不是。那是一种隐语，比如，今年正月初三日是甲辰日，便画三条龙，标曰“三龙治水”。所以正月初三，是个“双龙日”。大家纷纷喧诵龙年，而不知道着重“过”一下龙日，可见“知识”之不完备、偏轻偏重之风了。

今年的三月初四日，是戊辰年丙辰月申辰日，可谓“三龙”之期，届时不知还有人会提起它否？（当然，那天的辰刻是戊辰时，一起是为“四龙辰”了。）不过我估计，五月节因为有“龙舟”，报端文章会热闹一阵，至于“三龙日”，恐怕是没人“作兴”了吧。

龙年，确实也可说是非同寻常之年。因为每逢龙年，往往出现重大事件。这对曹雪芹来说，更是如此。我这话你若不信时，且听我举硬证据。

太远的，不能尽述了，单说“近”的。

康熙五十一年七月，雪芹祖父曹寅忽然患病，没有多少天，竟然去世。这是曹家命运上的第一大变故。这年岁次壬辰，是龙年。

雍正二年闰四月二十六日未时，曹雪芹诞生。同年，与曹家关系至为重要的李煦获罪，政治情势十分险峻。是年，岁次甲辰，是龙年。

乾隆元年，新皇帝施政，结束了雍正朝的局面，曹家也解除了十多年的政治背运，获得“新生”。是年，岁次丙辰，是龙年。

乾隆十三年，雪芹表兄平郡王福彭突然病故。福彭是乾隆帝重用的宰辅大臣，直接关系曹家命运。这是曹家所遭逢的又一次重大事变。从此一蹶不振。是年，岁次戊辰，是龙年。

乾隆二十五年，脂砚斋四阅评订《石头记》，留下了一部重要抄本，今称“庚辰本”。是年，岁次庚辰，是龙年。

乾隆三十七年，下令访采天下遗书，是编纂《四库全书》的先声与开端。此事后来影响到《石头记》八十回后被毁，成为我国文化史一大奇案。是年，岁次壬辰，是龙年。

乾隆四十九年，有一位“梦觉主人”整理了一部重要抄本《红楼梦》，今称“梦觉本”。是年，岁次甲辰，是龙年。

这些所列之事，足可说明，龙年对雪芹一生至关重要，这话不算虚妄了吧。

此刻最值得一讲的，却是雪芹本来生在龙年这个事实。用天津话说，他是“属大龙”的——因为天津人管蛇年生的叫作“属小龙”的，所以要加“大”字为之区别（那“小龙”，念得活像“小锣”一般）。

雪芹生在甲辰年，有证据吗？十分简单：他的挚友在甲申年开年作诗挽吊他，两次写道是“四十年华太瘦生”“四十年华付杳冥”。可知雪芹终年四十岁。从其卒年癸未上推四十岁，该生于雍正二年甲辰，正是龙年。

除了这主证，还有旁证，今不缕述。但要叙清：雍正夺位后，天下大旱，于这新皇帝面上很不光彩，所以渴盼下雨。时在江南的曹頫，职责要报“晴雨”气象，更是盼雨，盼到五月初一，连下三日大透雨，万民欢悦，曹頫有了一个“报喜”的良机，即上奏折，其中用的“霑霈”二字。这恰好说明，曹頫给他刚刚新生的儿子取名曹霑，正是因为纪念这场减缓焦虑的甘霖，仿佛这个儿子是和雨一起来的，家人亲友．也纷纷致喜，说：这孩子属龙，龙能致雨，果然他一生下来就带来了这场好雨！将来这孩子必定不凡。

雪芹写作时，连买纸的钱都无有，只得把旧皇历拆了，翻转页子作“稿纸”用。这个人确实不凡，一生的经历都不同寻常。假若说这些都是由于他“属大龙”，那当然“迷信味儿”太浓了。但如作为龙年谈龙的佳话，这么叙它一叙，似乎未尝不可，无伤大雅。

雪芹在书里不怎么写龙，恐怕是因为那时候龙总和“天子”联起来，有忌讳。书中好像只写过墙上挂的墨龙大画《待漏图》，写沁芳溪是宛若游龙，写呆霸王名蟠字文起（又作文龙），则是用龙的典（调侃他被打落苇坑里，是和龙王爷去调情），写宝玉忽到水月庵，那老尼见他来了，“如天上掉下活龙一般”！——这就有了一点意思：雪芹善用巧妙之笔，令人于不知不觉中，把龙和宝玉联系起来！这实在有趣之极。也许其中寓有他自己知道的特殊用意，未可知也。

雪芹曾客“富儿”家

敦诚于乾隆二十二年自喜峰口寄诗给雪芹，劝他“莫叩富儿门”。这是暗用《红楼梦》中第六回回前标题诗“朝叩富儿门，富儿犹未足”的话，可是又兼有实指，诗词常有双关妙语，此亦一例。

敦诚诗中所指的“富儿”是谁呢？

原来此人名唤富良，所以，这“富儿”二字，还又多着一层隐义，真可谓语妙“三关”了。

富良是马齐的儿子，排行第十一。马齐是康熙朝的大学士（宰相级），功勋盖世，显赫之极，当时俗谚云“二马吃尽天下草”，二马就是马齐与其弟马武。马齐早先做过侍读学士。曹寅去世那一年，他署理过总管内务府大臣，是曹家的上司，他们从很早就是世交。他还很喜欢招邀文士讲论。

马齐极有才干，文武皆能，而且掌管着与俄国的各种事务（外交、商贸），还是八旗中的俄罗斯佐领的长官。封了伯爵，爵位后由他的幼子（行十二）富兴承袭；富兴惹了乱子，伯爵夺除了，改由富良袭爵，名号是敦惠伯。

敦惠伯府在哪里？就在西单牌楼以北街东的石虎胡同。

这胡同，就是敦诚读书的右翼宗学的所在地。敦诚寄诗说："当时虎门数晨夕，西窗剪烛风雨昏。"他和雪芹在宗学里掌灯夜话，正是因为雪芹在富良的敦惠伯府里做西宾，所以能常到宗学来"串门儿"。现在想来，不但"富儿"二字用得巧妙无比，就连"虎门"一词，也是既用古语指宗学，又暗指那个"石虎"的巷门。清代北京胡同口有栅栏和"堆子"。

雪芹到了敦诚的学里，是"高谈雄辩虱手扪"，如古人王猛议论天下大事，旁若无人。这其间定然会谈到他的东家富良府中的事。早年北京的《立言画刊》上载文，记下雪芹在"明相国"家做西宾，被诬为"有文无行"，下了逐客令，把他辞掉了。这正与敦诚诗中说那家"富儿"待雪芹是"残杯冷炙有德色"十分吻合——未辞退前，也是以轻慢相待，还自以为是对雪芹的"恩赐"。

所谓"明相国"，显然是由于年久传讹所致，一是索隐派旧说，雪芹写的是"明珠家事"（此说乾隆所造也），但明珠是康熙早期的相国，相距很久了。而马齐的侄孙明亮，却正是乾隆后期的相国。这样，后世人就用“明”字辈来代称了。“明”字辈的明琳、明义，都是雪芹的朋友。“富”字辈有富文，富文的外甥就是裕瑞（豫亲王之后裔），裕瑞由从他的“老辈姻亲”听到了一些关于雪芹的体貌、性情、嗜好，以及讲说的口才与写书的情况。那老辈姻亲，正指“富家”，可谓全然对榫合符。

“富家”本姓富察氏，是清代满洲一大望族，与皇室是世代的“儿女亲家”，他家的每一个男子几乎都有官职。“富”字辈的，也有用“傅”字的，如傅恒、傅清即是。后来傅恒官居极品，荣耀当世，他家出了皇后，儿子娶了公主……他后来也聘请过雪芹，但雪芹拒绝了。因此敦敏作诗说他是“傲骨如君世已奇”，真是话中有无限的事故。

由此可见，雪芹与“富儿”的关系纵非“千丝万缕”，也堪称“一言难尽”了吧。

佟·傅·李与天津

先前，我讲过一点儿佟家与曹家的事。最近又讲了一点儿富家与曹家的事。于是又想起富家还有不少事与曹家有关——说也奇怪，并且还与我们天津有关。如今就再来讲它一回，倒也颇有趣味。

这门富察氏，是真正的满族人，但上世出了“李荣保”“马齐”“马武”这样的名字，弄得有人误以为是汉族了。“马”字下一辈排的是“富儿”的富字了，可是“富”“傅”并见。写富字的已举了富良，他就是袭爵敦惠伯的、雪芹的东家。还有一个叫富文的，他有一女嫁与豫亲王的后人（豫亲王多铎，多尔衮之弟，其府即现今的协和医院），生了一个叫裕瑞的，知道雪芹的相貌、性情、嗜好、风度、言谈，著书实况正是由富家那儿传述而得闻的。富文的一个哥哥叫傅清，他在天津镇两度任总兵之要职。说来又巧，傅清有二子：明仁、明义，明义就是最早因见《红楼梦》抄本而题诗二十首之多的一位诗人，他曾随乾隆到过天津，留了诗篇。二十首的末二首，对理解雪芹及其小说，尤关重要。天津还保存有他的信札手迹。

天津自宋代起一向是军事戍守之地，宋称砦，元称镇，明称卫，其实质未变，只是升格而已。天津设州升府，那是很晚的事了——以前是没有地方行政官的，傅清那样的，就是老天津的最高镇守了。两次镇津，关系不为不密切吧。

富文的二子：明瑞、明琳。明瑞为国战死。明琳书斋叫养石轩，雪芹从江南返京后，敦敏第一次碰巧在明琳家，听隔院有高谈之人——闻声立刻知是雪芹，急急赶去，惊喜意外，兴奋之极！他为此作诗，竟把雪芹比作野鹤仙禽，而将“富”家人比作“鸡群”！

后来，傅清之弟傅恒，官居极品，曾想聘雪芹入宫廷如意馆，为武将功臣画像，雪芹峻拒，赢得了诗友的高度赞叹！

过去有一篇《曹雪芹先生传》，撰人不明，内称雪芹先世是甘肃固原人。见者哂斥，以为胡云编造。我久思不解，后知傅清率军镇守固原，于是我悟到：有可能是曹家有人曾随傅清驻守其地，因而辗转讹误，把固原当作了原籍。八旗人出征留地驻防，年久落籍，其例不鲜。

曹寅内兄名李煦，二人一切经历略同，共命相依。曹寅有“幸”早亡了，没挨雍正的苦“整”，真是“大造化人”！李煦则不然，做了一辈子好事，人称“李佛”，抄家后还有数十口孤儿苦女在他家抚养之下！李煦年高七十二龄，竟被雍正下令充发到极边，冻饿而死，闻者无不流涕。

李煦的父亲名叫李士桢，官至广东巡抚，是清初口岸通商的重要人物。他怎么入的旗？原来他家姓姜，是山东昌邑的大族。明崇祯十五年腊月，清兵入侵，万余人围攻昌邑，城破，除了杀戮，拣中意中用的留命作奴。李士桢自幼聪慧可爱，让军中姓李的收养了，作为义子，这才姓了“李”。这真惨哪！——大约曹家的入旗，虽地点不同，情况大致相类。

且说李士桢长大做官的开始，就是在天津长芦盐政上，做过运副、运同。可知李煦幼时也曾随父宦寓津门。

曹寅有一首渡潞河的绝句，写及了杨柳之青青，那当然就是天津了。

明清之际，自京至津，从通州起，二三百里的水路，两岸杨柳万株，绵绵不断，舟中人对此风光，无不陶醉！所以津西一带的柳堤，不过是部分痕迹罢了。

北京西单牌楼以北的石虎胡同，“富”家府第所在，雪芹足迹尚有可寻。可惜这条胡同已被拆除，我因群众委托，作了紧急呼吁，万幸仅将右翼宗学保存下来了。我记得最晚一次重游此巷，故屋宛然，一个大白石雕虎，立在胡同东口，面向来人。那虎是高桩立相，形貌极古，石面已经剥蚀得很厉害。这种前腿直立的狮虎石雕，大抵是金、元早期的古物，目中只见过那么两三对。此石虎，今不知在否了。话还要归到天津。曹家的许多亲友都与津沽有过关联，其家当在张家湾，从此湾乘舟东下，很快即抵“蓟北繁华第一城”的津门了，不是什么难事。雪芹之曾到津沽胜赏，我看是有理有据之说。

长安·种玉及其他

长安是哪里？是古都城，即今名西安者是也。这连高小学生都知道，提它作甚？只因有人认为，曹雪芹在他书中用了“长安”二字，所以《红楼梦》所写都是西安的事。这个论证有力量吗？明代的书，有《长安可游记》《长安客话》，内容却都是以北京为主题，这又怎么讲呢？

清初有一部享名的小说《平山冷燕》，号称“第七才子书”，专门表扬才女，据说顺治年间还译成了满文，可见其地位了，这就无怪乎雪芹也必然有意无意地接受了它的影响。我这话有何为证？请打开那书，立时有一首七言开卷诗入眼，其中有句，解说“才”的产生，道是“灵通天地方遗种，秀夺山川始结胎”，又说是“人生不识其中味，锦绣衣冠土与灰”。仅仅这么四句诗，也就显示出它们与雪芹文思之间的微妙的关系了。

诗后，正文的一开头，就是叙写“先朝”之盛。其文云：“是时，建都幽燕，雄踞九边，控临天下。……长安城中，九门百逵，六街三市，有三十六条花柳巷，七十二座管弦楼……”你看，建在幽燕的京都，却叫作“长安城中”。即此可见，雪芹书中也用“长安”一词，又有何奇怪？有何奥秘？那实在不过是当时人人都懂的“大白话”，用不着后世的“红学家”们来说长道短、猜东指西的。

由此可知，“红楼长安”，本来就是燕山北京。

又有人驳辩说道：第三十七回海棠诗社，史湘云最后才到，独作二篇。其一篇开头就写道：“神仙昨日降都门，种得蓝田玉一盆。”蓝田产玉，其地正在长安之西，岂不可证那“都门”应指西安？

我说，非也。“种玉”的典，不出在秦地蓝田，正出在燕山京东，一点儿也没有差失错讹！

原来，种玉这段古老的故事，就是使京东的玉田县得名为“玉田”的来历，那儿真有一顷左右的田地，在其中种出过洁白鲜润的美玉来！而蓝田之玉，却不是“种”出来的——并且也与神仙无涉。

有好多种古书记载了这段种玉的美丽的神话故事，说是周景王的孙子，因居住阳樊驿（属玉田地界），易姓曰阳，名叫阳翁伯。翁伯为人最孝，亲亡后庐墓，在高山上，无水，日夜悲号，感动得泉水自出，他却将水引往路旁，以济行人之渴。又给过路人补鞋，不取报酬。人们都感激这位乐于助人的善者。他也没有蔬菜吃。一天，有一过路书生就他的引泉来饮马，问他“怎么不种菜”，他说没有菜籽。那书生就给了他一把菜籽。他这时已从八十里高的山上迁居到山下路旁，就把菜籽种在一块地里。奇怪！这菜地竟然生长出很多美玉来，其长二尺！这时徐氏有女，有求婚者就要索白璧二双。翁伯以五双璧娶了徐氏之女。他的子孙将这块一顷左右的地，在四角上立了巨大的石柱，以为标志，还有碑文记事。由此，这块产玉之地被人们称为玉田——此县即唐代万岁通天元年改称得名的。这段故事，南北朝名家干宝、郦道元、葛洪等都有记载，大同小异，有详有略，可知并非某一人的虚构。我在此是综合撮叙的。

所以，“种玉”成了一个有名的典故。它的来历是京东玉田县，而不是长安蓝田的事。

说到这里，就可以和“胭脂米”联上了。《红楼梦》里写的这种红色香稻米，也正是玉田的特产。

我在 1953 年旧版《红楼梦新证》里早就引用了胭脂米的史料，加以论证了。后来被评家斥为“繁琐考证”，吓得我在增订本中都删掉了。其实那都是以史实来论证芹书的时代背景和真实素材，本无“错误”可言。近年上海的红友颇曾议论，那删掉的考证诸条都很可惜，而陈诏同志也曾明白表示：他的《红楼梦小考》就是受拙著那一部分的启示而用力撰著的，结果成绩可观，受到好评——这大约就是“有幸有不幸”“此一时也，彼一时也”了吧。

那么，除了种玉和胭脂米，还有第三条吗？

答曰：有。

雪芹笔下，贾琏两次外出，一次赴“平安州”，一次到“兴邑”，前者较远，后者较近——这都是哪里？各注本似乎没有明文解答。

如今我将答案指出吧：平安州是遵化州的代词，兴邑就是玉田的代称了。

《名胜志》云：“平安城，在（遵化）县西南五十里，周围五里。相传唐太宗征辽遘疾，经此旋愈。故名。”而《方舆纪要》云：“兴州左屯卫，在玉田县东南一百四十里，旧在开平卫境，永乐初移建于此。”

由此可知，所谓“兴邑”，也就是玉田、丰润一带的代名（丰润本是玉田县的永济务，金代才分出来的，故本是一地）。

你看，荣国府的琏二爷，有公干常常要到京东去，正因为那一带是他们家（满洲正白旗）的领地范围，正白旗地都在京东。

种玉，充分说明了雪芹喜用的是“老根”故籍丰润的典故。但意义还不止此。这个典，为什么单由史湘云来大书特书？就因为这是个“婚姻典”。雪芹给小说安排的诗，其实“不是诗”，而是“艺术暗示”，即一种“伏笔”暗写，无比巧妙。雪芹之书，原本的结局是宝玉与湘云的最后重会，这已有十几条记载为证了。但人们还不知道“神仙昨日降都门，种得蓝田玉一盆”，早就“点睛”了——而且也点明了这是湘云最后到来，最后题诗的重要层次，即结局的“伏线千里”了。

要知道，鲁迅先生讲《红楼》，也都是明言以“伏线”为重要依据与论据的。

红学，红学。究竟什么是红学，它在哪里？大可思绎，而饶有意味也。

曹雪芹生于何月

曹雪芹，笔法高绝，文心细极。整部小说，喁喁絮絮，看似繁缛散缓，其实无一语是闲文，无一处是疣赘；走线飞针，筋摇脉动；涵泳愈出，寻绎益深。

开卷第一回，写石头下世落尘（按“下世”用雪芹原语，非“逝世”一义），前写一僧一道，答应了石头的请求，“便袖了这石，同那道人飘然而去，竟不知投奔何方何舍”。才写到此，将笔一下截断，却紧叙“几世几劫”以后，空空道人偶于青埂峰遇见石头，这已是“造劫历世”已毕，复归山下的石头了，这是从一开头就遥注结尾“石归山下”（明义《绿烟琐窗集》题《红楼梦》绝句）的如椽大笔。可是，搁在那里的僧道袖着石头投奔某方某舍的那事由却落到哪里去了呢？

其实，以上只是一段“楔子”，正如《水浒传》里的洪太尉掘石放走天罡地煞下世是一个笔路，不过面貌各异，而雪芹又不把它单独分出，另标回目罢了。

从“当日地陷东南”起，开首就写姑苏的甄士隐，这才是真正的正文；大笔一换，与前全似无关。——可是甄士隐这一天就“朦胧睡去，梦到一处，不辨是何地方，忽见那厢来了一僧一道——”在此，协助雪芹整理小说的脂砚斋，却有一条夹批，说道：

“是从青埂峰下袖石而来。——接得无痕。”

妙，真真是个“无痕”！一语抉出了雪芹的文心匠意。

事情已然明白：原来士隐午倦抛书入梦之时，亦即石头投胎下世落尘之际了。

这事情就有些意思。如果我们能确定一下士隐入梦的时间，不就明白石头入世的生辰了吗？

士隐是什么时日做的这一奇梦呢？

且看雪芹笔下：

> 一日，炎夏永昼。士隐于书房闲坐，至手倦抛书，伏几少憩，不觉朦胧睡去……士隐大叫一声，定睛一看，只见烈日炎炎，芭蕉冉冉——所梦之事，便忘了大半……

这是夏日无疑了。

脂砚斋指出一段“接得无痕”的妙笔，已如上述，那是僧道二人，由青埂峰下，来到士隐梦中。从梦中，又怎样来到“梦外”——人间世上的呢？原来雪芹也是用“接得无痕”的妙笔，却又另是一种接法。

且看他写：

（士隐梦醒之后）又见奶母正抱了英莲走来。士隐见女儿越发生得粉妆玉琢，甚觉可喜，便伸手接来，抱在怀中，逗他顽耍一回；又带至街前，看那过会的热闹。——方欲进来时，只见从那边来了一僧一道……

真真紧凑之极，变幻之极，意外之极，真有连峰叠岭、应接不暇之奇致！

然而正是在这里，又找着了雪芹的另外的文心。

他为什么要写一句“看那过会的热闹”呢？才说他没有闲文赘笔，这不是闲文赘笔是什么？

可是，文一点不闲，笔一点不赘，这才是正点石头降生的确切时日。

在乾隆时代的“姑苏”，夏日季节，有哪种节目，要“过”什么“会”，都不必胶柱鼓瑟，查考也无大用；关键在于雪芹这里实在是按他执笔之时在“都中”的风物节序而点明宝玉出世。而在当日的北京，夏季的“过会”则正是以极盛著称于世的。

潘荣陛《帝京岁时纪胜》“四月”项下“天仙庙”条，说：“京师香会之胜，惟碧霞元君为最。……每岁之四月朔至十八日，为元君诞辰，男女奔趋，香会络绎，素称最胜。”而北京一带，“庙祀极多，而著名者七”。这就是俗语所说的“娘娘庙”，每逢此季，举国若狂，其盛况绝非今日所能想象万一。就中又以妙峰山的娘娘庙为尤盛。富察敦崇的《燕京岁时记》“妙峰山”条就说：“妙峰山碧霞元君庙在京城西北八十余里。……每届四月，自初一日开庙半月，香火极盛。……自始迄终，继昼以夜，人无停趾，香无断烟，奇观哉！……人烟辐辏，车马喧阗，夜间灯火之繁，灿若列宿。以各路人计之，共约有数十万，以金钱计之，亦约有数十万：香火之盛，实可甲于天下矣！”

正是这样的“热闹”，才使雪芹在书中为它特特地著了一笔。

所以我说，宝玉是在过娘娘庙会期间诞生的。今年重读《石头记》，忽然悟到这一点。

十几年前，我写《红楼梦新证》，在第五章“红楼年表”中，曾举第六十二回书中“当下又值宝玉生日已到”，是日，湘云醉眠的是“芍药裀”，是夜，怡红夜宴，宝玉说“天热”，要大家宽外衣，芳官也“满口嚷热”，只穿“小夹袄”“夹裤”，因此我下结论说这寿宴：“综看，似是四月中。”

现在，用娘娘庙会的“热闹”一证，乃知当日“四月中”之推断真是“幸而言中”了！事情虽小，也不禁为之高兴。

雪芹遇书中重要人物的生日，都以明笔叙出，如元春，是“大年初一”；薛宝钗，是“（正月）二十一”；凤姐，是“（九月）初二日”；林黛玉，是“二月十二日”（附带一句话：二月十二日是古之花朝日，雪芹安排黛玉生日于这样一个美好的日子，必非无意）；贾母，是“八月初三日”；探春，是“三月初二日”的“明日”或“次日”，乃三月初三；连薛蟠这位呆霸王，也曾叙明是“五月初三日”——那么，为何独独宝玉的生日，反无明文，而出以如此之暗笔隐文？

雪芹无一笔无用意，这暗笔隐文岂能独无所谓乎？——应该怎么解释呢？

我以为，雪芹独不肯明叙宝玉的生日，而又故以暗笔隐文含于书内，令读者“自得之”，这正因为这与他自己的生日有关罢了。这也就是雪芹自己设计的“将真事隐去”的一种“体例”和笔法。

因此，我说，曹雪芹本人也就是生在四月中的。

追记：近年考得，雪芹当生雍正二年闰四月二十六日未时。

曹雪芹的“用典”

曹雪芹，谁不知道是位小说家？但当他在世之时，在朋友们心目中，他却是一位“诗有奇气”“诗胆如铁”、抉破前人樊篱而能独往独来的诗人。

诗人而写小说，有时就不脱诗人的习气。习气之一，就是爱用典。正用、反用、明用、暗用、活用、变用……在曹雪芹的笔下，驱使如意，也为小说点缀生色不少。这种手法，或许是非诗人的小说家所不会用，也不愿用（当然，也许不必人人都用）的。

《红楼梦》一开头，先出甄、贾二人，这里面就有典故。宋人王明清的《挥麈馀录》，有一条记载：靖康年间，兵事方殷，有士子贾元孙其人者，多游大将之门，“谈兵骋辩，顾揖不暇”，自称为“贾机宜”；又有一位名叫甄陶的，奔走公卿之前，以善干事为人使令，号为“甄保义”。于是“空青先生尝戏以为对，云‘甄保义非真保义，贾机宜是假机宜’。翟公巽每诵之于广坐，以为笑谈”云。雪芹“甄真贾假”的设计，就是用了这一典故——而又加之以变化。

曹雪芹读过《挥麈馀录》吗？我想是读过的。《四部丛刊》本的全部《挥麈馀录》，除补配的三卷之外，都有雪芹令祖曹楝亭和雪芹姑丈富察昌龄的收藏印记；此本曹家故物，雪芹必曾寓目。

雪芹给甄、贾二人取的名字，又各有典故。“（葫芦庙）庙旁住着一家乡宦，姓甄，名费，字士隐。”这“费”，谐音“废”，“士隐”，谐音“事隐”，是大家都知道的；但名费而表字士隐是用《中庸》“君子之道，费而隐”的典，就不一定人人都知道了。

这一类，一时说不尽。雪芹在每一个名字上，也有许多苦心匠意，不肯草草从事如此。

雪芹又极喜欢用他爷爷《楝亭诗钞》里的典。大荒山无稽崖青埂峰下“无材可去补苍天”的石头，实在是从曹楝亭的“娲皇采炼古所遗，廉角磨砻用不得”的诗句而来的，绛珠和神瑛的名字，也是从楝亭句“承恩赐出绛宫珠，日映瑛盘看欲无”而来，《红楼梦》曲十二支，开头先唱了一句“开辟鸿濛……”那一句也是从楝亭的“茫茫鸿濛开，排荡万古愁”而来的。这类例子，一时也举之不尽。

还有一种，如《红楼梦》第二十五回，写宝玉留心红玉，有一段文字：

……因此心下闷闷的，早起来也不梳洗，只坐着出神。一时下了窗子。隔着纱屉子，向外看的真切，只见好几个丫头在那里扫地，都擦胭抹粉，簪花插柳的——独不见昨儿那一个。宝玉便靸了鞋，晃出了房门，只装着看花儿，这里瞧瞧，那里望望，一抬头只见西南角上游廊底下栏杆上似有一个人倚在那里，——却恨面前有一株海棠花遮着，看不真切。

在这句底下，脂砚斋有一处夹批，说道：

余所谓此书之妙，皆从诗词句中翻（"庚辰本"作"泛"）出者，皆系此等笔墨也。试问观者：此非"隔花人远天涯近"（按此《西厢记》中语）乎？可知上几回非余妄拟。

这就是，依脂砚斋看来，曹雪芹为小说点缀细节时，常有从诗词名句中借境、脱化的技巧。我们自然不敢说脂砚斋所拟皆是，但也不敢说脂砚斋的话是都没有一点道理的。

可能有人质疑：曹雪芹的小说，是从生活中提炼出来的，依你说，那不靠"典故"来写小说了吗？我说：哪里，哪里，雪芹大才，岂能如此短见？说他用典——这用典本身就包括着运用，也就是创造的成分在内。高明的诗人用典，归根结蒂，还是他自己的艺术创造，为他自己的作品服务。若追溯典故，那么“隔花人远天涯近”也是从生活中提炼而得，不过后来的借用者又结合了他自己的体验，加上了他自己的创造而已。这略如说画家借某种模特儿而表现他自己的意思，并不是说画家只靠模特儿为“生活”。当然，更不能说只有不凭借任何模特儿的画家才是画家。

曹雪芹能用典，又不是死用滥用，所以他的小说因此也平添了意味和境界美，有他家所不能企及的特色。

附记：

此文原刊于1962年8月26日香港《大公报》，内容都是提端引绪，示人以可窥之迹，而非罗列详陈之意。这其实也是以通俗的方式讲文艺“理论”的事，如果“铺开”写“大论文”，也要洋洋万言不止的。平生喜拈此等短札，冀有识者取之而已。

“诗礼簪缨”有埋伏

青埂石幻为通灵玉，将要下凡历劫之时，说的是将它携到“昌明隆盛之邦，诗礼簪缨之族”去享受一番的。那么，这样两句话也有“埋伏”吗？如今且单说下一句。

曹雪芹的古代显祖是周武王克商之后封其六弟名叔振铎者于山东济水之阳，以国为氏曰曹。以后历十八世传到曹卹，是孔门七十二贤之一，位亚颜、曾，唐宋皆有封号，配祀文庙。曹卹又八传，到了曹参，即汉代开国十八功臣之第二的平阳侯、以“画一之政”惠民的名相，名位仅次于萧何。曹参的第四十代孙，有曹彬者，居河北灵寿（古中山真定之地），佐宋开国，位极人臣，封鲁国公，济阳王，谥武惠。康熙年修的《江宁府志》及《上元县志》皆载明曹玺（雪芹曾祖）是武惠王彬之后裔。原来开宝七年，曹彬受命，去平定南唐（“春花秋月何时了”的李后主，即南唐主也），次年到达江南池州，遇族人，叙宗亲，遂命次子曹琮主持，遍访全国分居各地的同宗，修成谱牒共编为十八帙，按帙编为十八个字句顺序，各钤以王印，以昭信实凭据。

这十八帙宗谱，我仅见池州谱的传承遗迹，卷首有名人樊若水受曹彬之命所撰序赞，有曹琮的跋（其他南北两宋名家的题序不可胜记）。

在樊若水的序赞中，首次提出这样的词句——

“曹氏厥宗，本周分封。诗礼启后，丕振儒风。文经武纬，将相王公。簪缨继美，宠渥无穷……”此赞已将“诗礼簪缨”四个字提出，盖即表明曹氏世代诞生文武人才的意思。无独有偶，北宋告终，南渡后第一位为曹谱作序的充徽猷阁待制河南尹焞，他于序中写道：“……况曹氏自汉初名世，以至于今，诗礼传家，簪缨继世……”

请看：南北两宋，樊、尹两家各有一序，而其中都特别提出这个“诗礼簪缨”的词语，足见此四字已成为曹氏家世的一大“标志”。

那么，曹雪芹在著书时，偏偏要用上这个“标志”，他的寓意何在？我想就不待多言了吧。

事实上，他在书中常常是这么令人不知不觉地设下了“埋伏”。

从《红楼》到康熙

本文不是史论，当然更不是影（视）评，这只是我对康熙的一些杂感漫话，亦即文史随笔之类的小文字。我曾因对康熙说过几句“好话”，竟尔招来一张大字报，批我的“阶级立场问题”。那几句话见于1964年版的拙著《曹雪芹》，大意不过是说康熙可算是封建时代的一位“较好”的皇帝，对历史有过贡献。那时当然不会想到，皇帝竟也有“走运”的日子——近几年好像两岸都大拍清代皇帝的片子，所谓“此一时彼一时也”“物极必反”吧。

我对康熙发生了“好感”，不用说是由探索曹雪芹的身世生平而引起的。十分明显，没有康熙，就没有曹家的兴衰际遇——也就没有《红楼梦》之可言。所以我很自然地对他发生了兴趣，而且越来越浓厚。无论作为一个人还是一个皇帝，我都很佩服他，觉得中华历史自唐太宗之后，似乎再没有哪一朝一帝能与“贞观之治”的缔造者相提并论了，为他说上几句好话，谅不为过。我挨批之后，心里的想法仍未改变，自信我与他并不“沾亲带故”。

由于他，在中华文化史上产生了一部《石头记》(原著)，这就是他第一件第一等的大功劳，怎能不记入史册，流芳青简？

康熙是顺治帝之第三子，本非为父钟爱定储之宠儿，历史“鬼使神差”地让他在盘根错节的关键时刻中选了，“命大”就大在这里。满人畏痘如虎，未出过痘的孩童以及成年人，叫作“生身”(出过的叫“熟身”)，是大事上受“局限”的要紧项目。西洋教士“尚父”汤若望也支持选中的小康熙。康熙为什么日后对雪芹的曾祖母孙夫人特别亲厚优遇？其真正缘由也还是他幼时痘症濒危，众人弃为不救，是保母(教育抚养之重要人，不是今天的“保姆”)孙夫人一力调护挽救之力。所以康熙到哪儿也忘不了这位真正的慈母，封之为一品夫人(是极品)，破例照顾了她的夫、子、孙三代四个人的职位与生计。这绝不是偶然的什么“照抄”的官样文章，“祖宗旧例”。

康熙朝六十一个年头，经历并非风平浪静，有些年月是风波险恶万分的；但宏观而论，他确实带来了一个名实相副的盛世。有一则记载说，他突然去世的信息一传出，万民罢市聚哭。这种民间自发的痛悼表现，似乎只有诸葛武侯亡故时有过，那是极罕见的情景。

康熙的庙号叫作“圣祖仁皇帝”，这儿多少含有历史的真实功绩与普遍舆论评价。曹雪芹也曾写道，一个皇帝如果“不圣不仁”，那“天命”是不会归于他的（大意）。他就是巧妙地运用“圣仁”二字，怀念康熙而讥刺雍正。

康熙讲四书，最注重《大学》开头的那几句，即“在明明德，在新（亲）民，在止于至善”，主张要做到亲民须从和睦六亲起步。而雍正却以残害骨肉而夺位。曹雪芹让贾宝玉代为吐露心里话：世上的书，只有“明明德”一句是真理，别的都可以焚了！你品品这话里的真滋味吧——但不是常听康熙讲论此义的亲近内侍人家，是无从理解与传述这番道理的。世上谈“红学”的专家大约也不太留心于这些微妙笔墨的吧？

在康熙这条线上，牵系着好几个大悲剧性人物，这就是他父亲顺治，儿子胤礽与胤祯。这要细讲起来，才真是可骇可愕，可歌可泣，“比一部书还热闹”。尤其是他这两个英才盖世的皇子——一个立为太子了，一个后来内定为嗣位之人，而都被雍正一党给诬谤陷害，折磨毁灭了！

此二人方是清代史上的最大悲剧性的人物。我在《文史》版曾发小文，言及影视片不必老是认那“末代皇帝”之类，应该扩大视野，提高认识境界，如只就清代皇室选材，也应反映一下胤礽、胤祯之大悲剧。

电视剧《康熙大帝》，听说是根据一部四卷小说改编的剧本。深感自己目坏已甚，无论是小说还是剧片，都难以拜观了，不知其质量如何？但导演肯拍此一主题，可谓有识之士（女）。当时法国传教士熟知康熙的，写报告给法王路易十四，对这位中国大帝称赞佩服得五体投地！这份著名的报告早已译成多种欧洲文字，康熙大帝的名字在那儿是不算陌生的。所以再介绍一下这位中国人，料不为多余之事。

“情教”创者曹雪芹

曹雪芹不仅仅是位小说家，清末民初的有识之士已经撰文宣称:《石头记》应归属于“子部”——经史子集之子，亦即诸子百家之子。这就是给曹雪芹科学定性:他实际不仅是一位文学作家，而且还是一位伟大的思想家。

此种识见，堪称巨眼，堪称真知。

但这位高明非凡的人士又不到此为止，他进而昌言畅论，说雪芹乃是一位创教之人!

读昔贤的文章至此，真为他的卓议和仁勇所震撼，可谓惊心动魄，像晨钟清响，破我迷梦。

我真的触动了灵魂——我问自己：总说“石破天惊”，世上各门学科中不乏其例，唯独评论雪芹《红楼》这个领域中绝未有之——俗论、常谈、卑识、谬说……几乎天天在出现，但没有什么“破”之与惊之可言。也许有之，却又人言可畏，怕挨批判，不敢公然揭示，慨然晓喻，毅然倡导，也就无人知之，无文记之了。

确实的，雪芹嫡真不假是位创教之人。

雪芹创的什么教，那首倡之士并未明文为之定名，这就大大影响了此一惊人论点的清晰度和价值观。所以为之拟一名称，十分必要。

如今我不揣斗胆来试试，看能否补上这个应有的教名。

我想一想，人类文化史有能创教的，也不过孔子、老子、释迦牟尼、耶稣、穆罕默德……屈指可数的几个伟大的头脑与心灵，而雪芹列名于其间，那是丝毫无愧的。但雪芹的思想、主张、“教义”若与上列几位创教人一般无二，那他就不会成为什么“创”者了；即此可知，他与儒家、道家、佛教、伊斯兰教……都不一样，亦即极有其独立的特色。

以此之故，我以为应称之为：情教。

根据何在？就在他自己宣示于人们的微言大义——他说他的书是“大旨谈情”，又说空空道人因读了《石头记》遂尔“因空见色，由色生情；传情入色，即色悟空”，而那“空空”之道人却因此改名为“情僧”，将那书改名《情僧录》——请看，这“情”字的位置，对他来说，是多么重要与崇高的呢！

一般人见了那十六个字的佛家语式，便认定雪芹的书就是宣扬“色空观念”，消极虚无，云云，等等。他们却不去想一想，那十六个字四句话，两头是“空”，中间包含着的却正是那个最关紧要的“情”——因此那道人才将“从空到空”整个儿丢了不要，专取当中的“核心”之情以为新名了，这又何等清楚明白。

要知道，佛家是以情为烦恼之根源的，故要去情。儒家（特别是从宋朝以来）专门倡理以制情。在中国古老文化上，情是视为“坏”的、可怕的意念欲望，必须千方百计以铲除断灭它，以为如此人间世界，方得太平安乐。

雪芹却敢冒天下之大不韪，站出来，犯众怒，迎万目之睚眦，逆百口之嘲谤，而大声宣布：不然！人之所以为人，就在于有情，情最纯正、博大、圣洁；同情、体贴、救助于一切不幸苦难者。他写的宝玉之为人，正是这样一个用情于众生万物的“情圣”的化身。这是远远超越了世俗的狭义的男女之恋式的最伟大的情。

这样看来，无怪乎我上文引述的那位卓识之士，要称雪芹堪为一位“创教”之人了！

雪芹那四句十六个字，表面是借用佛家词语，他自含有深意，这须容另文稍作解说。今次只想“交代”一点：我倡名为“情教”，也非全出杜撰，我的依据来自明代小说大家冯梦龙，他提出说，情可以治国，情堪为宗教。

本文虽小，却不是游戏笔墨；我很虔诚地祝祷会有热心支持成立情教的海内外人士出来响应。

情在《红楼》

曹雪芹自己“交代”作书的纲要是“大旨谈情”四个大字。他在开卷的“神话性”序幕中说，书中的这群人物乃是一批“情鬼”下凡历劫，并且他的原著的卷尾本来是列有一张“情榜”的——“榜”就是依品分位按次而排的总名单，正如《封神演义》有“正神榜”，《水浒传》有“忠义榜”，《儒林外史》有“幽榜”一样。由此可见，他的书是以“情”为核心的一部巨著。

但“情”实际上又有本义与枝义（引申义）、广义与狭义之分。雪芹的《红楼梦》，正是以狭义之情的外貌而写广义之情的内涵。狭义的，即男女之间的情——

今之所谓“爱情”者是也。广义的，则是人与人之间的相待相处的关系——即今之所谓“人际关系”。但还不止于此，从哲学的高层次来阐释，雪芹所谓的“情”，几乎就是对待宇宙万物的一种感情与态度——即今之所谓“世界观”与“人生观”范畴之内的事情。

鲁迅先生在20世纪初，标题《红楼梦》时，不采“爱情小说”一词，而另标“人情小说”一目。先生的眼光思力极为高远深厚，所以他的标目是意味深长之至。要讲《红楼梦》，必应首先记清认明此一要义。但本篇短文，暂时抛开高层次的情，而专来谈一谈“男女之情”。

雪芹是清代乾隆初期的人，即今所谓18世纪前半时期乃是他的主要生活年代，那时候我们中国人对“爱情”问题还远远不像现时人的通行看法，也没有受过西方的影响。在他的心目中，男女爱情实是人类之情的一小部分，你看他如何写史湘云，她的一大特点就是“从未将儿女私情略萦心上”。儿女私情，正是今之所谓男女恋情了——但他下了一个“私”字的“评语”。显然，与“私情”相为对待的，还应有一个“公情”吧？此“公情”，即我上文所说的广义的崇高博大的爱人重人为人（不是为己自私）的“人际关系”之情。但他又在写秦可卿时说“情天情海幻情身”，意思是说：在这有情的宇宙中所生的人，天然就是深于感情的——这儿至少有一种人是“情的化身”。

所以，雪芹这部书中写的，他自己早已规定了的，绝不是什么帝王将相、圣哲贤人、忠臣义士等“传统歌颂人物”，而是一群新近投胎落世的“情痴情种”。

但雪芹实际上很难空泛地写那崇高博大的情，他仍然需要假借男女之情的真相与实质来抒写他自己的见解、感受、悲慨、怜惜、同情、喜慰……百种千般的精神世界中之光暗与潮汐、脉搏与节拍。他并不“为故事而故事”，为“情节动人”而编造什么俗套模式。

如拿小红（本名红玉）与贾芸的“情事”作例，就能说明很多问题——这些问题却是今日读者未必全部理解了的。

贾芸与小红，在雪芹笔下都是出色的人才，也是书中大关目上的一对极为重要的人物。贾芸在他本族中是个可爱可敬的最有出息的子弟，家境不好，早年丧父无力结婚，单身侍奉母亲，能够体贴母亲，是个孝子——他舅舅卜世仁（不是人）的为人行事，不让母亲知道，怕她听了生气。办事精明能干，口齿言辞都很好，心性聪慧，外貌也生得俊秀（因此宝玉都说他“倒像我的儿子”，并真的认为“义子”）。小红呢，真是天造地设的一对：也是一个在不得意中无从展才的出色人物，生得细巧干净俏丽，口齿明快爽利，当差做事精明过人，连凤姐那样高标准审材用人的“专家”，只一见了她，临时抓派了一点儿家常琐事，立刻大加赏识，就要向宝玉讨来，收归手下。一切可想而知了！可她在怡红院，宝玉贴身的大丫鬟们个个才貌非凡，而且都很厉害，岂容她接近宝玉，为小主人做亲近的差使！只因刚刚有幸为宝玉斟一杯茶，就大遭盘诘奚落。于是心灰意懒，每日恹恹如病，意志不舒。

事有凑巧，却值贾芸要来看望宝玉，无意中与小红有了一面之缘，并且获得几句交谈的幸运——那贾芸一见一闻，早已认识到这是一位出众的少女。

我们自古说书唱戏，流传着一句话，叫作“一见钟情”。对这句话，有人不以为然，有人专门爱用。那写《红楼》的雪芹，对此又是如何评议的呢？

这事很复杂，不是一个简单的是、非、好、坏的“分类法”所能解决的。如今请听我一讲——

世上的一见钟情，自然不能说是绝无仅有，但够得上这四个字本义的，确实并不是太多。认真考核时，那“一见钟情”是假象居多。雪芹的书里对此持怀疑或笑话的态度。因为一个女的，一旦只要见了一个清俊男子，便立刻想起她的“终身大事”，难道这不可笑？那个“一见钟情”的内核质素是个真实的牢靠的“情”吗？只怕未必。细一追究，问题就很多了。

又不要忘记了历史的实际：造成那种非真的一见钟情的缘由却又是“可以理解”的——老时候，妇女是封闭式的生活，闷在深闺，不得外出，更不许见外姓陌生的男性，莫说“两性社交活动”是那时人所梦也梦不到的“奇谈”，就连一面之缘也极难或有。然而正是在此情形之下，适龄男女幸获一个觌面相逢的机会，自然远比现代“开明进化世界”的人容易留下“深刻印象”——并由此而引发到“钟情”的事态上去。所以，今天的男女“司空见惯”的这个“见”，在“红楼时代”确实是个重要无比的“钟情条件”。

事情正是这样：贾芸来到荣府书房等候传达，想进园看宝玉，正好此时小红出来找人——于是乎形成了二人的“一见”。这一见可不得了，贾芸自然为这个不寻常的小丫头的风度引起了注意。至于小红，要讲公平话，她原非什么“淫邪”之辈，起先一闻男声，本就要回避（赶紧躲开）的，后知是本族当家子的子弟（侄辈人），这才肯向前搭话，话是体贴贾芸，不愿让他白耗时力傻等着。这儿，并没有什么“情”之可言。

然而，你看雪芹的书，那就传神入妙得未曾有！他怎么写小红的“表现”？他那一支奇笔写道是——

（红玉，即小红）方知是本家的爷们，便不似先前那等回避了，下死眼把贾芸盯了两眼……

雪芹的笔，遣词用字，已是入木三分，一句话中蕴含着无限的心态之奥秘。但到此为止，仍然不能说小红就已然是“一见钟情”，只不过是初次有所留心罢了。

以后的事情，也不是“直线发展”“一望到底”的。小红在怡红院难获一个如意的机遇，后遭场恶气，这才曲曲折折地忽然转念到那日书房中偶遇之人。然后经历了遗帕传帕、入园种树、守护宝玉（遭马道婆巫术祸害几死）层层递进，他二人的“情”这才真正暗暗地建立起来。

这种情况，你说它就是“一见钟情”，就显得太简单化太肤浅了。而如若说它绝对不是，也似乎过于粗陋——这正就是雪芹在距今二百数十年前竟然能够把男女之间的情写到如彼其高超精彩的一个佳例。须知，雪芹在写书的一开头，就把那种“套头”“模式”的“一见钟情”明言反对了。

要想知道一下雪芹原书与现行的高鹗伪续本是如何的悬殊迥异，只看小红贾芸这一般情缘故事也可以显示清晰。原来，贾环自幼受他生母赵姨娘的“教养”，对凤姐与宝玉二人恨之入骨，必欲置之死地而后快。马道婆那一场事故，已见端倪，但还不是他本人的毒计（那时还小）；等他长大了，先诬陷宝玉“强奸母婢”，激怒了贾政，只差一些微就把宝玉打死了。再到后来，就干脆勾结荣府的外仇内敌一起谋害凤姐、宝玉，以致这叔嫂二人一齐落难入狱。此时，芸红二人已经婚配，通过醉金刚倪二的义侠之助，买通狱吏，前去探慰搭救。他夫妻二人是深深感念和怜悯他们的旧日恩人的屈枉和悲惨的。这些后话，其实雪芹早在第八回就设下伏笔了——那宝玉住的屋子为什么叫作“绛芸轩”？你是聪明人，你稍稍运思，就恍然大悟：那轩名二字，正是“红”（绛即红同义字，而且古音亦同）和“芸”的结合呢！

其实，雪芹笔法之妙不止于此。在全部书中，谁也没“资格”进访怡红院，唯有贾芸得入一次，刘姥姥自已瞎闯进去一次。这都为了什么？原来到日后宝玉极度贫困，寄住于一处破屋，几乎无衣无食——那时重来眼见宝玉之惨境的，也正是贾芸与刘姥姥，他们都是前来搭救落难之人的。在他们眼中，宝玉早先的令人目眩神迷的精美住房，与他落难后的贫无立足之境，正构成了一幅震撼心魄的强烈对比！

由此可悟，雪芹此书的前面貌似的富贵繁华，正是为了反衬后面的破败凄凉。

但到高鹗伪续中，这一切统统不见了，而且凤姐（原是与赵姨娘贾环做死对头、全力保卫宝玉的人）变成破坏宝玉幸福的大坏人；贾芸也变成了与贾环合伙坑害巧姐的大坏人！这究竟是何种肺肠？！不是要和雪芹针锋相对，彻底歪曲，又是为了什么呢？

雪芹安排给贾芸的另一个极其重要的“任务”是送来了白海棠，由此，引起了海棠诗与菊花诗题——全书的“诗格局”由此起端。而且，无论海棠还是菊花，都是象征史湘云的。湘云与宝玉最后在艰险困苦中重逢再会，才是真正的“金玉姻缘”，即湘有金麟，宝有玉佩（那薛家的“金锁”确实是个伪品）。

由此又可见，贾芸的作用是如何的巨大和要紧。但这已逸出了芸红的“爱情故事”，留待异日再讲可也。

癸酉闰三月上浣写讫

《红楼梦》食谱闲话

刘姥姥数入大观园，托赖贾府上下的恩光，跟着吃了不少的好东西。她虽然把那种连她们乡屯里最手巧的姑娘用纸铰也铰不上来的花朵样的小面果子带了不少回家去夸亲耀友，虽然也曾因为“一两银子”掉在地上连个响声儿也没听见便被捡走了而叹惜，但是如果我们今日能“起”刘姥姥于“地下”而当面问她：您觉得在贾府的各样饮食中要数哪一样儿最是给您“留下了深刻的印象”（假如刘姥姥会懂得这种样式的语言的话）？那么我猜，她的回答应该是两个字，很干脆：“茄子！”

那天，当凤姐儿奉了贾母之命，将茄鲞捡了些去

“喂”刘姥姥，姥姥听说是茄子，不是失惊，而是失笑，说道：“别哄我了！茄子跑出这个味儿来了？我们也不用种粮食——只种茄子了！”看官，须知这种失笑实在比失惊还要有力量：加倍写出刘姥姥的万万不能相信她嘴里正在尝的东西会是茄子！

及至众人再度向她“保证”：“真是茄子。我们再不哄你。”刘姥姥这才开始诧异起来，说：“真是茄子？！我白吃了半日！”她又要了一口来细嚼细品了半日，才算半信——终是半疑；于是才向凤姐儿探问：“是个什么法子弄的？我也弄着吃去！”

凤姐儿回答的话如下：

> 这也不难，你把才下来的茄子，把皮劏了，只要净肉，切成碎丁子，用鸡油炸了，再用鸡脯子肉并香菌、新笋、蘑菇、五香腐干、各色干果子，俱切成丁子，用鸡汤煨干，将香油一收，外加糟油一拌，盛在瓷罐子里，封严。要吃时，拿出来，用炒的鸡爪一拌就是。

刘姥姥毕竟不凡，听到这里，马上就“悟”出一篇大道理：“我的佛祖！倒得十来只鸡来配它！——怪道这个味儿！”

曹雪芹于此，正是向读者宣示了中国高等食谱中的真奥妙——同时也随带着他个人的感慨在内。

原来，中国高等食谱，并不一定都是些什么龙肝凤髓、熊掌猩唇等类罕得之物，却多是一些极平常的东西，只在作料（按此二字当作“芍药”，今从俗）和做法上讲究。讲究了之后，那些“极平常的东西”就居然会“变味儿”。

要论“极平常的东西”而最能“变味儿”，茄子是代表之一——这也许就是雪芹单单举它“说法”的原因吧。茄子这东西，若穷人白水煮煎而用，可谓极难吃至致；加点油儿，变点味儿；多加，多变；多加好油好作料，多变佳味。贾府的茄子，那样的鸡油、香油、糟油等地炮制，正是摸到了茄子的“秘密”。

看官莫误会，笔者只是个“窭人子”，根本没吃过像那样的好茄子，安得有资格来谈此道，不过是纸上谈兵、道听途说，却的确也“悟”出了这层妙理。

据清人记载，康熙皇帝南巡，赏某致仕大臣御宴，其中有豆腐一味，为臣下所惊诧，以为尝所未尝；康熙发了慈悲，特命准许大臣的厨子来向御厨学艺，将此一味豆腐传给他，并特别告诉那大臣说：“可为你后半世终身之享用！”据说这位大臣后来在家里大请客时，就将这味“御赐豆腐”作为“拿手菜”，而尝者（都是何等人可想而知！）无不如刘姥姥之不信是“茄子”而坚不相信竟会是豆腐。

呜呼，我们固然无福来尝一下这份名豆腐——但也就可以“想象”（其实是无法想象）那豆腐的味道了！大概荣国府的茄子，比起那豆腐的作料和用法来，多半又是小巫见大巫了。

然而，说来也巧，豆腐又正是“极平常的东西”而最善“变味儿”的代表之一。穷人的豆腐和阔人的豆腐相比，其为豆腐也，分毫无二，而其味道也，天地悬殊。

中国高等食谱之所以“高”，也许就在此等处。若论雪芹见闻之富，经历之广，岂刘姥姥与“窭人子”之流所能望其项背，而他却能从刘姥姥那一面来看出这件事的奥妙，悟出其中的一篇大道理来，则雪芹之伟大、之令人佩服，诚非无因也。

附记：

本文曾刊于香港《大公报》，年月失记。雪芹从来不是为吃喝而写吃喝，他都有安排用意，为艺术服务。比如，他写晴雯家里的茶是什么样子的“色、香、味”，与怡红院中的天地悬殊，就是最好的说明。再者，前面的饮食考究也还是为了反衬后来的“寒冬咽酸齑”。所以我从不愿看大讲《红楼》饮食如何高级的文章，那才是真忘掉了文艺作品的“考证”。

《红楼》饮馔谈

不知由于什么原因，《红楼梦》的读者和研究者之中有些人总以为曹雪芹是个“讲吃讲喝”的作家。这其实是一个错觉。雪芹在他的小说中写及饮食，正如他写及音乐、书画、诗词、服饰、陈设、玩器等一样，只是为了给人物、情节“设色”，并借以表达他的美学观而已。雪芹是从不肯为卖弄什么学问而显露一大套“描写”的。懂了这个道理，就不难识破有人看见小说涉及了放风筝就造出什么“风筝谱”，看见小说涉及了饮食就造出了什么“食谱”之类的构思的马脚。然而，只因此故，就不能谈一谈《红楼梦》的饮食了吗？那当然也不至于，还是有得可说的。

雪芹注意写什么“饮”？先就是茶。

一提茶，也许人们要大谈“品茶栊翠庵”。不过最好莫要忘记，开卷才叙林黛玉初来荣国府，就有特笔写茶。你看，林姑娘第一次用罢了饭，“各有丫鬟用小茶盘捧上茶来”。叙到此句之后，雪芹便设下了一段话：“当日林如海，教女以惜福养身，云：饭后务待食粒咽尽，过一时，再吃茶，方不伤脾。……”黛玉自幼既然受父之教，此时见刚刚饭毕立即捧上茶来，以为“这里许多事情不合家中之式，不得不随的……因而接了茶”。哪里知道，“早又见有人捧过漱盂来”，黛玉一下子明白了：“原来这茶并非为饮用而设”，于是“也照样漱了口”。及至“盥手毕，又捧上茶来，——这方是吃的茶”。

你看，仅仅是一个茶，便写得如许闲闲款款，曲曲折折，真是好看煞人！本文不是谈文论艺，只好撇下雪芹的文心，且讲饮茶的道理。

今天的人大抵都具备一点医学知识，当然知道了：一、茶中有一种碱，食后用茶漱口（“漱口茶”作为专名，见于《红楼梦》的后文），除起清洁作用外，更要紧的是它能对防治牙齿的酸蚀大大有益。二、食后立即喝茶，碱却“中和”胃酸，减弱了消化力，久而久之，定会“伤脾”，一丝不假。雪芹哪里通“西医”、懂“科学”，但是看他写林府和贾府对茶的运用，完全说明他对茶的性能功用却有十分科学的认识。

曹雪芹是喝酒的大行家，这一点大概用不着再作什么考证，可是你看《红楼梦》可有什么专设一节、大讲“酒论”的地方？只这一例，充分证明了我上文所言雪芹断不肯为卖弄而浪费笔墨的道理。因此，除了凤姐儿让赵嬷嬷尝尝贾琏从江南带来的惠泉酒之外，几乎没有任何“讲究”酒的文字可寻了。他写喝酒的场面是很不少的，唯对酒的名色、特点等有关情况，一字不谈，这一点特别令人诧异。其中当有缘故，不会是偶然现象。比如，他写茶还用特笔叙出：宝玉专用枫露茶，贾太君不喝六安茶；而对酒，却连这种笔迹也不见于书中。以此可知，艺术大师，是不宜以琐儒陋见来轻作雌黄的。自然，作伪者也就没办法造出一篇“雪芹论酒”。

《红楼梦》写“吃”最有趣的当然首推有刘姥姥在场的时候，这个人人都知道。可怜的姥姥，进了荣国府，见了那桌上的菜，一样也不认得，叫不上名堂来，只看见是“满满的鱼肉”——她第一次入府等待着凤姐儿用午饭已毕，菜撤下来，“桌上盘碗森列，仍是满满的鱼肉在内，不过略动了几样”。等她后来再入府，投了贾母的缘，成为“上客”，用饭时坚不相信有一道菜是茄子做的。经凤姐“说服”“保证”之后，她还是半信半疑——须知，这才是大文学家笔下写一种真的称赞和评价。低级作家便只会写刘姥姥“极口”夸“这茄子香死人了”——由此，才引起那段脍炙人口的“茄鲞论”来。

一位同志对我说过：有人真的按照凤姐所教给的，如法炮制，做出了茄子，但是结果并不太好吃。

有人认为这很意外。也许此正在理中。为什么？第一是仿制者只循文字，未得心传；第二是忘记了凤姐此刻并非真是向姥姥传授“御膳”秘法，其中倒有一部分是张皇其词，以示珍奇富有——向姥姥夸耀，欺侮乡下人老实罢了。如果真信了她的每一句话，就未免太天真。“一两银子一个”的鸽子蛋，不过是吓唬姥姥，天下本无是事的。要知道当时一两银子的购买力是多么大。

然而，上述云云，艺术之理，读《红楼》者不可不知也；如果你又因此认为凤姐的话全无一点道理，那可真是“扶得东来又倒西”，是被形而上学的流行病害得半身不遂了。

若问这道理又何在，我看从这里能真看出雪芹对我们烹饪之学的精义，深有体味。

原来，猩唇熊掌，凤髓龙肝，纵令珍馐奇品，动色骇闻，毕竟不是日用之常，必需之列。真会考究饮食要道的，本不在这些上见其用心，示其豪侈。真会讲饭菜的，只是在最普通的常品中显示心思智慧、手段技巧。例如，茄子一物，可谓常品之常，“贱”（谓价钱也）蔬之贱者也，可是，这种东西的“变化性”最为奥妙。穷人吃茄子，白水加盐煮，大约最是难吃不过了。多加一点好作料（应写作“芍药”，我已说过的），它就多变出一点美味来。“作料”百有不同，其美味乃百变各异。据老百姓的体会，单是一个烧茄子，可有无数的做法和风味。素烧荤烧不同，油烧酱烧有异。肉烧，固好；偶尔有幸买着一点虾仁烧，那就大“变”味。倘若是得了河蟹，那蟹黄螯肉烧，可称“天下之妙品”——从一般人家的水平来说，此语不为过也。如此一讲，于是我们虽然没吃过贾府的那茄子，总也可以“思过半矣”了吧。这茄子到了那地步，致使姥姥坚不肯信它是茄子，则其烹饪一道为高为妙，至矣尽矣！

所以我以为，讲《红楼梦》的饮食，不在于“仿膳”式的照猫画虎——画也难成；只在于体会它的精义神理，亦即中国烹饪的哲理和美学观。

据说当年康熙大帝最得意的一味御膳，乃是豆腐。我的话又要说回来：夫豆腐者，最“贱”最普通的食品也，穷人做的白水加盐煮豆腐，大概也不会太好吃。加一点好“作料”，它变一点美味。康熙那豆腐怎么做法，内务府的曹家人氏肯定是明白的。笔记上说当某大臣告老还乡时，康熙惜别，特意命御厨将那一味豆腐的做法传与那大臣的厨师傅，并告诉他“以为晚年终身之享用”。而这大臣回乡之后，每大宴宾客时，果然必定郑重以此“御赐豆腐”作为夸耀乡里、惊动口腹的一种最奇之上品。明白此理，也就明白茄子——二者现象虽殊，道理一也矣。

连带可以想到莲叶羹。这本无甚稀奇，也非贵重难得之物，只不过四个字：别致、考究，并且不俗，没有“肠肥脑满”气味。当薛姨妈说“你们府上也都想绝了，吃碗汤还有这些样子”时，凤姐答道：“借点新荷叶的清香，全仗好汤，究竟没意思……”我以为，要想理解曹雪芹的烹饪美学，须向此中参会方可。（“没意思”乃是凤姐的身份和“观点”，读书者切莫又参死句要紧，否则宝玉怎会想它？）

《红楼梦》中写这些茄子等物，未必就引起我们每个人的三尺之涎，我自己就并不真感太大的兴趣，因为觉得它油太大，而且鸡味太甚。如若问我书中何物使我深有过屠门大嚼之愿，则我要回答说，这该是宝玉和芳官吃的那顿“便饭”。你看那是怎样的一个来由呢？皆因那日正值宝玉的生日，芳官是苏州女孩子，吃不惯“面条子”（生日寿面），又无资格上“台面”去喝酒（她自言一顿能喝二三斤惠泉酒——这是《红楼梦》里第二次特提此酒），独自闷闷地躺着，向厨房柳嫂传索，单送一个盒子来，小燕揭开一看，只见——

> 里面是一碗虾丸鸡皮汤，又是一碗酒酿清蒸鸭子，一碟腌的胭脂鹅脯，还有一碟四个奶油松瓤卷酥，并一大碗热腾腾碧荧荧蒸的绿畦稻粳米饭。小燕放在案上，走去拿了小菜并碗箸过来，拨了一碗饭。芳官便说："油腻腻的，谁吃这些东西。"只将汤泡饭吃了一碗，拣了两块腌鹅就不吃了。宝玉闻了，倒觉比往常之味有胜些似的，遂吃了一个卷酥，又命小燕也拨了半碗饭，泡汤一吃，十分香甜可口。小燕和芳官都笑了。……

这是一顿很"简单"的便饭，看其规模，实在不算大，而在笔墨之间，令人如同鼻闻眼见那三四样制作精致的美味。我以为，这对我来说，确实比茄鲞之类引人的"食欲"。大观园里人，看来南方生长的小姐们人数占上风，她们家又有金陵地方的遗风，所以喜欢米食，全部书中，除面果子（点心）以外，几乎不写面食。只那"热腾腾碧荧荧"的绿畦香稻蒸饭，就写得"活"现，逼真极了！我是从小生长在"小站米"地区的人，对真正的、上等佳品粳稻，倒不生疏（有些南方人吃了一辈子的"米"，自己以为吃的最好吃的米，至老不识稻味，甚至连米有籼粳之分也不晓得，说与他小站佳米之奇香，竟茫然不解所语何义何味。他们读到此处，恐怕是没有多大"共鸣"的吧）。我从书中判断曹雪芹大概始终以米食为主，所以他写"饭"特别见长。

我又觉出贾府的人，“鱼肉”不为稀罕，但特别喜欢禽鸟一类。单是此一处，便写蒸鸭腌鹅。记得另一处贾太君听报菜单有糟鹌鹑一味时，才说“这个倒罢了”（“罢了”，已经极高的评价了，人家嘴里是不会说出什么“哎呀，这个可好吃”来的），就叫“撕点腿子来”。

其实，要想了解《红楼梦》中饮馔之事之理，必须首先向老太太请教学习才行。书中例子不少，有心之士，自可研味，恕不一一罗列。贾母是一位极高明的美学家，举凡音乐、戏曲、陈设、服饰……这种种考究，她可说都具有权威性的、最使人悦服的识见和理解，并且侃侃议论，头头是道。饮馔这门哲理艺术，当然也要推这位老太太为十足内行。她受过高度的文化熏陶和教养，虽是富贵之家的老太君，却无一点粗俗庸俗之气。她听曲、品笛，点一套《将军令》（琵琶弦子合奏）、《灯月圆》（吹打细乐）；讲究窗纱颜色，布置房内铺陈，甚至赏鉴一位妇女的“人才”“谈吐”，她也无不有其十分高级的审美哲学与标准。贾府里的一切文化艺术（包括饮馔这一门在内）的水平与表现，没有这样的一位老太太是不能想象的，不过今天一般读者未必能在这一方面有所体会罢了。

我想借此指出的是，研究中国烹饪学，光知道饭庄的名厨师是老师，最多只懂了事情的一半。另一半必须抓紧去请教一些有经验的老年妇女们，这是忽视不得的。

《红楼》花品

曹雪芹以《红楼梦》为名目写成一部小说，又自题名曰“金陵十二钗”。钗者，女子之代称。名为十二，是只举“正钗”之数作为代表的意思，实则还有很多层次的副钗、再副、三副、四副……直到八副，共计九品，合为一〇八位女子。雪芹写了这么多女儿，其原稿卷末列有“情榜”，即是“九品十二钗”的总名单。但雪芹从一开头就以花比人，所以秦可卿向凤姐托梦，最后说的是“三春去后诸芳尽”。及至众女儿给宝玉介寿称觞，回目则标曰“寿怡红群芳开夜宴”。宁府的花园（后亦并入新建的大观园）名叫“会芳园”，而大观园的主景，命脉之所系，则特别标题“沁芳”（桥、亭、溪、闸），一切景物皆因此水而布局。这“沁芳”二字，看似新雅香艳，堪以赏心悦目，不知雪芹意中，却是伤心惨目——他是暗寓“花落水流红”之真意于字面的背后或深处。如此一说，便可悟知：雪芹原是处处以花喻人。名花美人的互喻，是中华文化中的一种高级的审美观，极古老，极独特，极有意味。雪芹虽然处处创新，但对这个审美传统，并不目为“俗套”，反而发挥以光大之。因此我说不妨把《红楼梦》看作一部崭新的、奇特的、高超美妙的“群芳谱”。

从这个角度来说“红楼花品”，方觉既不“失花”，也不“失人”。

雪芹意中最重视的——或者说曾以重笔特笔来写的花品，有杏、桃、海棠、芍药。至于石榴、菊、梅、荷、芙蓉、水仙、牡丹、蔷薇、玫瑰、桂花、腊梅等，仅仅一举其名而未有实笔的，尚所不计。如今，依我个人印象中必欲一谈的选列几品，粗陈鄙意，并求同赏。

但首先须明一义，即雪芹是一位大诗人，我们中华的诗人，咏物赋题，并不像西方艺术，专门讲求“刻画”“逼真”，而是遗貌取神，绝不拘于“具体”“细节”的描写。如不明斯义，便会感到“不满足”，抱怨雪芹“不会形容”“短于摹绘”。这个大分际，先要懂得，而后方能谈得上理解雪芹的审美意度。那是高层次的感受与“传达”。

比如拿秋菊来说，它与春兰、夏荷、冬梅并称四高品，从毛诗、楚骚以及陶彭泽以后，题咏太多了，但谁也不去“刻画”它的“形象”。雪芹笔下菊花，只见曾插满刘姥姥的头，以及为它而起社分题的十二首七律，别的什么叶子怎么样，花瓣什么形……休想再见他一字多加

“描绘”。对梅花的“处理方式”也差不多，他只提到苏州的玄墓（那是“梅海”），妙玉取梅花上的积雪，也为它题了诗。开头写宁府梅花盛开，其景如何，也难觅一字之正写。只是在栊翠庵外望过去，见其“气象”，并闻“寒香”而已。后来宝玉乞得一枝，却也只写那折枝的姿态不凡，于花之本身亦不加半句描写。此为何故？这就是中华文化的精神之所在，这就是诗人感物的中华特色，重神取韵，而无意于貌取皮相。

明乎此，则荷花若何，桃花怎样，就无须乎多问了。

我觉得雪芹例外地给了两三句“正笔”的只有杏花、海棠两大名花。其余则石榴与水仙，却各得一句“特写”。

杏花是初出“稻香村”这处景色时，先写的就是“几百株杏花，如喷火蒸霞一般”。在雪芹，肯如此落笔，实为仅见。这大约是他写得最“红火”、最“喜相”的一例，透露他对杏花的“吉祥感”。杏花是探春的象征或标志，她在“薄命司”中算是命运最好的一位出类拔萃的女英杰。杏在我国文化传统上含有贵盛的意味。“日边红杏倚云栽”，风致可想。

雪芹写夏花，则曰“石榴，凤仙等杂花，锦重重地铺了一地”——此乃第二十七回的葬花的真对象，一般绘画、影视等都错以为这葬的也是桃花，其实葬桃花是第二十三回的事，葬桃花的是二人看《西厢》和美的情景，时在三月中浣，而葬杂花是四月二十六芒种节，已是正交五月仲夏的节气了！很多事例中往往出现错觉，积非成是，牢不可破。

雪芹写水仙，我一向很有感叹：他写“花香药香”时，见黛玉屋内一盆水仙开得正好，而特别书明那是一盆“单瓣水仙”！这引起我思索很多问题。

何谓“单瓣水仙”？就是向来享有美称的“金盏银台”了。多瓣的，雅名“千叶水仙”，那花形成一个“撮子”，而单瓣者却形成一个娇黄齐整的小金杯，下面的六个白叶托，活像杯托，故为银台。这种水仙风致独绝，我从小就“偏爱”金盏而不喜那“一撮子”。后读《红楼》，见雪芹独标斯义，虽只用了两个字，乃大喜！攀个高儿吧：我们的审美观，所见略同，不觉大为得意。

一部《红楼梦》，写花虽多，最最重要的是海棠。读雪芹之书而不知着眼于海棠，则“失红楼之泰半”矣！

海棠之所以重要，可分两个头绪来说。其一是全书的“诗格局”，以海棠社为开端。此社开时正是秋天，贾芸进献的是白海棠，实为秋海棠的一种。秋海棠是草本花卉，因终年开花，故又有“四季海棠”之称。常见的有两种，一种弱小，一种大叶斜尖，叶带银斑，可以长得很高大，其茎间有明显的“竹节”。可能书中所写是后一种，所以宝玉的诗句说它是“七节攒成雪满盆”，可为明证。

其二是怡红院的“红”的唯一标志，即木本的海棠花。海棠不但是怡红院的主花，也是全部书的“红”字的代表花品。

怡红院本名“怡红快绿”，取红绿对映之义，本因院中是“蕉棠两植”。蕉绿棠红，构成全书的象征色彩。当贾政与众人和宝玉第一次“游园”时，有特笔专写海棠，有八字两句，道是“丝垂翠缕、葩吐丹砂”，写尽了垂丝海棠的风貌。

贾政让众相公题匾，一人题曰“崇光泛彩”，连宝玉也为之喝彩称佳。这是用东坡咏海棠的名句“东风袅袅泛崇光”的典故。这首诗的末二句是“只恐夜深花睡去，故烧高烛照红妆。”仍是以美人喻名花，成为千古绝唱。雪芹用之，可见击赏，可见心契。

讲说至此，我便要提醒你：第六十三回群芳夜宴时，行的酒令是“占花名”，那湘云掣得的牙雕花签，就是一面画有海棠一枝，一面镌有“只恐夜深花睡去”七字（黛玉打趣她，说“夜深”改“石凉”妙绝！），所以要记清：海棠是湘云的“花影身”。

这层艺术关系，其实雪芹早就交代明白了——宝玉自题怡红院的五律，中间即云：“绿蜡春犹倦，红妆夜未眠。”这正是暗暗点给看官：院中一方是蕉，一方是棠。而独以棠为美人，用的仍然是东坡那同一首的典故！其针线之密，笔墨之妙，粗心人是未必得味的。

在雪芹意中，海棠最美，而唯湘云足以当之——所以书中唯独湘云的丫鬟名之为“翠缕”，照应第十七回“丝垂翠缕”，一丝不走。

游园时，众人盛赞那株西府海棠，说花也见过不少，哪里有这么好的！由此可知，湘云的品貌风韵，实非凡品。开海棠社时，独她最后追题两首，大家评为压卷之作，也正是点睛妙笔——但一般人读《红楼》，只看“热闹”，何曾悟及于此种笔致。却大家虚奖雪芹的文才，岂不有负于那位绝世才人的锦心绣口乎。

“怡红”“悼红”“会芳”“沁芳”，各含深意。“群芳髓（碎）”“千红一窟（哭）”“万艳同杯（悲）”，皆须合看。但“红”的地位特立独出，最为明显，略如拙文上面粗粗论列。那么，海棠的意义，湘云的地位，其重要性又为何如！聪颖之士，当下可悟。然而二百年来，芹书为高鹗篡改得面目全非，精魂尽失，雪芹文心密意，埽地皆尽，海棠的红颜，公子的怡悼，了不可复问，而尤可叹者，那“群芳”之泪，“万艳”之悲，博大沉痛的主题与襟怀，也被伪篡者歪曲缩小得只剩一点点“宝黛爱情悲剧”了，又有人公然倡言：“伟大的不是雪芹，而是高鹗！”中华文化，亟待弘扬；拙题“红楼花品”，不离弘扬本义。岂独为花为草而致慨乎。

庚午中秋后二日，写讫于瘦红轩

雪芹笔下有名花——海棠

雪芹在他的小说中，全副精神是写人；自然景物，非其命脉所在，只是为了写人的艺术上的需要，他才涉及了花的事情。换言之，他并不是为花而写花的。因此，他不会有多少正笔去“描写”“刻画”这些花，大抵着墨无多，点到为止。这么一来，我们要想在《红楼梦》寻摘出成片断的写花文字，并且作出像样子的赏析评论，极为不易，可想而知。

其次，既然雪芹是因人而设花，离开人而去谈他如何写花，就觉得颠倒了本末重轻。那么不妨来看看雪芹这位艺术巨匠、审美大师是如何从他的特定的角度而透露出他对花的体会感受，也是饶有趣味的事情。

一

一部《红楼梦》，把什么花摆在最重要的位置？答曰：海棠。

为什么这样说？试看通部书中，以大观园为场景；大观园中，以怡红院为中心；而怡红院中，所种何物？书有明文，曰“蕉棠两植”——这就是“怡红快绿”之由来，绿是指蕉，红即谓棠，一丝不走。可是，蕉本无花，原只以绿叶见赏。这就可以得出结果了：整部《红楼梦》，最占重要地位的一种名花，不是别的，正是海棠！

海棠花迷住了多少大诗人！东坡身遭贬窜，远在边荒，还为海棠写出了令人难以忘怀的名句，“卧闻海棠花，泥污胭脂雪”！——他听见宵来大风雨而为海棠的命运夜不成寐。李易安还未起来梳妆，先问卷帘侍女的，是为了什么？就是为了昨夜经风历雨的海棠是否无恙。陈简斋的诗最高，他见了海棠，引起许多心事，并且说出了“不见与花相似人”的感叹之言。不必多引，这也足见海棠花的美，非一般俗草凡花可比。

那么，海棠之美，究竟在何处呢？这就可以看一看雪芹的“意见”了。

在第十七回书中，写到贾政率领众人游园题额时，来到怡红院，见院中一边栽着芭蕉，一边是一株海棠，而雪芹写那海棠是“丝垂翠缕，葩吐丹砂”。这八个字，有形有色，丹翠交加，不谓不美了吧？但是，假如只是这个，海棠之精神又在哪里？它与群花不同之点又在何处？雪芹到底不是凡笔，他下文写出：此花所以名叫女儿棠，乃是因为她“大近乎闺阁风度”。

我想，贾宝玉对海棠的赏会，代表了曹雪芹的心灵情致。何则？谈到赏花，若只讲它的颜色红、朵儿大，那就不如去看假的绢花、塑料花。海棠的美，原不在于什么红绿、大小等之间，而端在于风神韵致的迥然超绝。看花，不只是看它的表面形貌，更是欣赏它的风度。雪芹下此二字，信乎别有会心。

以上说的是众人在直接地品花论花。还不可忘记了另一方面，同样重要，即间接地题花咏花。这又是何指呢？这指的就是大家为题对额而构思的妙句了：当一位清客相公拟题四字曰“崇光泛彩”时，不但众人称佳，连宝玉也赞曰“妙极了”——为什么这四个字能博得宝玉这般高度评价？实在值得思索其中道理了。

这四个字，大约本是由《楚辞》中的“光风转蕙，泛崇兰些”两句脱化而来。如今移之以题海棠，实在是一个神来之笔，倍觉贴切精彩！然而这一运用，又不是直接的，当中又有大诗人东坡的创造贡献，因为他最脍炙人口的题海棠的名句就是：

东风袅袅泛崇光，香雾霏霏月转廊。
只恐夜深花睡去，故烧高烛照红妆！

东坡创造的“崇光”，可说是最得海棠之神了。雪芹深赏东坡此意，于是运用“泛”字，配上一个“彩”字，这就给海棠写下了这句千古独绝的品题！

把这些说清楚是必要的，但是我们并非是要征文数典，也不是为了讲究词章之学，而是要借此来说明一个重要问题。这问题就是：在我们中华民族的美学观，赏花犹如赏人，不只是看他的形貌外表、黑白肥瘦，更要看那形象以外（以上）的神采容光。

一个美人，只靠脂粉绮罗，并不能真美，同样，一株名花，只靠红白锦绣，也不能真美。靠什么？靠一种蕴含于内而焕发于外的光彩光辉，凡是好花，莫不如是。

综上所述，可见在雪芹看来，海棠之堪称最美，一在风度，二在光彩。风度不落尘俗，容光更能焕发——兼是二者，方能当得起一个真正的美字。

因此之故，雪芹在写大观园的景色时，也只用了八个字，道是“花光柳影，鸟语溪声”。八个字，是真正的诗，是真正的中华民族的美学观。赏花之人，如果只看见“花红柳绿”，而不晓得“花光柳影”，那就还不是一个真正的赏花人。由雪芹写海棠一例，可以思过半矣。

二

我们中华民族的审美观念，精深微妙。譬如看人的美不美，不单是“面如傅粉，唇若涂朱”，还要看她的容光焕发，风采照人，风致翩翩，意态婉娈。总之是大有形状、颜色等“以外”的事情。看花也正是如此。有些花形象非不显眼，色彩非不艳丽，可是总觉得它面目发“板”，或者气味粗俗，了无韵致，因此入于目而不动于心。你在看京戏时，也会遇见某些小生小旦，都是“俊扮”，比如描眉画鬓，拍粉涂脂，样样考究，你不能说他“难看了”，但是就像个“娃娃脸”的“表演程式活动人”，在他身上找不着风采韵致、意度神情之美——那么这样的“剧中人”引不起我们的艺术审美感。明白了这层道理，就体会出为什么宝玉在大家议题海棠时，一闻“崇光泛彩”四字，便极口称妙了。此义要紧，我在前文已略作绪引，尽先提示，用意即于说明：要想理解曹雪芹这位艺术大师的心灵，应向这等地方来仔细玩味一番，方能赏会他写花写人的高超笔墨。

你且看曹雪芹是怎样写怡红院那株海棠：

……说着一径引人绕着碧桃花，穿过一层竹篱花障编就的月洞门，俄见粉墙环护，绿柳周垂……一入门，两边都是游廊相接，院中点衬几块山石，一边种着数本芭蕉；那一边乃是一棵西府海棠，其势若伞，丝垂翠缕，葩吐丹砂……

写到此处，那笔便一停，却让众人都赞道：“好花，好花！”说是从来所见海棠不少，哪有这样好的。于是从贾政口中说出了“女儿棠”出自女儿国的传说，并批为“荒唐不经”之谈。宝玉听了，便出一段议论：

大约骚人咏士，以此花之色，红晕若施脂，轻弱似扶病，大近乎闺阁风度，所以以“女儿”命名，——想因被世间俗恶听了，他便以野史纂入为证，以俗传俗，以讹传讹，都认真了。

宝玉这段宏论，使得众人都“摇身赞妙”。(摇身，写清客相公们“读书人”之态，程本不解，妄改，谬甚。)但他的议论毕竟妙在哪里？莫非只是纠正俗讹而已？假使那样读《石头记》，便成买椟还珠。道理安在？就在于宝玉的一番话，并不是学者儒生的典故考订，而是诗人艺客的美学认识，他抉示出：海棠之美，美在具有“闺阁风度”。

所以，宝玉赏花是透过她的“色相”外貌，而领会了她的“精神”内涵。

其实，我们自古以来把名花拟美人，又把美人比拟名花，交互映证，以见其赏会之旨趣，道理亦即在此一点。

海棠的美，美在容光、风采、风度，已经论析明白。这种美，确实是别的花所难与海棠相比的。宝玉在题咏怡红院的五言律诗中说：“绿蜡春犹倦，红妆夜未眠，凭阑垂绛袖，倚石护青烟。”那“红妆”“绛袖”，就全把海棠看作一位美女，凭阑伫立。“只恐夜深花睡去，故烧高烛照红妆”，东坡的名句，是宝玉之所本，上文亦引过了。

雪芹是为人而设花，而不是为花而写花的——此义我在前文已经首先说明了——那么，他费了许多的心思笔墨，来写海棠，其心目中又是暗寓何人呢？是哪位少女才当得起这样一个其美绝伦的重要人物呢？原来，这就是史大姑娘湘云。

史湘云堪比海棠，娇艳风华，照映满院——她是怡红院中的主要人物之一。所谓“快绿怡红”的红，并非别个，正是湘云。这里有许多故事可讲，但因事涉红学，已逸出题外，故不拟多谈，如今只说，等到群芳夜宴，共寿怡红那一回书文中，写一群少女抽签行令，轮到史湘云，她抽的牙雕花签是怎样的？雪芹大笔明文，写出这一面刻着一枝海棠花，另一面刻着一句诗，道是“只恐夜深花睡去”！你看，雪芹的文心匠意，可妙不妙？真可说是妙入纤曲，令人叫绝。再往下看，等到黛玉打趣湘云，说是那诗应改为“只恐石凉花睡去”才是——拿白天在红香圃湘云醉卧的事来嘲笑她——那文笔之妙，又推进一层，全出读者意想之表！

这一切，全是由海棠之美而生发出来的头一流的古典文学上的奇迹。

因此之故，每逢芳春丽景，别的花不得一看，我倒也“无可奈何，也就罢了”，唯有海棠，若不能相见，那实在是遗憾已极了。千方百计，也要抽个时间去找海棠，哪怕小立片时，也是好的。而每见海棠，便想起湘云，感慨系之。

今春，原拟寻一机缘，专去看看海棠；后来因赴西郊，车过恭王府，这是北京西府海棠最有名的地方，于是下车入府，一进二门，便见花光映照，不觉喜心翻倒。我作的一首七律，前半写道：

飞絮濛濛始是春，海棠一瞥梦中人。

花光柳影交真切，禅味诗心绩故新。

那“一瞥”，包含着我无限的惆怅心情。

三

海棠在《红楼梦》中的地位，海棠在雪芹心目中的品格风度，已略如前二节所述。但是书中关于海棠花的事，并非到此为止。大观园中的海棠，细分实有两种：一种是怡红院中“蕉棠两植”的海棠，即“红”的代表或象征；一种是贾芸在名园花匠等处觅来而孝敬宝玉的海棠，这种花却是白的，与红构成了一个对照。红棠是春葩，白棠是秋艳。红棠未及写入诗句吟咏，白棠却由此引起第一次诗社的拈韵分题。这一回的回前有标题诗一首，说是：

海棠名诗社，林史闹秋闱；
纵有才八斗，不如高贵儿。

这首五言绝句说明了给白海棠题诗的主要作者正好是“怡红快绿”中的红绿两家——湘云和黛玉。“才八斗”用的是曹子建的典故，暗切曹字，又对那个时代的诗人处境抒发了感叹：在彼时，作诗也是“不才”之事，它和功名利禄明白公开地处于对立的一面。而海棠花是一部书中正式题咏的大主题。即此又可看出海棠在雪芹的感情和艺术上居于何等的重要地位。

但是这次海棠诗会，事在秋天（故曰“秋闱”），秋日的海棠是什么品种，雪芹似乎有意地回避开了，不作交代，囫囵而言之。海棠是娇艳美丽的胭脂花色，而这次题咏的却偏偏是白色的海棠。海棠有没有白色的？据记载是有的，但十分名贵。北京西北城积水潭（什刹西海）南岸的高庙，曾植有此花，拙著《恭王府考》曾有引述。但是雪芹所指是否即此难得之名种，多年来我心中并不清楚。后来想，秋天的海棠而且色白的，却有，那就是一种秋海棠，其花色纯白。秋海棠本亦因红色而得名，一般常见皆是如此，未放之花，色深艳红，既开之后，转为淡彩，与春海棠颇有相似之态。因此疑心雪芹所写的白海棠，应是秋海棠。可是无有确证，不敢断言。问过朋友们，也都“语焉不详”。

为了解决这个问题，我又买了秋海棠——已经有好多年没有她的影子映照于书帷笔阁之间了。重新栽养了海棠之后，我又细读雪芹的书。这次竟然找到了好证据，证明海棠诗社中众位女诗家所咏的确实是秋海棠，而不是春末开花的那种木本海棠。证据在哪里呢？

事情是有意思极了。原来那天初开诗社，题目是《咏白海棠》，注云：“限门、盆、魂、痕、昏为韵。”第一首是探春三姑娘的，第二首是宝钗所作的，而第三首便是宝玉的佳句。你看他写道是：

秋容浅淡映重门，七节攒成雪满盆。
出浴太真冰作影，捧心西子玉为魂。
晓风不散愁千点，宿雨还添泪一痕。
独倚画栏如有意，清砧远笛送黄昏。

只从这诗的第二句，我们便可断定大观园的白海棠是秋海棠了。为什么？因为春天的木本海棠，枝柯秀整俊拔，却无“节”可言；而草本的秋海棠，却是清清楚楚，添一叶，茎便形成一节，其节有明显的围着茎株一周的节痕，而且两节之间的茎段，其中段比节要细瘦一分，宛如竹节一般。由此而断，才敢说贾芸送来而为姐妹们所咏的白海棠，是盆栽的秋海棠。

雪芹并非为花而写花，在他笔下，花是人的象征，写海棠是由春浓而变为秋淡，是借“海棠”花一名的艺术巧用，若以为他连木本和草本两种殊异的植物都不能分辨，岂非痴人说梦，老大的笨伯一个哉！秋花并非色彩鲜艳不逮春花，但它给人的印象与春花却迥然不同：春花美丽风流，秋花迷雅静穆。秋花虽然也很美好，但容易惹人深思，甚至悲感。所以宝玉体会出“秋容浅淡”的意境，并且说出“宿雨还添泪一痕”的感觉来。雨和白色毫无关联，宝玉这句诗无意贴切白海棠可知。浓淡艳雅，是对立的两面，是事物的转变——在雪芹的艺术感觉上，白海棠是由红海棠转变而成的，所以他又让薛宝钗写了“胭脂洗出秋阶影，冰雪招来露砌魂”，这分明是觉得白海棠是一个净洗脂红的少女伫立于秋阶露砌之间。她又于结句说道：“不语婷婷日又昏”，这也是深得秋海棠之神的好句。你看我们中国的诗人，当他咏花时，并无意刻画花瓣什么形状，叶子怎么排列等呆相，而只是在传神态、写情致上运用笔墨功夫。

雪芹布置的这一切——比如，白海棠单单是由贾芸送来的，诗社单单是由探春起意的，特别重要的是单单由湘云收束的——她本不在场，最后特别请了她来，她也特别补作了不是一首，而是二首。这一切都非泛笔，都含有深意，关系到后文的重要情节故事。还可以一提的是宝玉在咏白海棠的时候，并没有忘记他在上元佳节应制作诗时对红海棠的想象，他也曾写道“凭栏垂绛袖”，而此时他又特意写出“独倚画栏如有意”的句子，这分明继续前番的句意。不但如此，他在末句所说的“清砧远笛送黄昏”，和香菱学诗咏月而写的“一片砧敲千里白”及“绿蓑江上秋闻笛，红袖楼头夜倚栏”都是语语相通的笔法，所以白海棠诗篇中也多次写到了月的事情，这乃是雪芹对他原书后文的情景的重要暗示或伏笔。

今天流行的《红楼梦》，八十回以后是别的人伪续，早将雪芹的整体构思打乱，破坏净尽，以致上述这些艺术联系统归消灭了，这真是令人憾恨的事，但只要我们细读前八十回原著，仍然能清楚看到海棠花在书中的重要无比的地位与作用。当我们面对着艳阳季节的红海棠或秋爽时候的白海棠时，能想到我在本文中所讲的这几层关系，定然能够增添无限的赏会之情怀。

四

前文引过，雪芹在《红楼梦》第十七回书中，写到贾政率领众人初次游赏新建的大观园，最后来到了怡红院，一入院中大家都被那一株西府海棠吸引住了，足见此花端的与别的花不同，于是齐声赞叹叫好。这时，却由贾政口中提出了“女儿棠”这个引人注目的新鲜名色，并言此乃外国之种云云。至此雪芹即出奇笔：他偏偏安排这个素来惧怕他严父的宝玉，此刻却并无畏惧地出来正式批驳了贾政，说这实在是由于海棠花红晕娇弱，大有女儿之风度，故行此名，而世俗便因而附会讹传为

"女儿国之种"罢了。雪芹在此，第一次大笔明写宝玉的才学识解之过人出众，而且敢于当众表示自己的见解的秉性。但是撇开文学艺术的角度暂不多谈，若论海棠一花，毕竟有过真与"女儿"发生了联系的掌故没有呢？对此问题，友人邓云乡兄作出了答案。我如今就借花献佛，将他的高见转述与读者，因为大家不一定去找那些红学专著来考究这样的课题，正不妨引来以拓展我们的知识领域。

原来，在我国历史上，真出过一位人称"海棠公主"的女儿，那是契丹族在北方建立辽国的时候，辽主耶律隆绪生了很多子女，其第十个女儿，乳名唤作"菩萨"，未曾出嫁，少年夭逝，死后葬在北京西山无相寺，其墓俗常就叫公主坟。说也奇怪，本来西山一带很少有海棠，而自从菩萨公主葬此以后，海棠就繁盛起来了，栽植海棠的也日益增多，形成了这地方的一大特色，风光格外美艳高华，遂为一方名胜。而当地人们因为那少年公主本来生得十分美丽，由她而带来了海棠的名花胜境，于是大家就为她拟定一个"私谥"，叫她作"海棠公主"。这段美丽有趣的故事，不但流传于北京父老的口中，而且也入了诗家的吟咏。例如，富有才学的名诗人龚定庵（自珍），就曾为她作过一篇五言诗，其中有云："菩萨葬龙沙，魂归玉帝家，余春照天地，私谥亦高华。"你看若非此一段掌故本身具有新奇美好的意趣，又安能引起诗人的吟怀笔兴？所以，曹雪芹在小说中提到了"女儿棠"之名目，或许他是熟知这一故事的，因而构成了他的艺术联想，未可知也。

要懂得曹雪芹写富贵人家庭院中以栽种海棠为盛事，还得了解从明代以来的北京的风气。如邓兄所举的，张远《陈志》记云：

> 京师多海棠，初以钟鼓楼东张中贵宅二株为最。……万历中又尚解中贵宅中所植。高明区中允大相诗："解家海棠帝苑边，开时车马日喧阗"是也……

这可见在明朝北京地方的有权势的大太监院中的海棠能以驰名整个皇州帝里，非一般花事可比，这是何等的声华名贵！到了清代，因鉴于明代宠任太监干政的恶果，力加裁抑，诸珰势减，取而代之的正是内务府的新兴皇家奴仆了，后者也就承袭了前者的居宅享用，庭园风习自然也在其内。而雪芹却正就是内务府籍的家世。

北京讲海棠以西府、贴梗、垂丝三种为最上，就中尤重西府海棠。西府海棠在诸品中独为单瓣，并不浓艳，然而她的风度却超乎别种。这道理我在前文已然说过了，兹不重叙。时至清末民初，北京的西府海棠又以恭王府萃锦园的最负盛名。此府卖与辅仁大学以后，陈垣先生每年都要招邀同人入园赏花，赋诗纪盛。说又奇怪，若依据拙考，恭王府址由明代就是一处重要的大宅第，可能亦为"中贵"旧宅，而它的建筑格局，竟与《红楼梦》中所写的荣府十分相似。不止一层耐人寻味的历史情状，隐约在小说作品的背后，透露了雪芹的文心匠意。

记得前人有一句诗，道是"大都花属惜花人"，只有真正爱花的，才能真正赏会花的美处。再好的花，摆在俗眼之前，他也领受不到其真美，有花似无花。同样道理，我们可以模仿一句，说是"大都红属惜红人"。《红楼梦》的真美，也要求我们读者提高我们自己的文学修养和审美能力。曹雪芹所赋予海棠花的艺术内涵是异常丰富的，多层次、多角度的，读《红》的人须当知道他每写一事一物总是以多方面的艺术魅力来唤起我们的美感享受的；把它简单肤浅化了，就使这部特别伟大的艺术绝品变成了与车载斗量的一般小说（我指的是古代大量的庸常的、粗俗的“野史”）几乎无甚区分的东西。倘若如此，岂不是负人负己，如入宝山空手而回。一个海棠花，有甚要紧？在别的小说中它能起多大的作用？作者曹雪芹在写一个花上却又是注入了多大的才思智慧？我愿你对此能作一番深思，而每逢海棠开时，务必面对着她仔细地欣赏领会一下为什么她会在曹雪芹这位大师的心中笔下占有那样重要的地位。

甲子八月息写记于北京脂雪轩

附记：

文中所说的白海棠，当然是指《红楼梦》明文描写的贾芸于秋日送来的开白花的海棠，是一个别种异品的花卉无疑，至如清人《柳南续笔》卷三有《海棠白花》一则，略云静海励文恭在家手植西府海棠二株，二十年后官至尚书，卒于京师，灵柩还里，时值秋日，海棠忽开白花满枝；邹元褒太史为绘“白海棠图”，诸家题咏之。按此乃“花木妖异”类记载，历代笔记中多有，与海棠本身之品种不同者无涉，应作说明，以免缠混。

怎么写宝玉

就雪芹如何写宝玉来讲上一讲，确实是无比重要而又耐人寻味的事情。

一部《石头记》——后来叫作《红楼梦》，本来就是以宝玉一生的遭逢经历为主体的书，雪芹十年辛苦，百种艰难，费尽精神心血，笔墨才情，所为何事？只为写出宝玉其人而已。那么，他的浑身解数、全副本领，都要为宝玉而施展，为宝玉而运用，此义自无可疑。试看古今中外，不管哪个作家，都必然是全神贯注、全力以赴地来写他自己最心爱最赞赏的主人公的，雪芹焉能例外。然而，异事就发生在这里。

照一般情形讲，作家既然竭尽心思地去描写刻画他的主人公，那一定是会把最美好的词句来赞美颂扬他，只有专门以写坏人坏事为主角主题的书，才应另论，如《金瓶梅》中的西门庆，是例。可是，曹雪芹却一反常例。他专门以贬笔写宝玉，他对宝玉很多不敬之词，一部书中几乎尽是说宝玉的坏话。此为何故？岂不令人猜疑？岂不令人诧异？这就颇值得我辈读者齐来思索参详了。

雪芹从一开头，就写冷子兴向贾雨村“演说”宝玉这个“怪物”，至有“色鬼淫魔”之恶词加诸其身。接着，黛玉入府，头一个向她介绍宝玉的概况的，是宝玉自己的生身之母王夫人，王夫人的一席话，也着实令人吃惊害怕，你听她是怎么说的：“我有一个孽根胎祸，是家里的混世魔王；……他嘴里一时甜言蜜语，一时有天没日。疯疯傻傻，只休信他。”而黛玉此时回忆在家时也早听母亲说过：“顽劣异常，极恶读书。”

接着，我们的作家雪芹又给宝玉安排了两首《西江月》，什么“潦倒不通世务，愚顽怕读文章；行为偏僻性乖张，那管世人诽谤”；什么“天下无能第一，古今不肖无双”。都上来了！你看，人世间难听的话，还往哪里再去寻找许多呢！雪芹在书中，想尽方法来从世人的心中目中去看这个宝玉，连傅秋芳家打发来的两个婆子，见过宝玉之后，走出怡红院门，见四下无人，也忍不住要议论一下这位“怪物”：“怪道有人说他家宝玉是外相好，里头糊涂，中看不中吃，果然有些呆气。他自己烫了手，倒问人疼不疼。这可不是个呆子？”

我不禁要再问看官们一声：你在何处曾见有这样介绍书中的最为重

要的主人公的文学作品来？岂不是一桩极大的异事？其中必有道理了。

我们所以才说：曹雪芹对宝玉的笔法的“基调”是贬词，而并不是赞语。

但是，雪芹的笔又永远不是“单打一”的。他在“众人皆欲杀”之中，却也极个别地忽出一二家“吾意独怜才”的映衬法。据我看来，雪芹用明笔给宝玉也布置了两位知音之人，对之独有嘉评。要问是谁，这就是清虚观的“大幻真人”张道士和“太虚幻境”的警幻仙姑。两位“神仙”，都沾“幻”字的边儿，且都为他讲了几句好话。

清虚观的张爷爷，称赞了宝玉，说他的诗句书法都好得了不得，并为哥儿颇表不平：这么好的孩子，怎么还抱怨他不读书呢？他不单是称赞辩护，而且指出一点要义，经史太君即可证明：就是宝玉的一切，从体貌丰神，到言谈举止，都极像他的祖父。——这么一来，事情确实是复杂起来了！

一个问题摆在了我们读者的前面：你可曾见哪部小说中有过这种笔墨？而作者雪芹定要如此落笔，这究竟是何用意呢？

从衣饰到神采

如果你从衣饰上看雪芹如何用它来助写人的神采，那么你会发现有味的规律——

一、男人的衣饰，一字不屑。（严格之至。）

二、但写女儿，又只重在熙凤、湘云二人。其次是探春。晴雯、芳官，偶予一二特笔。其余那么多的女流，也不正写一字。（怪不怪？）

三、宝玉虽为男性，却写他的衣饰，而且是重笔叠笔。（何也？）

这儿意味深长，你可曾想过？如照拙见粗解，不难明白：雪芹著书不为男子，只传女儿；宝玉虽属于男，但性与女亲，甚异于世俗“浊物”——原系一部书的真正的主人公，故特笔“优待”。女中主角是谁？大家皆认黛、钗。我谓不然。与全书盛衰聚散最有关的女主角是熙凤，而与宝玉最为亲厚、结尾重逢吊梦者乃是湘云。当你咀嚼这内中滋味时，便会若有所悟。

我们可以看看大家注重的所谓“黛玉入府”一回中，雪芹借黛玉之眼（正略如借冷子兴、贾雨村之口），来写出府中人物的衣饰——

> ……这个人打扮与众姊妹不同，彩绣辉煌，恍若神妃仙子——头上戴着金丝八宝攒珠髻，绾着朝阳五凤挂珠钗，项上带着赤金盘螭璎珞圈，裙边系着豆绿宫绦、双衡比目玫瑰珮。身上穿着缕金百蝶穿花大红洋缎窄裉袄；外罩五彩刻丝石青银鼠褂，下着翡翠撒花洋绉裙。一双丹凤三角眼，两弯柳叶吊梢眉。身量窈窕，体格风骚。粉面含春威不露，丹唇未启笑先闻！

你看看这种“衣纹学”的笔法，是繁是简？是描是写？是吴带还是曹衣？是飘举还是稠叠？我说是他明明用的写法而非描法，却给你一个工笔重彩的感受，对不对？他实际只列名色，一笔也未“勾”“描”！

王熙凤的音容衣饰，到第六回刘姥姥眼中，再现一番风光景象，别人也是没有这例的。——在这儿，你可看见熙凤目中看到的黛玉初来，她是如何的衣装打扮吗？又为什么一字也无？

至于宝玉，那在本回就是叠笔——

一语未了，只听外面一阵脚步响，丫鬟进来笑道：“宝玉来了！”黛玉心中正疑惑着：“这个宝玉，不知是怎生个惫懒人物，懵懂顽童？——倒不见那蠢物也罢了。”心中想着，忽见丫鬟话未报完，已进来了一位年轻的公子：头上戴着束发嵌宝紫金冠，齐眉勒着二龙抢珠金抹额；穿一件二色金百蝶穿花大红箭袖，束着五彩丝攒花结长穗宫绦，外罩石青起花八团倭缎排穗褂；登着青缎粉底小朝靴。面若中秋之月，色如春晓之花，鬓若刀裁，眉如墨画，面如桃瓣，目若秋波。虽怒时而若笑，即瞋视而有情。项上金螭璎珞，又有一根五色丝绦，系着一块美玉。……只见这宝玉向贾母请了安，贾母便命：“去见你娘来。”宝玉即转身去了。一时回来，再看，已换了冠带：头上周围一转的短发，都结成小辫，红丝结束，共攒至顶中胎发，总编一根大辫，黑亮如漆，从顶至梢，一串四颗大珠，用金八宝坠角；身上穿着银红撒花半旧大袄，仍旧带着项圈、宝玉、寄名锁、护身符等物；下面半露松花撒花绫裤腿，锦边弹墨袜，厚底大红鞋。越显得面如敷粉，唇若施脂；转盼多情，语言常笑。天然一段风骚，全在眉梢；平生万种情思，悉堆眼角。

只这两段，那熙凤与宝玉便活现于纸上了，人人皆如此感觉和谈论。当然，这“活现”的奥秘绝不会止在一张“服饰名色单子”上，起点睛作用的，全在紧跟上的那一联对句——诗。试看京戏中人一亮相，便有“引子”或“定场诗”；在评书中，则一副对句是更常用的手法。好一个“粉面含春威不露，丹唇未启笑先闻”！无怪乎脂砚赞那雪芹的

“追魂摄魄之笔”，真是一点儿不假。

但请你反问一声，当写熙凤初见黛玉时，可曾提到林姑娘是怎样一个穿戴？完全没有。稍后，黛玉眼中初见宝玉，也是“亮相”大有妙文，而反过来，宝玉初见黛玉，只写她眉眼态度，也一字不及衣饰。你可曾想过为什么？难道在大家心目中位置最高最重的女主角，倒不需要（不值得）写写她出场亮相的打扮？——而且在所有以后的书文中，也不再多说黛玉的服色。其故安在？

这恐怕就是雪芹对她这个人有一种超衣饰的认识，以为一画衣饰，会把她“框”住了，即“定型化”了，他以为一写她的衣饰会有害无益。此是从作者主观内心而言。若从书的客观布置结构来说，那则是黛玉并不是全书（贯通首尾格局）的女主角，而只是“三部曲”的第一部分的人物（她早逝了）。

《红楼梦》中的女性美

一部《红楼梦》，呕心血，濡大笔，开生面，谱奇情，主意却说是要使“闺阁昭传”，写出作者“半世亲睹亲闻的这几个女子”，为的是“闺阁中本自历历有人，万不可因我之不肖，自护己短，一并使其泯灭”。然而“百回大书”，若想从现代小说家所谓“描写”的角度去寻找，看曹雪芹是怎样“描写”这“一干裙钗”的体貌形容，那结果或许要大“失”所“望”。

曹雪芹有他自己的理想的女性美，更有他自己的理想艺术见解。描眉绘鬓，品头论足，这些地方，他不屑写；纵使有之，也是轻轻点到为止，一笔带过。他着意而写的是她们的神情意态、苦乐悲欢。——其实，就连这，你若不懂他的笔法，专从“正面落墨”处去找寻，大约也编不成一部《红楼梦描写辞典》的。《红楼梦》之不同于流俗笔墨，自具超妙文情，恐怕这也是原因之一。

以上是总言其大略精神命脉。若搜索特例，务窥一斑而尝一脔，那么，自然也不无可说的话头。

林黛玉，是读者最熟悉的女主角吧，可是你能闭上眼睛，想象出一位面貌体态清楚分明的林黛玉来吗？不知别位如何，我就不能。我所知于林姑娘的，仍旧是“两弯似蹙非蹙罥烟眉，一双似泣非泣含情目”（据诸抄本合参，当是如此。其详请看拙著《石头记鉴真》）。“态生两靥之愁，娇袭一身之病；泪光点点，娇喘微微；闲静时如娇花照水，行动处似弱柳扶风……”那几句话传其神情而已。

至于薛宝钗，除了“脸若银盆，眼如水杏”之外，大约我们就会想到她那种会使宝玉欣赏羡慕的“雪白一段酥臂”（第二十八回“薛宝钗羞笼红麝串”）。这真是曹雪芹的特笔，破例地写到女性的肉体之美。——这就难怪过去曾有人说，林、薛是“灵”“肉”之别，贾宝玉在这点上也不是完全能免于内心上的矛盾的，云云。我不是要来谈这个的，我要说明的还是曹雪芹如何来写女性美的笔法问题。

然而，曹雪芹又不止如此，他居然还写到“曲线美”呢！——读者若觉我这是荒唐之言，故作惊人之笔，哗众取宠，则请看真凭实据，便可分晓。

曹雪芹写香菱，只写到她那一颗胭脂痣；写鸳鸯，只写到她脸上的几点碎雀斑；写平儿……那我实在想不出到底是什么“特征”；写司棋，会写到她的“高大身材”；写晴雯，我们记得她有点“水蛇腰”；写迎、探、惜三春，也只说过“肌肤微丰，合中身材”“削肩细腰，长挑身材”“身量未足，形容尚小”等话；到写凤姐，是“身量苗条，体格风骚”了。这就有点接近于现代所谓“曲线”了。然而还只是“接近于”，还并不真正是。

真正是的，是写史湘云。

大家一定记得，第四十九回书，“琉璃世界白雪红梅，脂粉香娃割腥啖膻”时，一时史湘云来了，大家起先看她从头到踵，一色重裘，以致黛玉打趣她是个“小骚达子”（当时满洲人呼蒙古人的轻蔑语）；湘云却笑道：“你们瞧我里头打扮的！”说着卸了外衣一看，只见她：

> 里头穿着一件半新的靠色三镶领袖、秋香色盘金五色绣龙窄裉小袖掩衿银鼠短袄，里面短短的一件水红妆缎狐肷褶子，腰里紧束着一条蝴蝶结子长穗五色宫绦，脚下也穿着麀皮小靴：越显的蜂腰猿背，鹤势螂形！

脂砚斋十分凑趣，在此最后句下便批道：

> 近之拳谱中“坐马势”，便似螂之蹲立。昔人爱轻捷便俏，闲取一螂，观其仰颈叠胸之势。今四字无出处，却写尽矣！

这是书外的一种反应。而书中人物对此却也有“反应”，因为“众人都笑道：偏他这爱打扮成个小子的样儿！——原比他打扮女儿更俏丽了些！”

看官们读到这里，一定笑说：看你扯到哪里为止。你举的不管书外书内，都不过是说湘云的男装样式罢了，这怎么和女性“曲线美”拉到一起。所谓适得其反耳，君将何以自圆其说？

我说，且慢，不要忘记了乾隆时代的女装是什么样子。曹雪芹笔下的女儿，虽然大都是满洲旗人，她们所穿的旗装却是无一处和我们今天的可身而裁的“旗袍”相似，正相反，那时却都是宽袍大袖，那种宽大衣装不是要“显露”，而正是要“掩藏”女性体态上的线条。

明白了这一层，就会想到，湘云的体态美，只有在“打扮成个小子的样儿”的时候才得以例外地显现出来——只有这样打扮时才使得众人耳目一新，突然叫妙。

湘云的体态，雪芹交代得分明：蜂腰猿背，鹤势螂形。“螂形”二字最妙，其中包括了“蜂腰”，又经脂砚指出了“叠胸”，还有……那就也要加上读者自己的反应，不必我一一点破，大嚼无味。

我不知道现代人对“曲线美”一词的共同确切定义究竟何似，如果里面包括女性肩、胸、腰、臀等躯体部分的丰、煞、起、伏的特点所构成的线条的美，那么，曹雪芹所写史湘云的那几句话，恰恰就是指的这些。

曹雪芹写了“曲线美”，分毫不虚，而他写来竟是一点也不令人肉麻的。同时还使我们看到，史湘云是最合乎现代女性审美眼光的“裙钗”之一。

“西府”的谜底

北京的前海、后海之间，有两座大府邸，即闻名天下的“东府”“西府”。东府的历史很清楚，可以追寻到明末清初，那是吴三桂之父吴襄的宅第。吴三桂叛清后，此处成为敦郡王（胤䄉）府。雍正夺位后，首先“整”胤䄉，此府遂废。后来他又“整”他的大功臣年大将军（羹尧），将年囚禁在此废府之中。此府没离开两朝政局上的大事故。可是西府呢？难道就“没事儿”？此谜一直难解。因此引来一种说法，认为西府是很晚才新建的一处宅子，并指明是乾隆晚期和珅才盖成的。但古建筑专家从府墙等明代遗迹证明了此府原来也是早有的。（后来扩建、改造等情，那是另一回事，无须牵混。）

我一直疑心，西府的历史，也不会那么“平静”，了无可述——与东府那么不同？我们努力考查，却一点儿线索也抓它不着，煞是可怪。东府的事，还有人敢提几句。西府怎么连提它一句都不敢？这岂不正说明其内中缘由要更“神秘”、更重大得多。我曾推断，它也许是胤祯的老府之所在。但又寻不得有力的证据。

胤祯是谁？就是雍正夺位阴谋的对象；康熙本来内定以他为继位人，派他到西宁去做抚远大将军，掌握军权，历练才干。不料胤禛将传位密诏描改“祯”字成为“禛”字，夺了皇位，却把胤祯召还京师，囚禁在景山的“高墙”（特殊监狱）之内。九年之后，雍正暴亡，乾隆继位，才把胤祯赦释。是年，他得一孙，取名叫永忠——表示感谢乾隆，不想再算“老账”了！永忠，原本虽然该有做皇帝的份儿，但因雍正的夺位，他却窝窝囊囊当了一辈子诗人（不然他是相当于嘉庆皇帝的资格呢）。如今却只因他写了三首诗，悼念曹雪芹，这才出了大名。他的诗集题为《延芬室集》。我从这部诗集里，却找到了他家住在“西府”的重要线索。

若详细叙列，那就费篇幅了。如今只举简捷明显的。

我曾考证过：西府地点在明代是大慈恩寺的范围。此寺久废。却出现了大太监李广的大宅子。大寺是消灭了，但到清代，这儿又继现一座慈因寺——只比慈恩寺差个“心”字。此寺不见著录，画家罗两峰却给它留下了影痕。而永忠的诗里，多次提到这个慈因寺，而且明言“境近招携便”“香林居近”。确是近在咫尺。一次，他到这寺吃了早斋，能立刻回到家中。这大约不会是成为问题的了。

永忠的诗里还可以看到他能欣赏水中鸥鹭，因观鱼而写出水天空碧之景——这除了前后海，你在北京城是没法想象的，明清时代这里水鸟最多。他还写到“北渚”，明指后海。他写“碕岸”柳荫，写冬天的冰床——这更证明，他所居即离前后海很近。

今之所谓“恭王府花园”中，有一立石，上刻字迹印章，一方印文是“馀生老人”。我们皆知，用“馀生”，就暗示了此人经历过大灾大难，幸而未死，仅存一命的难言之事。我以为，这样的印文，出于胤祯之手，用为别号，那是太吻合了。

附带一说：现在你查清史书，找遍了也找不见“胤祯”一名。原来雍正为了灭迹，不让世人看到破绽，硬是把胤祯改名叫作胤“禵”了！这个秘密我在康熙的谕旨中发现了它。

因此，在清朝谁要提这，定有灭门之祸！这就是“西府之谜”的由来。日久事迷了。

当然，清制凡获“罪”王爵贝子等，例须将府撤除，责令迁居，故胤祯居宅也曾经历变动。但他获释后应予复府。况永忠之父弘明，也封了贝勒。

寻这个谜底可实在不容易，这只是初步的“揭晓”，希望还能找到佐证。

关于慈因寺，可参看拙著《恭王府与〈红楼梦〉》。

“红楼”本是燕京典

曹雪芹写《红楼梦》，背景是北京城，但为了避免麻烦，故意打哑谜，只说“进京”“入都”“神京路远”“天子脚下”……而缄口不言“北”字，可是他在叙妙玉、宝钗等人时，却说她们把家里的东西由“南”土带到“北”地来了。这就是让读者自己细心寻绎，须“自得之”，而不欲道破。

但主张《红楼梦》所写是江南情景的人，还是有的。这原是见仁见智，各存一说就是了。不过我也曾写过一篇《炕文化》来论证雪芹实写北京，因为，他书里每写一处房屋，都曾写到炕的事情，从前些回写荣府，到后些回写大观园，皆无例外。我列举了大量例证，《红楼梦》处处点明“炕”字。因此我问：难道这是江南的风土吗？旅行家说：大约一到鲁东南，淮河附近，即无炕的痕迹，何况大江以南。炕是北方苦寒之地的产物，特别是从辽金元时代起，北方少数民族的“火炕”风俗使得燕京的炕更加发展和考究了，清代自然也是一样。

我又举过唐代诗人们使用“红楼”一词的句例，也为数不少，其本义是富家女子之居处。唐代都城是长安，故而“红楼”也出现在那里。但唐以后的句例，我愧未尽知。近日重温《宸垣识略》等书，见所引明人吴国伦的《燕京篇》中竟有佳例：

重城开御气，双阙倚明霞。
芳树华阳馆，高台易水涯……
风云森剑佩，雨露足桑麻。
紫陌新丰酒，红楼宛洛花。
轻尘飞白练，旭日丽青骊……

你看，这诗描写当时的都城北京，就有“红楼”的芳踪倩影了。所以不妨说，“红楼”一词所代表的历史实体和概念，是随着京都地点的迁变而转移的。也就是说，唐人多用红楼写长安，宋人则可以用来写东京汴梁城，元以后又可以用来写北京的事……这很自然，没有什么可疑与可争的“问题”。

结论应当是：雪芹是清代人，清代建都北京，那么雪芹用此一词来写富家女流，自然就是指北京的情境。吴氏诗中的“宛洛”，也正是“京都”的一个代称。

宗室永忠有一首诗，题作《戏题十二钗画障，为伴月赋》，其句云——

十二吴姬簇锦屏，临风玉貌各娉婷。
若为唤得真真下，一曲霓裳卧里听。

这首诗是乾隆五十年乙巳岁之作，要注意两点：一是所咏是十二位女子的画图，而不同于古代“头上金钗十二行”的语义。二是作诗时，离程伟元刊印程甲本，还有五六年之久，永忠读的绝不是百二十回的假“全本”《红楼梦》，而那时已经兴起绘画“十二钗”的风气了，这一点十分重要。我记得大学士傅恒、和珅等人的诗里，也都用过“十二钗”的“新典”，可见流行之一斑！雪芹的书，早以抄本的形式流传了，而且不限于京师一地。这种历史事实也未为研究者尽知。到今天，“红楼”一词，确实已成了北京“独占”的“专利词语”，移他处不得。

红楼迢递认燕都

曹雪芹的一部书，写的是哪个地方？有人说是南方，因为书中写到了手炉、菱芡等物，说这只南方才有。这其实是以不知充内行，老北京冬夏景物，他不了解，所举之风习物产，完全是北京的“古已有之”。又有人说是西安，因为从书文、批语中找到了“长安”字样，便认定是陕地秦中之事，但他忘了明朝人记北京事情的书，却题作《长安客话》。雪芹写南京，直出其名，唯对“北京”二字避讳，只言“神京”“都中”“进京”“入都”等“没头脑”的话，概死不提“北”字。可是他写妙玉、宝琴、黛玉等人，却说她们的东西是从南边带到

“北”方的，他把“北京”二字一定要拆散了再用，布下这个小小的迷阵，专门迷惑智力不高的人。如今我撰此小文，就为讲讲芹书暗写北京的种种妙笔。我这是随笔散记之体，并非论文，偶引书册，不作赘注，也绝没有“全面地、系统地、深入地研究”的那种大学问的派头。不美不备，阅者谅之。

黛玉自扬州入都，坐的是船，一直到城外才弃舟登岸，贾府有迎接之人在候，可知这航程就是南北直通的大运河，方能直达京师，清代南人进京，十之九是取这条水路而行。

黛玉既入荣府，第一次与宝玉相见，宝玉问她何名何字，她答无字，宝玉便要代她拟一表字，说是有一本书上记载的“西方有石，名黛，可代画眉之墨”。雪芹的手法，又打哑谜，又留“马脚”，让你自己去参悟。其实老北京人一见便知：这就于不知不觉中点出了北京的景物特征。雪芹说的《古今人物通考》，真有此书，还是托名假设？我自愧未知。但是画眉的黛石就产在北京西山，却是有案可稽的。别的书不及检索，单引一度被指为是《红楼梦》主人公“原型”的纳兰成德这位饮水词人，就在《渌水亭杂识》中说得分明：“斋堂村，在西山之北二百余里，产画眉石处也。”纳兰公子还记叙了元代熊自得偕崇真张真人往居斯村，欧阳元功与张仲举皆作诗相送的往事。雪芹所谓的“西方有石名黛”，那“西”字很有着落，并非虚下。假使《红楼》竟是叙写“西安”之事，那么彼地并不产黛，而且长安人凡涉山峦，必言“南山”，与“西”无缘。仅此一点，即足以证明：《红楼》所写，端属燕都，无可移易。

雪芹的《石头记》真本，传下来的最有名的叫作“甲戌本”，是大兴刘铨福与其爱妾马髣眉的藏书，后为胡适所得。刘铨福的后人刘博琴，是位篆刻家，由他的手中得见一轴《翠微拾黛图》，打开看时，原来正是铨福先生同髣眉女史同游西山，拾得黛石，因而绘成为图卷，卷后有多家题跋，殊为名贵，其中最难得的是濮文暹的一套南北曲。濮氏也正是“甲戌本”后面有题记的一位名家。我因此悟到：这正是由于马髣眉女史是一位罕见的才女，能丹青翰墨之事，还能亲手捶拓石刻并装裱碑帖；她收藏的雪芹的这部真《红楼》，迥异俗本，即珍如拱璧，于是《红楼》成为她和刘铨福的一桩不寻常的话题，所以二人就想起黛石，想起来到西山寻访此石，以验证雪芹的“假语”和“真事”。结果他们真成功了！图卷之绘，可见是当作一件大快事来题咏纪念的！

这件文物，今不知归于何人。我以为这也是关于“红梦”与燕都的一大掌故。

然后再略叙纳兰在《渌水亭杂识》中所引的另一首诗，在我看来，也与拙文的本题大有牵连。其诗开头即言“燕垂（陲）赵际中有村，正在西湖之上源，源头落花每流出，亦有浴凫时在亹”。这西湖，即后来称作昆明湖者是，即今颐和园之大湖。诗家指明了水源脉络。后幅即云：“土床炕煖石窑炭，黍酒香注田家盆。”这便非常之重要。何以言此？你不见他分明点出了一个“炕”字？我读书甚少，不知炕字最早见于何氏何文，更不知哪位诗人将“炕”写入了他的佳作。须知，炕与《红楼梦》关系更为密切。然而视而不见者，天下滔滔矣。

炕是北土的一大特征，我问过旅行家，说是一到鲁东南，即不再有炕了。鲁东南已接近苏北淮河流域，淮河已无炕迹，更何须再问长江南北乎。那么结论即很清楚：只要一提炕，绝不会是江南风土，此证无可争议。

不知你可曾留心否，雪芹的书，特别是开卷的头十来回书文，几乎是处处写炕。我写过一篇讲“红楼文化”的文章，题曰《炕文化》，详论此义，故今番不想仔细罗列一切，只单说如仍以黛玉入府为例，因为那已然就令人信服了：黛玉目之所见，身之所历，初到北国之人，自然炕是第一件新鲜事物。她来到荣国府正院“上房五间大正房”，这是“正紧内室”，进入堂屋，往东“进东房门来”，然后这第一句雪芹便写道是“临窗大炕”，这便是《红楼梦》中首次表出炕，描写炕，跟着细说炕上的铺设，连那“炕沿”上也有锦褥！“炕沿”不仅仅是指称“方位”，实际是个专有名词，“沿”读去声，炕之外沿，常用一条长而厚的佳木镶炕之边缘，这条长木呼为“炕沿”。这时，老嬷嬷们便让黛玉“炕上坐”，而黛玉“度其位次，便不上炕，只向东边椅上坐了”！看官记清：让上炕坐，是待客的上礼，尊贵亲近的，才能有此座位，而知礼之人，也并不真的爬上炕去，最多只在炕沿上，就算满“近乎”了。刘姥姥初见凤姐，凤姐是在炕上端坐，见姥姥已进来，方作“欲起身”（即下炕）之姿态——而刘姥姥没等让，已然坐在炕沿上了！雪芹之笔最妙，但不懂北俗、粗心躁气的读者，是“读”不出多大味道来的。炕之事即其一例也。然后，从这东耳房又引向“东廊三间小正房”，黛玉进去抬目看时——“正面炕上横着一张炕桌，桌上磊着书籍茶具……”王夫人接待她，坐在“西边下首”，让黛玉上首坐——那是贾政之位呢！黛玉聪慧过人，便不敢真坐此位，也是只向地下椅子上坐了。

话休絮烦，以后写宝玉、周瑞家的到梨香院见宝钗，总是在里间屋炕上作女红，刘姥姥所见凤姐所居，屋皆有炕。姥姥在家，她令婿王狗儿还说她："你老只会在炕头上坐着混说！"宝玉临离梨香院，因下雪，要戴斗笠，是黛玉"站在炕沿上"为他戴好的。众人在暖香坞看惜春画大观园，钗黛二人戏谑，钗按黛于"炕上"……

我想，不必全列，已足以证明，《红楼》处处有炕，非我妄语。这个文学现象，主"南方说"之人，应如何解释？想他必又另有高论。所以，依我拙见雪芹写的"京""都"，绝不是什么南京，只是北京燕都。

我不是在这里讲究"红学"，正掉一个过儿，我是借"红学"来写燕都。燕都的炕，是一大特色，现在不知还有幸存的遗迹否？

炕是北地苦寒的产物，也是满蒙等兄弟民族的生活文化的一大创造：金元建都燕京，炕的制式和规度又有了大幅度的发展与高级化。围绕着炕——妇女昔日的生活"天地"与精神"世界"的主要基地，积累出一整套的"炕文化"，可惜也无人研究论述。

纳兰的《渌水亭杂识》成书于康熙十二年癸丑到十五年丙辰（1673—1676）之间，第一条考订燕山窦十郎故里应在北城灵椿坊（戚序本《石头记》有一诗题云："作者泪痕同我泪，燕山依旧窦公无。"也大可探索其含义内容）。第二是叙说元代什刹海边有万春园，当时新进士领罢恩荣宴，集会于此，因而大似唐代长安的曲江之盛（"雁塔题名"即系此典）。提出甄氏访山亭，皆失所在。然后第三条就是明代李东阳"西涯"的旧闻遗迹，他说："李长沙赐第在西长安门西，俗呼李阁老胡同是也。其别业在北安门北，集（指《怀麓堂集》）中《西涯十二咏》，程篁墩学士和之，有桔槔亭、杨柳湾、稻田、菜园、莲池，而响闸、钟鼓楼、慈恩寺、广福观，皆在十二咏中。今其遗址不可问，当在越桥相近——盖响闸即越桥下闸，而钟鼓楼则园中可遥望尔。”这大约是清初考订西涯故事的第一则文献（那时纳兰约不过二十岁，其学识之富，文笔之超，令人惊叹）。他指出李东阳的别墅在越桥附近，极确，只是他把“西涯”的概念只定为一“园”，未免稍拘了，因为李东阳原意是指前后海环抱而成的那一处地势特殊的“小区”地带而总括言之。这个地方，依我之所考，就是后来《红楼梦》所写的荣宁二府及大观园的遗址之所在了。

越桥，亦讹作月桥，俗称“三座桥”“三转桥”，今只地名犹存，桥已不在。响闸即什刹海，清代有人写作“石牐海”，蛛丝马迹，大有意味可寻。此闸原在粪箕胡同口外，即“玉河（御河）”小溪注入前海的西口。有人误认“越桥下闸”是指“地安桥”（前海东沿，正对鼓楼），那就错了，我曾依据《日下旧闻考》作出确切的考证，撰文刊于《北京晚报》。

昔年越桥以北，前海以西，后海以南，德胜桥以东，这块“秀水明山抱复回”的“蟠龙水”环抱而成的“特区”，明清之际是一处重要的地点，与政治关系密切，景物又别有风光，常被人比作“蓬莱仙境”。

《红楼》中也正有“风流文采胜蓬莱”的句子，取义即在于此。那时水由德胜门水关入城，东南流，又北、西折向而流，先后汇为三“海”。后海原与积水潭（西海）不相通连，由一条小溪自潭引出，东南曲折而成为玉河小溪，溪上共有七桥，越桥、响闸，皆在其数。

清代安徽文士留下了一部《七宝楼诗集》，内中记载了访到大观园遗址的异闻和题咏，说是此地“平桥远树”“清流激湍”，有“故王宫殿”。这是道光、咸丰年间的事，那时此地有削爵的亲郡王废府。清流，即玉河小溪；激湍，即响闸喧泻。无不若合符契！这处地方，从清初以后，成为带有“神秘”意味的特殊地点，其政治内容异常复杂，非本文所能尽述。

我引的这些记录，都是很晚的发现了，在开始，我只凭的是雪芹笔下的逗露。例如，他写宝玉私祭金钏时，与茗烟偷偷出城，由府后门出去，那马只“转了两个弯子”，便是“出北门的大道”；又写贾敬灵柩由“北下门入都”，便推知府址是距德胜门不远，等等。后来才知此地带真有大府名园，且有引玉河入园之说（《天咫偶闻》确言如此），与《红楼》相合。再后又知此府园归辅仁大学，老工友都知道。这就是大观园！再后来，才又知道此地老居民皆有传说。而近年陈兼与老先生发表的刘大绅（刘鹗之四公子）的四首七律，更是详细记载了这处府园的悠久历史掌故。他从“兀术宫”咏起的，民间之说，此处大府最早金兀术住过，清道光皇帝之后裔亲口告诉他：这是东府，那边西府（恭王府）就是《红楼梦》里的宁荣二府之地！

沧海变迁，早先的风貌已经大大改易，无从辨认，无从想象了；但西府及后园，大致尚有遗踪略可仿佛。这也就极端之宝贵了。

恭王府，已部分修复开放了，其所以受到海内外各方人士注目，原是因为考知它与《红楼》的一层微妙而神秘的历史关系，并不是由于一个恭亲王的事，此理至明，无待词费。但是我见有些“介绍说明”，竟一字不及此义，觉得这未免太拘迂固执了吧？刘大绅的名句写道：“夹道中分荣国第，长堤北枕省亲楼。”“府夹道”、前海长堤（北端即是后来的“响闸”）我还都赶上过，如今变得真是一丝毫的痕迹和境味也不复可寻了，靠文字来“追述”，那更是比捕风捉影还无济于事的“办法”，因此本文粗叙缘由，绝无能力传神写照于笔墨之间，读者或不责其笨拙，为深幸矣。

小诗一首，以结此文：

红楼迢递认燕都，石闸莲池展绣图。
夹道中分荣国第，问君此处有情无？

《红楼梦》与满俗

我少年时，不懂满俗，而读雪芹之书却总有一个感觉：与一般汉人的一切，不尽相同。这“不同”是个什么，应予回答，因此开始探索。

首先可以从某些容易“琢磨”和讲说的迹象开始。

比如，书的开头虽然写的是姑苏、阊门和维扬、金陵、应天等古地名（所以避“朝代年纪”也），可是一写到薛宝钗是进京“待选”，我便立刻感到，这是清代满洲旗制的事情了，这是无可“挪移”的硬证，也非诡辩所能歪解。薛家能领“内帑”作“皇商”，显然是指内务府的身份，而只要懂得内务府是满洲旗分，而绝非清末混称的什么“汉军”——这在俗语用法指本来血统是可以的，因为是古语变用；若以之混认为“汉军旗”，便谬甚了。那么，薛家女儿既能待选（秀女），其为满洲旗人，更无疑义。

十分有趣，但今日一般人已不懂得的是书中称呼，充分透露了那是满俗风规。例如，汉人最重名讳，来源最古，男子既冠，即有表字，谁再呼名，是最大的不敬之表现——等于骂人辱人。而满俗大异，其称人不冠姓，而以名为“领称”，双名的则以名之首一字“领称”。请想：政老爹、赦老爹（或将爹改爷，是晚出本）、琏二爷、宝二爷、环三爷，以至于珍大嫂子、朱大嫂子、蓉大奶奶、璜大奶奶……皆属一辙。这就是满俗，汉人家里绝没有这个称法，谁要如此将犯名讳当好话说，那就成了笑谈了。

薛宝钗称宝姑娘——而黛玉不称什么“黛姑娘”，而例用“林”姓冠称（书中总用“林黛玉”三字齐全），分明显示了汉俗，与薛有别。但薛蟠又称“薛大爷”而不称“蟠大爷”，则是为了区别贾氏以外的人，另有用意，并非制度之乱。湘云亦称“云儿”“云丫头”，而正称则曰“史大姑娘”，用姓，也属汉俗的迹象。按我个人的考证，史家即李煦家，乃是汉人久归内务府籍之人，书中变称，也只是为了有别于贾氏之义例。再如满人对表亲中的兄弟姊妹行，相互之间，仍如本族，只称哥哥、兄弟、姐姐、妹妹，而无汉俗的“表哥”“表弟”“表姐”“表妹”之例。书中宝玉、黛玉、湘云等互称之“二哥哥”“林妹妹”“云妹妹”，最是佳例。

对待奴仆下人的态度与规矩，满俗有其很大的特点，即：虽然也严主奴之名分，尊卑贵贱等级绝不许混，但尊老念旧，赏功酬恩，乃一大要义与淳风，与汉人不同。男女奴婢，凡侍候尊长上辈老人的，晚辈以长辈之礼待，连称谓也是亲切尊敬的，有殊功的，更不同一般。如书中写赵嬷嬷、赖嬷嬷，年轻主子绝无座位，她们却都赐座。凤姐对赵嬷嬷，一口一个“你儿子”（指贾琏）；贾蓉称赖大为赖爷爷——脂砚批云，此称闻之酸鼻！倘无实际内涵（即《红楼》一书之特殊性质），漫以一般小说目之，则焉为一“下人”的称呼而触动真情者乎？在迎春意中，甚至以为“只有嬷嬷说（教训）我的，没有我说嬷嬷的”。以致邢夫人批曰“胡说”（谓嬷嬷有不是，小姐应以主教仆。见第七十三回）。由这些例证，清楚表明芹书所写悉为满俗，这在汉人家里，是大不相同，没有这么样对下的。

再如，书中有黑山村庄头乌进孝。此亦满制。庄头是凶恶的二地主，权力极大，每年给主家多少东西，全凭他“赏”，莫可奈何。据说有极可讶的：一大片果木林，年终只“进上”四个大苹果了事（我闻东北满族旧家一老太太亲述如此）！有些“评红者”，大讲乌庄头的“被剥削”“受害者”，让人看了真是啼笑皆非。汉俗并无庄头之名。

生长南土的，有的虽然当上了洋教授，却不大明白清史北事，硬说芹书写的都是南方生活习俗。幸有金启孮先生写过一篇《〈红楼梦〉中的北俗》，从多个方面论证了书中所写，悉为满俗。名篇在上，铁案如山，我此处就可以不再絮絮而列了。

雪芹笔下，有一句话点醒：“当年太祖皇帝仿舜巡。”这是暗指康熙大帝的六次南巡的盛举。为什么要说仿舜？盖此乃尊满之词义，因满族被宋明时代汉人呼为东夷，加以歧视轻视。清代满族皇帝极不愿人使用“夷”字，严防引起民族隔阂纠纷（所以荷兰的“红夷大炮”也得改书为“红衣大炮”了！曹寅《楝亭别集》中，连“鸥夷子”也改书为“邸彝子”，其例可考），而雪芹却为“东夷”找着了一个最光辉的大舜。故在雪芹意中，华夏之文教，自古亦苞系满洲在内。因此巧妙地（而又隐避地）用他的生花之笔大写满俗，却又不让人感到任何突兀特异，真是一位绝世奇才——他原是八斗之才的曹氏的真后代。

以上说的是显而易见的迹象。迹象的深处，实在还有更要紧的质素。姑就浅陋之见，略一敷陈。

芹书的全部大旨，是“谈情”。此情并非男女恋情之狭义，而是最博大的仁爱之襟抱——此义我屡论之，凡拙著中皆涉此要点，兹不复云。借此伟大情怀，欲为历史妇女一吐幽愤之气，雪芹发奇论，惊俗骇世，胆敢贬男褒女，一反往常。此意由何而生，论者往往援引古作，寻找重女的文词典故，而依我愚见，雪芹之极重女性，正从满族一大特殊观念而来——尊女。

对于这一点，宜作出较为全面和深入的论述，满学方面的文献，并非全无记载与讨论，惜我目坏太甚，已不及广引详征，只能申其大意。所谓尊女，原是个复杂的历史社会问题，非本篇短文所可胜任，但就个人的感受而言，至少可以肯定一点：满族尊女，远过于汉人。

中华文化上，对待女性的态度这一个重大课题早应有专著论述发明。论古史话，伏羲与女娲并列，女娲的代表意义（创造、功绩）较之伏羲还要重要，也许远古“知有母，不知有父”的母系社会是个尊女的源头。但是传说中神农教民稼穑，嫘祖始创蚕桑之道，这就是男耕女织的中华生产和生活制度结构的纲常，决定着一切派生的道理与观念，到《诗经》时代，“后妃”作为代表，占了重要地位，还有很多抒写妇女情怀的篇什，不妨拿汤显祖的一支曲来“概括”一下，倒是方便法门——

> 论六经，《诗经》最葩：不嫉妒，后妃贤达。更有那咏鸡鸣、伤燕羽，泣江皋、思汉广，洗净铅华。没多些，只这无邪二字，付与儿家。（《牡丹亭》，陈最良为杜丽娘讲授“诗教”。）

这都是“好样的”，表现了尊女崇德的态度。另一条文学源流，如《楚辞》一系（后衍化为辞赋），则出现“美人香草”“朝云暮雨”的诗境化了（超越现实）的女性观念，从此逐步衍变为“才子佳人”这类型的文学内容。其结果，“佳人”最多不过是为“才子”增添幸福的享受品，或者“名花美人”，都是高级的欣赏对象罢了，女性的“本体性”很少得到理解和表达，的的确确是一种“附属品”了。等而下者，就有了“美人祸水”“淫乱污秽的贬女、辱女、弄女的”作品，而以小说为主要体裁和宣传阵地。我之愚意，在真正的男耕女织的社会本体中，女子的地位与尊重度，并不如此低下，恐怕正是工商资本经济的发达而逐渐以女子为“玩物”的风气观念开始泛滥，明代的淫秽小说、俗曲的兴盛，是其结果，也反过来促进、加剧了重男轻女的社会意识。而僻处东北、生产经济落后的满族，则与此不同，妇女的体质、教养、参与生产的方式与作用，都与汉族妇女越来越显得不一样了，还保持着古朴醇厚之风。在家庭中，未出嫁的少女姑娘，地位尤其特别，受到格外的尊重与礼让。(在这一方面，《红楼梦》表现得同样清楚。金启孮先生记述满族军营家族，每晨起，兄之遇妹，必致问候，亲切而尊敬，几乎是对客待客的词气。后人的解释，说是因为满洲少女有入选进宫、一直到升级为后妃的可能，故而不敢不为特别礼遇云。我自然不敢说非如此，但觉得这至少是后来加上去的原因之一罢了。真正的伦理、社会因由，宜作更深入的探讨与阐发才是。雪芹开卷举女娲，已含深意，全书所写，主眼是女中才俊，即年尊的贾母也是一例。这些，悉涵满俗内容，并非一般笔墨。)她们都很有才干，喜欢男装打扮，与男子争胜。她们不是"玩物"或"欣赏对象"，没有汉族女人的自卑感，至少不那么沉重剧烈，这一切，使早已满化了的曹氏家庭，对妇女的观念便与中原和江南的汉人有异，而雪芹正是在他一身承受满汉两大文化的冲突和融合的强烈激荡和反省，感到了妇女处境与命运的巨大问题，因此立意要写一部以传"闺友闺情"的弘篇伟著。他有意贬男赞女的思想原因很多，但是满族文化中的妇女地位与作用，特色与美德，肯定是众多原因中的重要的一个。

从这一角度和层次来看《红楼梦》，便可以更为清楚地觉察它具备满族文学的资格，而不是我个人的强行"移汉就满"的臆说。

再如，有一个很大而突出的矛盾，"评红"家们都回避了：既然说《红》书是"反封建"的伟大作品，如何其中特别注重礼节礼教呢？——都是浓墨重彩，详细交代座次、辈分、亲疏、内外……的一切礼仪，有条不紊。为什么？从古以来，哪部文艺作品对此这样地重视与欣赏过？要解答这个问号，我意仍须从满族文化去寻找真源。满人最重礼，这种礼，由于来自古老社会中，带着显著的封建性，但是同时又表现着满族的一种美德，即重人而克己，谦虚而诚敬。这一内涵，是不能因为“封建性”而整体打倒消灭的。无礼、不知礼、不讲礼，不以昧礼为可耻，是一个民族素质堕落的可悲现象，并非“小事一段”“末节细故”。自古号称的文明之邦，倘抽掉了礼，则“文明”不知是何“形象”了！

由这一层来说，雪芹之书与历来的汉族文学就不尽同科，他突出这个“礼”的程度与热情，不是一般的偶然的现象。这就也是满族文化的大反映。在《红楼梦》书中所显示的，子女的教养，并不同由生母直接掌管。简单的（低品级的），即由乳母负责；有条件的（高级次的），则另有专职，即所谓“教引嬷嬷”，她不是管喂奶的，专管抚养教导（礼法，做人，处事）。教引嬷嬷，多的还不止一个，贾府的哥儿和姑娘，都有两三个嫫嫫——这和通常与女仆混义的“老妈子”并非一回事。“嫫嫫”记音最确，“嬷嬷”已较易与“妈妈”淆混了，而满语是me me，而非ma ma，应注意。戚本概书“嫫”字。此为满语满制，汉人焉见有此？高到皇太子，则有“八母”，即四奶母，四教母——而雪芹之曾祖母孙夫人，正即康熙幼时的保母嫫嫫之一（重要的）。雪芹笔下巧用“八公”一词，混人耳目，其实质不过是指康熙大帝的八姓乳保之内务府家世。

以上都说明一个事实：芹书内涵，满族文化居主，汉俗次之。这种事实，只能靠真红学来考辨证实——真红学其实就是中华民族文化的一个专门分科。许多人不识此义，误以红学只是一种小说文艺学。再“进”一步，还把真红学当作“误入歧途”“不懂文学”的“错误方法”

与“立场观点”。这就把一门严肃的艺术，搅得稀烂，是非颠倒，真伪莫辨，其流弊不可胜言。

本文十分粗浅，但旨在揭明：红学是建筑在史学、民族学上的一门重要文化学，而非一般文艺论。从红学史来看，事情饶有意味而大多数“红学专家”所不知着眼的，正是满学与红学的关系。《红楼梦》本来不是一般的小说故事，它具有极大的特殊性，最初的赏音题咏者，绝大多数是满人，正因为他们一见“如故”，十分亲切，以致后来竟出现了“无非糟蹋我满人”而恨之入骨的论调，这除了误解芹旨而外，恰好“歪打正着”，说出了那书是写满俗的真相至理。直到清末，慈禧酷喜此书，并自比贾太君，其理亦同——满族有才干的老太太的“互赏”于异代。近年新睿亲王后裔金寄水著《王府生活实录》，荣郡王后裔金启孮著《北京郊区的满族》，二书都大量引录《红楼梦》书文以相印证，在在表明了我之愚意不是妄揣。清代早期红学萌芽，实以乾隆帝之“明珠说”为滥觞（意在掩饰真内容）。以后发展为“索隐”一大流派。此派演化到辛亥革命先后之际，便又出来“排满”之说，“反对满人”与“糟蹋满人”先后对映，可谓“奇致”！但正在此处，显示了欲研红学绝不能抽掉其中的满学内涵。

胡适先生创立了所谓“新红学”，厥功甚伟。他从考证作者和版本下手，可谓探骊得珠。但他的红学见解又实甚浅薄（只看见曹氏文学艺术的家庭环境，与“坐吃山空”的败落“原因”），而且，二十五年间，并无多大进展。其故安在？恰在于他不懂也不肯深研满学，所以再也深入不下去，陷于（满足于）停顿。

恭王府传奇

北京什刹海环抱着一座神秘的古王府，那儿天天游客盈门，国际嘉宾更是为数不少，令人格外瞩目——这就是闻名寰宇的恭王府。此府，前部为邸第，包括九道大庭院；后部即府第之北是一座花园，目下开放的还只是花园的这一部分。

听人说：有位德国客人，看了园子，对这座保护完整的私家花园极致惊喜激赏之意，表示这应该列为联合国世界文化遗产的珍贵项目内，可与皇家园林、紫禁城比肩。国内呢，一个有趣的现象更为奇特：不少新婚的郎妇、伉俪相偕，专门要到此园来拍照，以为婚礼留念。

如此不同凡响。

那么她（园子）的魅力何在呢？

要回答此问，长谈须万言大文，短讲则只需一句白话——原来此园的地点（前身）曾与《红楼梦》中的大观园大有关系。

新婚的爱侣，特意要在“大观园”留影，意味深长，那绝不会是要与清末的“六爷”（恭亲王奕䜣）结什么“不解之缘”。

此园地点即大观园遗址？谁说的？有证据吗？

有证有据，话是清代及民初的民间父老、历史学家、诗人、哲士……都这么说的。

“恭王府”之名，并非不对，但只表明末代府主是恭亲王罢了，它的前身历史，极为丰富多彩。最早可以追溯到金代，这儿曾是皇家的东北郊园，离宫别苑——名叫“万宁宫”。元、明两代，什刹海畔留下了不少名园甲第，明代此处的大慈恩寺，有花园，宰臣李东阳、大太监李广，都曾居此“蓬莱”仙境（湖、河环抱四围），都有园林；直到清代蒋廷锡的赐第在此，乾隆帝的御书匾仍然是“秀比蓬壶”四字。所以曹雪芹让李纨作诗，开头就是“秀水明山抱复迴（huí），风流文采胜蓬莱”，字字合符，事事实境。

那一带居民父老众口一词：六爷府为西府，就是小说中的荣国府（指地点遗存）。此说来历久远，到府园归于辅仁大学时，从校长、教授到工友，都认同这个“闾巷传闻”，信服不疑——还把一位洋教授与其住处比为“林美人”与“潇湘馆”（园之东部垂花门内）。

《老残游记》作者刘铁云的子侄辈在20世纪30年代住进了“东府”

（康熙皇子胤禩的故府，因是雍正的反对者，被废），其四公子刘大绅（留日学者，哲学家）为记东西两府的历史传说及实境，写了四首七律诗。其中“夹道中分荣国第”，正是数百年来的二府相邻、只隔一巷的实况之吟咏（可惜巷已拆改，全非旧貌）。

可见此种“闾巷传闻”，大有“文献可证”（献，即耆宿口述史迹），并不能以“胡说”斥之，论学要重文尊献，岂可轻薄诋诃。

有人说，此府此园始自和珅（乾隆后期），以前无有，云云。此纯属不考之过。和珅诗中明写园中旧有“寿椿楼”，却让姬妾居于楼中，“寿椿”是敬父之词，显为旧主所筑（如今也找不到此楼的遗迹，可知历次易主拆改变化巨大）。园中“天香庭院”匾，早于和珅年代，出慎郡王之手笔。其他明代建筑的铁证，地下出土的明瓷，诸般反证，断非和珅“始建”。

世上的事，目光不同，想法各异，乃是常情，于是恭王府园（前身）与大观园是否有关，亦有仁智之见。例如，有专家并无一项论证，却公开表示二者“无关”。这就不属于学术（史地）研究的性质了，故无从讨论。再如一种说法，以为这可能是把明珠府的事混而为一了（因旧说谓《红楼》所写是明珠之子纳兰容若的事，属“索隐派”主张）。这充其量又只不过是揣度而想当然，还是不属学术研究范围，因为明珠府在什刹海北岸西端，此地居民父老，世代为邻，怎么会把左邻右舍都分之不清，闹到一处去？况且那儿也没有“夹道中分”的建筑格局可言。所以当地老住户听那揣度，会觉得是“外乡人”之“隔岸观花”了。

只一句话，几点空谈，都无法否定证据重重的事实。恭王府之所以独得保存，其实也正是红学之力。离开学术文化，离开《红楼梦》，只凭一个“恭王”，则此府此园能有多大的魅力？其生命血脉源流会有多大的积蓄？仁人智士，皆有深思。

把恭王府孤立起来，我连一句都不想讲它。所以要讲它，就是因为它与《红楼梦》有关。

怎么一个有关？说来话长，那是一部书的事，而不是一篇短文能说清的。只拣要点各讲几句，也就是了。要点之一，是府的建筑布局，九道大院落，横看中东西三“路”，纵看前中后三“进”，仪门以内，各路之间，有夹道。最北（后）有后楼。这和雪芹所写的荣国府，简直一样。我在40年代凭小说画出一幅草图，那时我连“恭王府”的名字都不晓得，是后来辅仁大学数学系的一位老教授写信告知于我，说：你画的图，和我校女生部这座老府的布局一模一样！他邀我去看看——这是1954年我刚从成都调回北京所接到的第一封信。

令人惊讶的不止这一点。此府的地理位置，也与芹书所写吻合。《红楼梦》写的，以北京西城名目为多，而又偏北。比如，贾敬卒于郊外道观中，其灵柩入城治丧，是进“北下门”。宝玉偷祭金钏，私出城门，从家里后门上马，那马只拐了几个弯就是“出北门的大道”。薛蟠被柳湘莲用拳头教训了一顿，也是在“北门外”苇子坑里。北京北面有二门，东为安定门，是上首；西为德胜门，是下首。可见“北下门”即指德胜门，而荣国府的模特儿实距德胜门不远——这正是恭王府的位置。

诸如此类的书中内证，我早年也举了很多。

更令我惊讶的是，拙著 1953 年出版以后，才逐步地得知，这一带老居民，本来早都传说，这就是荣国府大观园，而这种传说，我找文字记载的痕迹和线索，最晚的也在道光末年，那时恭亲王还没住进这座大府，正在空着。那么，这一传说无法解释为“受周汝昌的影响”，因为它比我“古老”得多呀。

还有很多层次的“巧合”，就使得本来不肯相信的人拿不出整个否定的好办法。

但是否定派最后的撒手锏抛出了，计有两点反对理由：一是据乾隆早期地图，此处不是大府，是一般民宅。二是恭王一家人“喜欢”《红楼梦》，所以他的后花园是仿照小说改的。

你听，这都够有力的吧。现在北京出的旅游小册子，有一本里面就特笔大书云：“恭王府说”已由“不少”专家进行“大量”研究，查阅“大量”资料，给予“否定”了！我给他泄泄底，所谓“不少”，所谓“大量”又加“大量”，不过就指上述两点。

那两点有科学价值吗？我不敢妄断，须由内行公议。据古建筑专家陈从周先生考察，此府现存东墙最古，不会晚于明代嘉靖九年（1530年）建成的北京西城的帝王庙古迹，有早无晚。府与园内部，几处皆有明代建筑的确证。

我的友人园林界高级工程师赵光华先生，研究此一地带历史地理，恭王府这个“点”前后左右被几所王府包围着。他质疑说：难道有哪个平民老百姓能在这个“府堆”核心夹缝里做住户，而他的院墙比帝王庙气势还雄伟？他不相信这里原是“空地”或“民居”说。

至于恭亲王家竟会拿着一本《红楼梦》去照猫画个园虎，此说尤奇。前年此园部分开放时，《北京日报》有文章，载明采访爱新觉罗氏原府主后人溥先生，问他这个问题，他答说：“恭王府里根本就不许有《红楼梦》。”

此语可供有关研究者参考思索。

倡此说者，忘记了一个历史事实：拙考一句也没有说园子“全像”大观园，我画出的只是府院图。辅大老教授以及很多人惊讶于吻合的，也是指这处大府而言。假使有谁力主园子是“仿红楼”的作品，我就要请问一句：难道一座王府，也会照小说来盖造吗？不知几千年中华史上可有此例？

其实这只是一个简单的逻辑小考题，根本够不上什么学术考辨。但也得絮絮如此，读者能谅解吗？如以为烦，而不加谅，我是一点儿也不觉意外的，因为谁能想得到里面有那么多事故呢。

这并非闲谈一段，而是中华文化史上一大公案。60年代初，沪《文汇报》登载了大观园文章，受到“四人帮”的严厉的公开训斥，“文革”中这题目成为该报批斗的主要项目之一，有关的几位同志为此吃够了苦头！后来逼得出了一条人命——我是从报刊文章中窥见一二的，详情自然不可尽晓。我举这个例，是为了说明“恭王府说”能否令人信服，岂容自封自是；但是“人家也总有些理由”，人家也“进行了大量研究，查阅了大量资料”，才下的结论。

恭王府位于北海之北，什刹海之西，北京师范大学之东，早先是一处四面水抱的“蓬莱仙岛”。

在明清两代，这里都属于皇家宫中的太监或内务府管辖的范围，宰相、掌权的大太监、亲郡王的府邸，以及贵家的名园胜景，都聚于这个“特区”地带。

最早的建筑历史，可以追溯到金代，金世宗在这儿兴建了一处离宫，规模弘丽——那时间，在杭州“行都”，还是南宋孝宗的年代呢，也就是范石湖、杨诚斋、陆放翁这些大诗人生活的年代。

戊寅闰五月，为府园修复十周年而作

莲池北岸的天香楼

《红楼梦》第十三回，写秦可卿丧事，“这四十九日，单请一百单八众禅僧在大厅上拜大悲忏，超度前亡后化诸魂，以免亡者之罪；另设一坛于天香楼上，是九十九位全真道士，打四十九日解冤洗业醮。”在曹雪芹的未删稿上，还有“秦可卿淫丧天香楼”的回目。碰巧，雪芹的朋友张宜泉，在他的《春柳堂诗稿》中有《和欧阳先生会饮天香楼原韵二首》和《九日戏寄郑恒斋被人约饮天香楼》的诗题，因此吴恩裕先生主张这两处天香楼就是一回事，他说：“可见天香楼于乾隆二十几年时，实有其地。雪芹既与宜泉友善，那得不知？援之入书，亦殊自然；上引周说，失之臆度。”（《有关曹雪芹八种》一〇五页）但我总觉得张宜泉所说的天香楼只是一处酒馆的名字，正如他“清泰轩观剧”的轩名一样，不一定就和《红楼》有关。我又总疑心，如张诗所写“芰荷香裹夕阳楼”“云阴瓦榭鸥相狎，风定石桥水独流”“白萍翠荇横诗艇，密竹疏藤隐钓家”等种种景象，天香楼的地址明明应在什刹后海一带，才能相合。但苦于没有什么证据。

不想，在新出的《清代北京竹枝词》里却找到了资料。还是《草珠一串》中，“名胜”门，第十三首：

地安门外赏荷时，数里红莲映碧池。

好是天香楼上坐，酒阑人醉雨丝丝。

第三句下注：“酒楼；在莲池北岸。”第二句下注：“南至皇城，西至德胜门，一望数里，皆莲花也。”所以他说的“碧池”“莲池”，正就是什刹海。后海沿岸有酒馆，到清末民初，犹有遗风。——秦可卿“淫丧”之处怕未必和这种地方有什么瓜葛。这点我还没有来得及和恩裕先生面谈，姑志于此，以备研考。

藕香名榭在津门

《红楼梦》中的轩馆，有一处不大为人注意，然而却极其重要：这就是藕香榭。但是细一考察起来，将一处池馆题名为“藕香”的溯源实在天津。

提起这一名目，先就让想到宋代女词人李清照的《一剪梅》，这篇名作的开头一句就是“红藕香残玉簟秋”。这藕，并非真指那带孔而折断有丝相连的那种根茎部分，而是诗词中因声律而换字的以“藕”（仄）代替“荷莲”“蕖”（都是平声）的艺术手法。所以它指的就是荷花。

曹雪芹写藕香榭，最重要的一回书文，是众少女大开菊花诗社的那一次盛会，就设在藕香榭中。

藕香榭与谁的关系最密切？与史湘云。这不但因雪芹安排的这次秋闺吟社的东道主就是湘云，而且雪芹还有一段特笔，写贾母来到这里，先看联匾而且是让湘云念这副对联给她听。对联从湘云口中读出，说道是："芙蓉影破归兰桨，菱藕香深写竹桥。"对那竹桥，走起来咯吱咯吱地响，也有一段特写。但还有意外的文字，就是贾母一见此榭，就想起她少女时自己家里也有这么一座池榭，叫作"枕霞阁"，自己常来玩，一次失足落在水里。贾母的娘家，就是湘云家里，因此众姊妹这才给湘云取了一个别号叫"枕霞旧友"。

令人感到惊奇的是"藕香榭"这三个字，作为池馆之名，最先却是出现于天津。

天津的查氏水西庄，不但是清初园林史上的一处重要地点，也是文化史上的必须深入研究的一处胜地。当时南来北往的无数名流，路过津门，几乎没有一个不是曾在水西庄流连吟会过的。而水西名园之中却正有一处"藕香榭"。查莲坡《蔗塘未定稿》中有一首题为《雨后藕香榭看荷》的七言绝句，写道是："半晌轻雷过野塘，依然树杪染斜阳；粉红半褪当风立，似试华清第一汤。"其令弟俭堂的《铜鼓书堂遗稿》中也有以"藕香榭"入题的诗句，可以互证。

这两个"藕香榭"有无关系？若有，关系何在？一个可能是雪芹到过天津，甚至在水西庄寄寓过，给小说的池榭取名时受了查氏名园的启示，以致借用了三个字，并赋予了自己意中的更丰富的含义，因为小说中"香""湘"是谐音关联的。

几年前在上海开会时，南方某名城的一位收藏家见示雪芹字幅，真伪不敢妄断。有一点很奇特：上面有一方印，镌文是“红藕花馆”。我一见立刻就想起了李清照的“红藕香残……”。拙见以为，这字幅即使并非真迹，摹仿制作赝品的，为了充真，更要寻找依据痕迹，方难能使人认假作真，那么，“红藕花馆”之印文，应非全出臆造。

这篇小文的主旨是说，藕香榭一名大有讲究，而其本源却在吾乡津门，雪芹似乎与“红藕香残”有某种感情联系。

“自传说”能成立吗?

本文标题的这一问，是别人的想法；在我看来，则这一问是多余，也早就“过时”的了。因为，红学上的“自传说”，本来就不是一个“成立”与否的假想或揣断，它只是一个事实——连什么“考证”也是无须的。

那么，“自传说”为何又曾成为论争、批判的焦点呢?

问题的来源倒是“事出有因”，而且不止一端的。

粗粗总括，不承认自传说者不出两派：一是中国小说传统一直是“写（别）人”，极少“写（自）己”，故凡见一本小说就先猜其“本事”为谁家谁人的事迹。二是将外来文艺理论牢记在心，奉为圭臬，认为小说都是虚构或“集中概括——典型化”，不存在“写谁”的对号入座问题。

以蔡元培先生为代表的“索隐派”主张，源于本土传统，极力反对“写已”之论。此是民初年代之事，至今后继有人。以“虚构”“概括”为理由而批判“自传说”的风潮，则是二十世纪五十年代以来的事。批判者以为如谓曹雪芹著书是写已，是乃极大错误——甚至是“阶级”性质的错误，非常严重，难以宽恕。

实际如何呢?

雪芹的伟大，不是死守常规，正在于他敢破陈腐旧套，所以开卷即言:此书乃作者亲历的“一番梦幻”故事，所谓“通灵”之玉，乃是“借”它来“编述一集（记）”的“假语”“荒唐言”——即以小说体裁来写自己的经历（“梦幻”者，作者惯用反语瞒人，正指真实）。

但此意此言此行，太创新了，常无人敢于相信罢了——清代已有人指明此书是“自况”“自寓”。

“况”“寓”云者，早已将“素材”“原型”与“艺术加工”“穿插拆借”等“演义”手法包括在内了，何尝“不懂历史与艺术的分别”？

至于“虚构”“概括”，我完全承认，世上古往今来本有用虚构、概括方法写成的小说，尤其是在西方那种理论的影响或指导之下的有意识或也如彼而作的结果。但我不承认因此之故，中国乾隆时代的曹雪芹也“必须”就是如彼而写他的《石头记》。

有模式，有教条，有艺术的特点与个性，有“自我作古（创始）”，焉能一概而论。

但我还是要强调一点：要解决这样的问题，也不单靠逻辑推理，也不能是理论“规定”；对文学艺术，除了那些，还需要感受与领悟。

我相信“自传说”的理由，是本人的感知，而不是先读了专家学者的权威论证。

我最深切的感悟是雪芹写下的那两首《西江月》——

无故寻愁觅恨，有时似傻如狂。总然生得好皮囊，腹内原来草莽。潦倒不通世务，愚顽怕读文章。行为偏僻性乖张，那管世人诽谤！

富贵不知乐业，贫穷难耐凄凉。可怜辜负好韶光，于国于家无望。天下无能第一，古今不肖无双。寄言纨绔与膏粱，莫效此儿形状！

这些“难听”的话，是说谁呢？

奇极了——我没见一个人出来讲讲，他读了这些“评语”之后想到的是什么。是同意作者对宝玉的介绍和鉴定，还是略为聪明一层，知道这乃是反词——以讥为赞？

无论如何，读至此处之人，该当是有一点疑问：世上可有一个大傻瓜，他十年辛苦，字字是血的著作，就是为了偏偏要选这么一个“怪物”做他的全部书的总主角（一切人、事、境、变……都由他因他而发生而展开而进行）？这个“偏僻”“乖张”的人物，如此不堪言状，选他的目的用意又在哪里？——即使你已明白此乃以讥为赞的反词，那你也该进而追问：如果他是写不相干的赵钱孙李，以致子虚乌有的捏造产物，那他为何不正面大颂大扬大称大赞？他为什么要费这一番“纠缠”而引人入其迷阵？难道他神经上真有毛病？

经此一串推演，智者已悟：雪芹特意用此手法以写宝玉者，乃其“夫子自道”也——除此以外，又能有什么更准确的解读？

——以上这一段，说的不是别的，就是着重表明一点：读《红楼梦》，你玩味他的笔法，只要有点儿悟性，就能晓知此书写宝玉——石头入世的红楼一梦，即是“作者历过一番梦幻……借通灵之说而作此《石头记》”的真实原委；此书的“自况”“自寓”“自叙”“自传”的性质本来丝毫不误。作者雪芹不过因为当时此一性质惊世骇俗怕惹麻烦，故此小施“文字狡狯”而已，并无多大玄妙神秘可言。

这就需要一点悟性——比“考证”更重要。书中类此之笔法，例子也不少，我谓举一足以反三，可以不必絮絮而罗列无休了吧。

诗曰：

积学方知考证难，是非颠倒态千般。

谁知识力还关悟，慧性灵心放眼看。

脂砚即湘云

平生在红学上，自觉得最为得意而且最重要的一项考证就是本节所标的这个题目的内涵。

这种考证，与其说是靠学识，不如说凭悟性。

雪芹原书“定型”的本子，是《脂砚斋重评石头记》，正文之外，回前回后，眉上行侧，文句夹写双行小字，有数以千计的评语，这是我们传统款式。“批”是欣赏、感触、评论、讲解等多方面的读书小札的性质（与今日之所谓“批评”“批判”无涉）。

第一个念头是：雪芹如此高人，生前历尽辛酸百味，“滴泪为墨，研血成字”，幸而成编，他会同意一个什么样的人为他的心血文字作批，而且定本是正文与批语同步、齐位的高度珍重呢？其人又如何对雪芹之为人、之境遇、之心情、之义旨……一切了解那般亲切清楚？

有人说他是雪芹自作自批，有人说是雪芹的舅舅，有人说是兄弟，有人说是叔叔……

这都是揣测、猜度，并无实据，所举理由也很稚弱甚至滑稽。

我的考证又从何入手呢？

我先被两条批语打动了心弦：书刚一开头，说绛珠草思报灌溉之恩，而无可为报，遂拟以泪为酬，因有“还泪”之说——于此即有一条眉批说：“余亦知还泪之意，但不能说得出。”我们需要思悟了：还泪是女儿的幽思与至感，若是男子，焉能有此意念？

这像是一位女子在随读随批。

稍后，另有一批尤为重要：

……壬午除夕，书未成，芹为泪尽而逝，余尝（常）哭芹，泪亦待尽。今而后唯愿造化主再出一芹一脂，是书何本（何幸？合本？），余二人亦大快遂心于九泉矣。

我每每惊讶感叹：如此惊心动魄的语意口吻，有些人竟十分钝觉，读不出什么，或且提出“舅舅”“叔叔”等怪论——不禁诧问：舅舅、叔叔“老长辈”们，能说出“一芹一脂”的话吗？芹字单称，何等亲密！“余二人”，何等至近的关系！怎么成了对一个“外甥”“侄子”的

“还泪”情缘呢？！

这些“红学专家”们的“读书体会”与“考证逻辑”怎么到得这般境界？大奇，大奇！奇事莫过于此了吧？

我就以此二批为大前提，作出一个假设——

批书人是位女子，而且她与雪芹的关系似乎是夫妻亲爱之谊，非同一般泛泛——更非普通的后世的读者与作者的关系。

我的假设能成立吗？

女性批者，由很多佐证步步显明了，如“凤姐点戏，脂砚执笔——今知者聊聊（寥寥），悲夫”这一条批，就足见是女子无疑——因那是贾母内院给宝钗过生日，在席的皆是内眷，而人数不多，黛、钗、湘三个都在。

由此就引发了第二大要点，此女批家是书中何人的“化身”或“原型”？这可要紧之极！

既然这位批书人是女子，而且与雪芹关系至亲至密——而且又是书中人物之重要一名，那么，她该是谁呢？

答案的寻求要分三层次。

黛、钗二人，在曹雪芹原著中皆不寿早亡，能悼芹者只有一个可能，即是湘云。一也。

十多条记载证明：原著中结局是宝玉与湘云历经劫难，复得重逢，结为夫妇——正相吻合。二也。

批语中独于贾母谈到幼时家中也有一个如藕香榭的竹阁，曾失足落水，即便批注云：“在此书以前，已似早有一部《十二钗》的一般了，余则将它补出，岂不又添一部新书！”这话大有意趣——贾母幼时即史家姑娘，为史家旧事前尘而补写一部如同《石头记》《金陵十二钗》式的书，除了史家的姑娘史湘云，还有哪个会萌生此想呢？湘云后来诗社中取号“枕霞旧友”，就是说贾母幼时史家有此阁名叫“枕霞阁”的缘故。三也。

佐证还有很多，因这儿只是以此为例来说明考证之需要悟力，不是复述此一考证的全部论据，即不多叙了。

此说出后的反响也耐人寻味——

第一位就是顾羡季师（随），他是完全给予肯定，并且满心高兴地引了杜句“往来成二老，谈笑亦风流”，说应该为之写一篇传。

第二位是张慧剑，他以“雨苍”的笔名在沪报发文，特介此一新奇的考证发现。

第三位是陈迩冬，他在山西执教时，专程带领学生进京，对我说：此来有“二为”：一为专访聂绀弩，研《水浒》有专长；二为拜访你，特赞“脂砚—湘云说”。并云：“新近又出来一个‘舅舅说’，真煞风景，太讨厌，该打回去！”

后来他又仿改龚定庵诗《己亥杂诗》其二四一见赠：

少年尊隐有高文，红学真堪张一军；

难向史家搜比例，商量脂砚到湘云！

第四位该数林语堂。他在海外读了拙著《新证》，特撰《平心论高鹗》，对我破口谩骂（辱及父母），切齿有声——可是他却非常赞同“湘云说”（他的这一赞成，却被某位红学家加以讥嘲，说“湘云说”是“匪夷所思”——他认为脂砚是“叔叔”，并臆断其人名“曹硕，号竹硐”云云。全是胡扯，故从无一人再提起这种荒唐之论）！

还有一位，是翻译家李俍民。

1977年12月李先生忽然赐函，只因读拙著见考证脂砚之时，说是“一步又一步地，而且是惊心动魄地”，知道了她即史湘云，以及二人相依为命共同著书的情节时，不禁“热泪突眶而出”！这封信具有极大代表性，字字句句热情至性（请检看《〈红楼梦〉与中华文化》上编。）

此数例之外，零碎难记的尚多。

还有一位朱贵清，安徽人，退休老干部，他坚信脂砚即“李枕霞”——史湘云，写出专著，自费印赠予人，一腔虔诚感叹，令人起敬。

这就又是考证获得成绩的一个不可忽视的特例。这种考证，只靠死读书、形式逻辑、书本明证……那种常规方式是无济于事的。比如，脂砚晚期又化名“畸笏”，是二是一，也须先弄清楚；再如不少人见了“因命芹溪删去”一语中的“命”字，便以为此乃“长辈”口气，云云，却不悟雪芹书中的“命”字，绝非“命令”的死义，而只是“使”“让”“叫”“教”等口语之泛用义而已（如门子“不命”知府发签，如凤姐“不命”贾琏进来等文，此等“命”字何尝与“长辈”有任何关系）。

好了。以例为证，可见考证不可怕，也不可厌，不是洪水猛兽，它的功用是广泛而巨大的，把考证批臭是个很严重的错事，可惜可憾。

说到根儿上，悟性识力也不过是一义的分说罢了。比如，《石头记》原本中几首七律诗，都至关重要，有两首的两处对句：

一云：

茜纱公子情何限，脂砚先生恨几多。

又云：

谩言红袖啼痕重，更有情痴抱恨长。

此二联皆是一男一女之对举并题，而由此互证，即知宝玉与雪芹（主人公与作者）是不可分的，脂砚与女性批书人也与书中女主角人物是不可分的。诗句说得已经是金针度人，需人自解了。

诗曰：

个中红袖掩啼巾，还泪奇情此一闻。
痛语更求重造化，商量脂砚到湘云。

林黛玉的《庄子》是什么版本

《红楼》第二十一回，宝玉对袭人、麝月两位，当真地动了气，把麝月推出去，“不敢惊动你们”！然后还借蕙香发了几句挖苦话：“明儿就叫‘四儿’，不必什么‘蕙香’‘兰气’的！那一个配比这些花？——没的玷辱了好名好姓！”

晚饭后，玉兄一人对灯好没兴趣，又不愿赶凑她们去，说不得横了心，“便权当她们死了”反而怡然自得，复行拿起一本《庄子》来，随意而阅。看到外篇《胠箧》之文，不觉意趣洋洋，酒兴所乘，提笔便续；续毕，掷笔就枕，“一夜不知所之”。

不想续的这段妙文，第二天一早便被林黛玉给发现了，黛玉“看至所续之处，不觉又气又笑”，于是她提笔又题了一首七言绝句，写在续文之后——成为一篇妙“跋”。

就由这篇“跋”上，便发生了《庄子》的“版本问题”。我们就可以考出黛玉（自然可以包括宝玉）所读的《庄子》究竟是什么本子。

并非我无中生有、故弄玄虚，且听我说讲一下这始末缘由。

如果你手中没有各种不同本子的脂砚斋评本《石头记》，可能会拿起俞平伯先生的“八十回校本”来。翻到俞校本二一三页，只见那黛玉跋诗写道：

无端弄笔是何人，作践南华庄子文。

不悔自家（按脂本实作“自己”）无见识，却将丑悟怪他人。

可是，据“庚辰本”，第二句末三字明明作“庄子因”。难道是“庚辰本”错了吗？核对一下“戚本”，此处也正作“庄子因”。不但此也，还有证据，脂砚斋的一段批语明明也说：

……此非批《石头记》也，为续“庄子因”数句真是打破脂胭阵、坐透红粉关，另开生面之文，无可评处。

则可见“因”字绝非抄误，的的确确是雪芹的原文，是改不得的。——从版本上看，直到山西出现的那个“甲辰本”，才作“庄子文”，以后的“程本”“王本”，便一直“文”下来了。

“庄子文”，不是很“通顺”吗？“庄子因”却怎么讲得下去呢？——但雪芹原文偏偏是“因”而非“文”。其中定有缘故。而且，若教“诗呆子”香菱看见“庄子文”，一定会高声说道：“‘人’‘因’是‘十一真’的，‘文’是‘十二文’，错了韵了！”

我也说，“文”是错的，不当从。“因”才为正。

这理由何在呢？原来“庄子因”三字，是一个整体的专名词，不应拆散、支离破碎地来对待。它原来是一部书的名字。

《庄子因》，清初林云铭（西仲）所撰。我手边所有的是“康熙丙申年重镌”本，即修订本。其自序是“康熙戊辰季秋”。序云：“余注《庄》二十有七年矣，镌木之后，分贶良友……寅卯闽变……所注经书藏稿十余种同作劫灰，而是书赖有锓板独存……兹再加翻阅……因竭四阅月玩味揣摩之力，重开生面，将内七篇逐段分析、逐句辨定、逐字训诂，誓不留毫发剩义。……”那体例就是从字、句到段落、篇章，分讲串讲、总讲，并“分别圈点钩截，得其眼所注、精神所汇而后已”。

我们今天的人，读《庄子》，大概为学术性质量较高的王先谦的“集解”、郭庆藩的“集释”等所“先入”，一定不会看得起明末清初的那种不离“时文评点派”习气的解《庄》之作。可是，不要忘记，在康、雍、乾时，还没有“集解”“集释”的时代里，普遍流行的本子却是林云铭的《庄子因》。

因此，黛玉所题、宝玉所续的那“庄子因”，也就是指的这部《庄子因》——其实，曹雪芹本人所常读的，也就还是这部《庄子因》，不然，他写小说时就想不起它来了。

或疑：宝玉所续，是庄周的《庄子》，而不是林云铭的《庄子因》；那么还是“庄子文”通顺啊。我说，这自然是科学逻辑的讲求法；读小说，读雪芹为黛玉所设的随口吟成的“跋诗”，开开小玩笑，若那样一本逻辑正经而求，就反而会“以辞害义”了。

末后，题外一句话：读惯了“集解”“集释”，再来看看《庄子因》，也颇有意味，甚至可以发现林云铭所给予曹雪芹和脂砚斋的若干影响。

附记：

我这种短文，是为妄人乱改雪芹文字而发的，使一般读者从程本的习惯势力中摆脱出来，识别真假。由于“评点派”被骂得一文不值，现在的人几乎无法接触这种颇能浚发神智的我国独特的通俗的文评形式，这是一个大损失。目今，少数有识之士开始认识到这一点了，好的评点本，可以整理问世了，回顾一下，拙见还是不全错的。

《红楼梦》的流行

北京竹枝词《草珠一串》“饮食”门，第八首：

儿童门外喊冰核（按核字在此读“壶”），莲子桃仁酒正沽。

西韵《悲秋》书可听（按听字读去声），浮瓜沉李且欢娱。

第三句下注：“子弟书有东、西二韵，西韵若昆曲。《悲秋》即《红楼梦》中黛玉故事。”这是极可贵的曲艺资料。蒙朋友借给我“文盛堂梓行”本新编全段《黛玉悲秋》唱本，即又名《新刻悲秋子弟书》。我对这方面很外行，不知是否即竹枝词中所咏，这段子弟书长达五百零四句，起头是：

大观万木起秋声，漏尽灯残梦不成。
多病只缘含热意，惜花常是抱痴情。
风从霞影窗前冷，月向潇湘馆内明。
透骨相思何日了，枕边惟有泪珠盈。
……

看下去，和从梅花大鼓所听到的《悲秋》词句不相同，（梅花调的曲词一般也都很好，唯独《悲秋》的笔墨近俗，不知何故。）写得十分优美动人。

读了竹枝词，更使我相信，《红楼梦》流传的初期，实在还只限于当时的一群上层社会的人们的圈子里，（还和“鸦片烟”有“并举”之荣哩）不管是“读书人”还是“纨绔子弟”，总之，是“文人”一流——正如鲁迅先生所说：“比清乾隆中，《红楼梦》盛行，遂夺《三国》之席，而尤见称于文人。惟细民所嗜，则仍在《三国》《水浒》。”我认为“细民”最初接触《红楼梦》，并非由于小说本身，却是由曲艺的“段子活”负起的传播的责任，而且它们也作出了很好的成绩。竹枝词给我当日的想法作了见证。

《红楼梦》的异常流行，还不只表现在曲艺里。《续都门竹枝词》第三十首写道：

红楼梦已续完全，条幅齐纨画蔓延；

试看热车窗子上，湘云犹是醉憨眠！

这就使我们知道：不但条幅画屏，团扇画面，到处是红楼景物在“蔓延”，就连“热车”的窗子上，也画着“史湘云醉卧芍药裀”的情景。这是多么有趣而生动的记录啊。

附记：

此文提到的《悲秋》旧刊本，是张次溪先生的藏本，蒙他惠赠，因而得到保存——他自己的大量书物在“文革”期间已不可问了。听内行说，近世鼓曲光是梅花调就有“红楼七段”。梅花调和“西韵子弟书”有无渊源关系？渴望专家见示。因为这很重要。

顺便一提，此文撰后二十年的1982年仲春，我所撰的《秋窗风雨夕》梅花调新曲，已由著名艺人史文秀同志配谱演唱，场上效果非常成功。因此有朋友来信说：“现在应说‘红楼八段’了！”《红楼梦》在曲艺上的地位影响，是一项值得专题研究的重要课目。

前几年香港的何蒙夫先生远道寄赠了一册罕见的《红楼》曲艺印本，是广东的曲种，可惜我太外行，作不出研究来报谢于他，但我已将此珍本借给胡文彬同志，让他在编《红楼》戏、曲等叙目时加以称引。并借此机会向何先生致以谢忱。何先生就是雪芹笔山的收藏者。

关于甲戌本《石头记》

今年（1994）是甲戌本《石头记》成书的240周年，实历四个花甲子的岁月，而遗迹幸得保存，成为国宝。

此本系胡适之先生于20世纪20年代所得，是他创立“新红学”的一项主要文献依据，从此曹雪芹原著真面始为世知，意义重大无比。

此书原藏者是大兴刘铨福，但从首页所钤印记的位置情况来看，则很有可能是他爱妾马髣眉的秘笈，随她陪嫁而归为刘氏所有的。马髣眉是一位中华文化中特有的才女类型的英秀人物。她名叫寿蓤，字髣眉，号宜男花主人、木瓜山女，通文词，还能精拓碑刻，也钤用拓碑的专用图章。我疑心她是满人贵家之后代，这部珍贵的“甲戌本”也就是她由娘家带来的二十代家传之秘本。这一点，可从现存的卷后题记是在麟庆家的半亩园中所写这一史实，得到一些耐人寻味的参证，因为麟庆是嘉、道年间的满族名宦贵家，他那有名的半亩园就在北京东城弓弦胡同（是清初园林艺术名家李渔所创建）。

咸丰十年（1860）三月或稍前，刘铨福在北京西山竟然找到了雪芹笔下的“西方有石名黛，可代画眉之墨”（第三回）的那种黛石（此石产于西山之斋堂村，纳兰公子成德的《渌水亭杂识》里也专条记载过）。他归家后将黛石赠予髫眉，并请武进人庄裕崧画了一幅《翠微拾黛图》，以为韵事佳话的纪念。

大约绘图的十年以后，髫眉即已香消玉殒。刘铨福遂将此图并先后所得诸家题咏，装裱成为一轴长卷，卷首由名书家何绍基题耑，图后第一家题咏的即是濮文暹的杰作南北合套曲（北新水令、南步步骄），此套曲由名诗人李士莽代书。后有刘氏亲戚天津名人樊彬的跋记，已是同治七年的笔墨了。

须知“甲戌本”卷尾的题记，恰好也就是同治三年、五年、七年的痕迹——这就表明，给这部珍奇秘笈作题跋，也还是由悼念马氏髫眉而引起的。

更重要的却是，刘铨福到西山去寻拾黛石，显然是由于他得到了“甲戌本”而引发的奇思僻想，无怪乎濮文暹套曲之前有小序云：“刘郎入西山深处，拾石曰黛。归为细君画眉……”细君，侧室姬妾也，此指髫眉。则可见其缘故情由了。制曲的濮先生，正是“甲戌本”题跋中的“青士”。

我们现在所知此本的来历，大略如此，但我仍然盼望能有学者探索它的更早的流传史实，如有所获，定可说明它的价值还要巨大得多。

1948年，我冒昧地向胡先生提出请借“甲戌本”。隔时不太久，一日下午，中国专研古代小说的名家孙楷第先生来到北京海淀燕京大学未名湖畔，登上雕梁画栋的“四楼”（是从大门内由西向东数起的第四座学生宿舍，不是“第四层楼”），叩门来访，我正在撰写《红楼梦新证》的书稿，孙先生递与我一部书，报纸裹着，有胡先生用浓红朱笔的工整楷字，首行是“燕京大学四楼”，次行是我的姓名。打开看时，正是世人很难得见的“甲戌本”！

是年暑假，我将此书携回故乡天津南郊，家兄祜昌一见，也惊呆了，方知坊本《红楼梦》是已遭篡乱歪曲的假本子，从此萌生了誓为雪芹恢复真面的心愿——以后一直为此苦作了四十几年，锲而不舍。当时鉴于这部古钞本纸已黄脆，不忍多所翻检，为了保护它，遂决意钞录副本。经营了整整一个暑假，副本终于竣工。

本来的计划是抄竣之后，一俟运用完毕，就也交与胡先生归他与原本同存的；但他说：你们录副，做得对，就留下自己用吧；就是原本，日后我也是要捐与公家的。

原书存在我手，胡先生从未催问过，连一字也未曾提过它。他这种对一个素昧平生的学生的慷慨与信任，使我深为感念，至今难忘。

在胡先生离开北平的前一刻，我专程将“甲戌本”原函四册送还，那时胡先生住东城东厂胡同一号，叩开门，出来的是他的长公子。我将书妥交，未入门即告辞了——那时我什么都未曾想及，事后很多年，我方得知，那时胡先生正在行色匆匆，而走时只随带了两种书册，其一便是一部甲戌本《石头记》。

这部书，与“庚辰本”“戚序本”是最早重现于世的三真本，也是最早影印行世的三部未经程、高篡改的、接近雪芹原笔的古钞本。它们是研究红学的最重要的文献——其实也是一种史册。由它们而引发、开拓出了无限的研究领域与美学境界。

芹溪与玉溪

《石头记》中，北静王一见宝玉，就不太客气地以子压父，说："非小王在世翁前唐突，将来'雏凤清于老凤声'，未可谅（量）也！"脂砚于此便批："妙极。开口便是西昆体，宝玉闻之，宁不刮目哉。"我要效颦于脂砚而又批其批，曰："妙极。本是静王赞宝玉，却说宝玉夸静王。如此转得作者本意。雪芹闻之，宁不刮目哉。"由此我深深领会，雪芹最赏玉溪诗，脂砚最解雪芹意。

有人说，脂砚"不通"，那"西昆"一词，本是指宋初杨亿、刘筠等人模仿玉溪的一种诗体，何得直与玉溪等同起来？我说，此等处用不上学究气。且莫提元遗山“诗家总爱西昆好，但恨无人作郑笺”已是如此用法，就是芹、脂同时的“乾隆进士”郑板桥，也分明写道：

> 不历崎岖不畅敷，怨炉鞴冶铸吾徒。
>
> 义山逼出西昆体，多谢郎君小令狐。

可见当时人本皆如此用法。学究之有时显得拘墟，就是他总不懂得当时的风习实际都是什么样的。

在第二十五回中，雪芹写黛玉：“这日饭后看了二三篇书，自觉无味，便同紫鹃雪雁做了一回针线，更觉得烦闷。便倚着房门出了一回神……”脂砚于此即批云：“所谓闲倚绣房吹柳絮是也。”这所引的一句，也正是玉溪的“西昆体”中的句子。这一句，今天的唐诗选本里未必选得着，未必人人能知。看来人家脂砚比咱们可能知道得多，那些破口大骂脂砚的，不见得比脂砚高明，因为越是一知半解或者干脆无知的人，才最觉得比别人高明——几何不为脂砚窃笑哉。

林姑娘说过，她最不喜欢李义山的诗，只取他一句，是“留得残荷听雨声”（“残”实当作“枯”，林黛玉也会被学究骂的）。真如此吗？雪芹高才，笔端狡狯，村言假语，何所不能，正所谓“那是曹子建的谎话”。然而假中辨真，便知义山诗在芹、脂一流人心目中的位置了。

“留得残荷”一句，在雪芹笔下，实在又是暗示将来黛玉的情节景况，正如雪芹又用过“宝钗无日不生尘”，以之暗示薛姑娘将来的处境——那也是玉溪诗句。

如今却说雏凤声清的那一篇的故事。义山原诗两首，其文如下：

十岁裁诗走马成，冷灰残烛动离情。
桐花万里丹山路，雏凤清于老凤声。

剑栈风樯各苦辛，别时冬雪到时春。
为凭何逊休联句，瘦尽东阳姓沈人。

这种才调，真是玉溪的绝妙独擅，别人是望尘而莫能企及的。这如何不令芹、脂倾倒呢？

林姑娘嘴里说“不喜欢”李义山的诗，可她却深受义山的影响。你看她的最好的一篇诗，《秋窗风雨夕》里面有这样的话：“……抱得秋情不忍眠，自向秋屏移泪烛。泪烛摇摇爇短檠，牵愁照恨动离情……”好了，我们很容易地抓住了她的“把柄”，她正是运用了义山的“冷灰残烛动离情”而加以脱化生新的，“不喜欢”云云，非假话而何呢？

黛玉教香菱学诗时，说了一篇极为重要的诗论。她听了香菱最爱“重帘不卷留香久，古砚微凹聚墨多”这种陆放翁律句时，立刻说：“断不可学这样的诗！你们因不知诗，所以见了这浅近的就爱。一入了这个格局，再也学不出来的。”我一见黛玉这段话，便又立即联想到她的“同时人”郑板桥。郑板桥自序其诗集时就老老实实地自承：“余诗格卑卑，七律尤多放翁习气，二三知己，屡诟病之。”陆游七律，专门凑一些“浅近”而能迎合“不知诗”者的文艺眼光的对联，所以格调不高，板桥故以“卑卑”一词尽之。到如今，一提陆游，因为是“伟大爱国诗人”，只听一片赞扬，无人再揭示其“卑卑”的一面。我们多年来养成的一种形而上学，到处成灾，谈诗论文，当然不能幸免。我觉得不妨多向林姑娘和郑板桥学习学习——他们那种知所审辨抉择的精神，不搞“完人”“足赤”。而我们，谁要一评议“伟大作家”，就是触犯了神圣。古人何尝这样子。

《石头记》第二十二回前，出现了一首很不寻常的七律，说是深知作书底里的一位“客”之所题，其中一联云：“茜纱公子情无限，脂砚先生恨几多！”我一看，这和玉溪先生又是大有渊源。玉溪《泪》诗说过的：“湘江竹上痕无限，岘首碑前洒几多！”此非从玉溪脱化而又何哉？他（她）们读玉溪诗熟极了，下笔不觉流露出影响痕迹。

玉溪、雪芹，都是旷代奇才，绝伦俊彦，焉能不“遥闻声而相思”；文人相轻，那是另一回事，也需要分析内情。玉溪佩服一个十岁裁诗的冬郎童子，至于推之为何逊，而自比沈约，是何等胸襟器度，岂相轻哉。旷世奇才，大抵不为世俗所容，郑板桥觑破了这个道理，才说出“不历崎岖不畅敷，怨炉雠冶铸吾徒”的沉痛之言；他自恨诗格“卑卑”，而感谢“小令狐”从反面成全了玉溪生，使他独创了西昆体。岂不令千古才人，同声一叹！究竟原因何在？说破不值分文：不过一个“嫉”字而已。

贾宝玉只因生得与众不同，所以令弟环三爷母子等嫉之而陷之。黛玉晴雯，亦如兰蕙之当门，定遭钼毁。雪芹本人之怨炉雠冶，又当如何，不难想象矣。

文学与湖南有不解之奇缘，林黛玉者，湘江洒泪之人也。《石头记》有“三湘”，即林潇湘，史湘云、柳湘莲。雪芹于此寓有深意。有人说，雪芹师楚祖骚。信如此，怎怪得他和玉溪生有神似之处。

拙文为索稿者所逼，大忙中苦赶而出，纵笔至此，若脂砚见了，必又批曰：“妙极。似红学，非红学；似诗话，非诗话；——而又红学，又诗话。玉溪、雪芹闻之，宁不刮目哉。”

不敢提芹字字清

世人所知于雪芹的一些情况，迄今仍以敦家兄弟的十来首诗句为基本文献（其他传述居次，而伪造的“史料”是另一回事）。但这十来首是明白点名的，实则除此明点的以外，还有几首也是咏芹（至少也是兼咏）的重要篇章。今将拙见略叙其二三，或博雅君子不以为妄言，为之发明胜义，诚为幸甚。

第一例，比如敦敏壬午年有一首《秋夜感怀》，极为重要。其句云：“叶落疏窗向夜敲，短檠幽思倍难抛，蛩吟断砌悲今雨，燕去空堂剩旧巢……”

这里的“今雨”，正是他访雪芹于山村时所说的“衡门僻巷愁今雨”的同一含义，是暗指雪芹——这时他正因官方“索书甚迫”，进城来访敦敏，次日遇敦诚于槐园同作《佩刀质酒歌》的那一番变故。最终，连住房也被强占，栖身无地，所以脂批引杜甫的不幸而慨叹古今才人之厄！合参互证，真如符契之相吻。而且，敦诚觉此诗语气愤激（“壮心还欲学屠蛟”），深恐不妥，就用墨勾替哥哥删掉了！你看这是何等的隐晦而清楚——敦敏感怀的正是雪芹的困厄一至于此！这是关系雪芹生平的大关目，大事故，由于害怕惹祸招灾，不敢明白题咏，以致无人索解。

第二例，比如敦诚有《同人往奠贻谋墓上，便泛舟于东皋》一诗，也十分重要——

才向西州回瘦马，便从东郭下澄渊。

青山松柏几诗冢，秋水乾坤一酒船。

……

其第三句下注云：“三年来诗友数人相继而殁。”

要弄清：所奠之人是他族弟，名叫宜孙，是自家人，不得呼“诗友”，所以那是称友朋的用语，而首句正是他挽雪芹诗中所说的——

他时瘦马西州路，宿草寒烟对落曛。

前后呼应，紧密伏倚，说明了他不久前刚在西州门外（借指西郊）

吊祭了雪芹等诗友，那“青山”恰好也正是“故人惟有青山泪，絮酒生刍上旧阡”的呼应与伏倚。这是多么耐人寻味而又令人悲慨的文学史迹！

这一例，也充分表明了一个事实：敦诚往奠雪芹，是“西州瘦马”，与贻谋墓在潞河南岸正是一东一西，遥遥对举，而入于吟咏的。

《红楼》章法是神奇

雪芹写《石头记》，明面之下有一条暗线，这暗线，旧日评家有老词儿，叫作“草蛇灰线，伏脉千里”，其意其词，俱臻奇妙，但今日之人每每将有味之言变成乏味之语，于是只好将“伏脉”改称“暗线”，本文未能免俗，姑且用之。鲁迅先生论《红楼》时，也为表明：衡量续书，要以是否符合原书“伏线”的标准，这伏线，亦即伏脉甚明。

伏脉暗线，是中国小说艺术中的一个独特的创造，但只有到了雪芹笔下，这个中华独擅的手法才发展发挥到一个超迈往古的神奇的境地。

如今试检芹书原著，将各回之分明存在而人有知解的例证，简列若干，让我们一起来看看雪芹写书是怎样运用这个神奇手法的。

当然，开卷不太久的《好了歌解注》，第五回的《红楼梦曲》与金陵十二钗簿册，都是真正的最紧要的伏笔，但若从这些叙起，就太觉无奇落套了，不如暂且撇开，另看一种奇致。

我想从盖了大观园讲起。

全部芹书的一个最大的伏脉就是沁芳溪。

“沁芳”，是宝玉批驳了“泄玉”粗俗过露之后自拟的新名，沁芳是全园的命脉，一切建筑的贯联，溪、亭、桥、闸，皆用此名，此名字香艳得很，究为何义呢？就是雪芹用情节点醒的：宝玉不忍践踏落花，将残红万点兜起，送在溪水中，看那花片溶溶漾漾，随流而逝！

这是众人搬进园子后的第一个情节，这是一个巨大的象征——象征全书所写女子的总命运！所谓“落红成阵”，所谓“花落水流红”，所谓“流水落花春去也”……都在反复地点醒这个巨大的伏脉——也即是全书的巨大的主题：“千红一窟（哭），万艳同杯（悲）。”

第二十三回初次葬花，第二十七回再番葬花，读《西厢》，说奇誓，“掉到池子里”去“驼碑”，伏下了一笔黛玉日后自沉而死，是“沁芳”的具体表象，黛玉其实只是群芳诸艳的一个代表——脂砚批语点明：大观园饯花会是“诸艳归源之引”，亦即此义。

这还不足为奇，最奇的是，宝玉刚刚送残花于沁芳溪收拾完毕之后，即被唤去，所因何也？说是东院大老爷（贾赦）不适，要大家过那边问安。这也罢，更奇的是，宝玉回屋换衣，来替老太太传命吩咐他的是谁？却是鸳鸯！

就在这同一“机栝”上，雪芹的笔让贾赦与鸳鸯如此意外地“联”在了一条“线”上！

读者熟知，日后贾赦要讨鸳鸯作妾，鸳鸯以出家以死抗争不从，但读者未必知道，原书后文写贾府事败获罪，是由贾赦害死两条人命而引发的，其中一条，即是鸳鸯被害。贾赦早曾声扬：她逃不出我的手心去！借口是鸳鸯与贾琏有染，为他偷运老太太财物是证据……

两宴大观园吃蟹时，单单写凤姐戏谑鸳鸯，说："二爷（琏）也看上了你……"也正此伏线上的一环！可谓妙极神极之笔，却让还没看到后文的人只以为不过"取笑儿""热闹儿"罢了。

胡适很早就批评雪芹的书"没有一个 plot（整体布局），不是一部好小说"云云。后来国外也有学者议论雪芹笔法凌乱无章，常常东一笔西一笔，莫知所归……这所指何在？我且揣其语意，为之寻"例证"吧：

如刚写了首次葬花，二次饯花之前，中间却夹上了大段写赵姨娘与贾环文字。确实，这让那些评家如丈二金刚摸不着头脑！殊不知，这已埋伏下日后赵、环勾结坏人，陷害宝玉（和凤姐）的大事故了。二次葬花后，又忽写贾芸、小红，也让评家纳闷：这都是什么？东一榔头西一棒子的？他们也难懂，雪芹的笔，是在热闹、盛景中紧张而痛苦地给后文铺设一条系统而"有机"的伏脉，宝玉与凤姐家败落难；到狱神庙去探救他们的，正是芸、红夫妇！

这是杂乱无章吗？太有章了，只不过雪芹这种章法与结构，向所未有，世有难明，反以为乱而已。

雪芹是在"谈笑风生"——却眼里流着泪蘸笔为墨。

所以，越是特大天才的创造，越是难为一般世俗人所理解。雪芹原著的悲剧性（并且为人篡乱歪曲），也正在于此。

这种伏脉法，评点家又有另一比喻：“如常山之蛇，击首尾应，击尾首应——击腹则首尾俱应。”雪芹的神奇，真做到了这种境界，他的貌似“闲文”“戏笔”的每一处点染，都是一条（总）暗线（包括多条分枝）上的血肉相连、呼吸相通的深层妙谛。

癸酉六月上浣写讫

过场人物乎？结局人物乎？

过场人物，似乎《儒林外史》里就不算少，写了一下子，露了一面子，一“过后”，再也休想看到他（她）了，所以为“过场”者在此。可是，难道雪芹也是这么样子吗？由于我“拜芹”，还是不相信他会如彼地“不行”。

从结构上看，“伏脉千里”不仅仅是个“伏”的问题，莫忘了这“伏”不是三里、五里，“下回”即见“分解”，而是千里之遥啊！忘了这，就不解芹笔之超妙了。

“以后再也不提了”的例子，试举小红（红玉）为例，写她于怡红院中见妒，难以展才，因遗帕而转注于贾芸，然后见赏于凤姐，索去了——然后，然后……你可见雪芹再写她半笔？难道不也是个过场人物？

然而非也。

小红后与贾芸成为眷属，及贾府事败，凤姐与宝玉身陷囹圄，前往狱神庙探慰搭救的，就是芸、红二人！对怡红院的“特写”，是由贾芸眼中而出之的。何也？因为要与后文贾芸亲见宝玉的惨境，正与怡红往事对应也（刘姥姥也是如此性质的伏线人物）。

这样就可悟到，原著八十回以前的“过场人物”和“小人物”，实际上都是重要的“伏线人物”和“结局人物”！只看前边的文字，只看了表面一层意义（也自成文，也有“本体性”“完整感”），但是必须看到后文，这才雷轰电掣，惊讶地明白了前后文对应的真正含义——此时此刻，方知对芹文下泪下拜，并非无缘无故。

依此而推，我相信二丫头与卍儿都有后文呼应的精彩文字，正因“千里”，却都在原著的最末部分了。

卍儿的事，还捉摸它不定。《石头记》的前半“扇”（五十四回以前），是“鲜花着锦”的盛境。在“戚本”中，“花柳繁华地”这句俗常公认的文字，却独作“花锦繁华地”。我以为这比“花柳”好多了，应是雪芹原笔。“未若锦囊收艳骨”，我疑心原著收葬大观园女儿的，就是卍儿——那时她已与茗烟成为夫妻，也是报答宝玉之人。凤姐梦中与另一娘娘争锦，与元春屈死有关。元春为另妃所诬，死于非命。这大事与卍儿怎么“联系”？当然我们还没有能解一切谜底的本领。可以继续探索，未必即无豁然之日。

二丫头的事，更耐人寻味。乾隆后期新封的睿亲王，是位诗人，他因读《石头记》而作诗，以此书乃“英雄血泪”。其结句云：

美人黄土梦凄切，麦饭啼鹃上故丘。

这乃是用的清明节扫墓的典故，那么可知，雪芹原著中有宝玉上坟的故事。据多人记载，在另种《石头记》真本中，宝玉贫为乞丐。因此我想象一种情景——

暮春三月，清明佳节，贫后落魄无家的宝玉，想起要为他所怀念悲悼的大观园女儿们祭扫，纾痛而追思。但他连一碗古人上坟的麦饭也无，于是在啼鹃声中，踽踽独行，到一村居，篱门不掩，宝玉乃持碗乞讨。室内闻声，出来一位村姑，端来麦粥，怜悯的面部表情使宝玉深深感愧——及一闻声，觉得耳熟；再一细看，原来就是那年为他纺线的那位天真纯朴的二丫头！宝玉告诉她昔日纺线之事，她惊呼一声，愕然恍然，涔涔泪下。

是这样的吗？

谁也难说是与非。这只是我自己的一种“创作”，而并非什么“考证”。这不是论文，因此不妨与心武作家谈我衷曲，以供他的文思与赏会之资。要之，我认为雪芹是没有闲暇去写过场人物的，他写重大的人与事还写不迭呢，他的小说岂同于深情逸致之流哉。

附记：

脂批“处处点情”不误，不是“点睛”。盖点睛应指较后的特出的单一的，方为画龙既成，然后点睛——龙乃破壁飞去。若“处处”而点，即不复成睛矣，心武同志以为然否？

壬申四月十四日写于京东之庙红轩

“花主”“花王”气味殊

按曹雪芹自叙，书中宝玉幼时曾有“绛洞花王”之别号。在《石头记》旧钞本中，“王”字是分明的。可是有的本子却为后人改成了“花主”。

这一“点”之差，关系不小。

在我们中华汉字“楷定”之后，王、主、玉这三个字在有无一“点”，“点”在何处上，就发生了奇妙的变化。

雪芹世为满洲包衣（旗奴），到他那儿已是六代祖孙作皇家的“奴才”，他们天天得为“主子”服役吃苦，百般辛酸罪累，难以言状——曾借赖嬷嬷训教儿子赖尚荣之情景而略露端倪心绪。所以雪芹对这个“主”字不会太喜欢。通部书中（绝对不涉四十回伪续），到底使用了几回“主”字，用时皆为何等字句，就是一个可以也值得研究的主题，未宜漫忽置之或者视为无关紧要。

他与一般文士不同，文士们极爱充当一个什么“主”，比如“××斋主”之类，不可胜计。比如，乾隆时的“梦觉主人”，道光时的“护花主人”，都与红学大有关联，他们就最爱当个什么“主”。

如何理解“绛洞花王”这个称号，我曾在拙著《〈红楼梦〉与中华文化》中列有一个专节文字，讨论此一课题，但讲来大费篇幅，非此处所宜，故不重复细述。如今只说一点——

解决这个问题，先要思索一下：“绛洞”是何寓义？拙见以为，那就是“怡红院”“绛芸轩”与“悼红轩”的另一措辞——可以称之为一种“幼芽”与“基因”吧。小孩时杜撰的，明显带着稚气，也不够典重不够文雅。但词不达意中已展示了他的想象境界：这是一处千红万艳的世界，无以名之，姑拟一词而已。

所谓“世界”，其实是一种精神（文学艺术）的境界：既非现实，又异虚幻。“太虚幻境”表明了一个道理：名称是一回事，内涵也并非完全脱离实际——不是那样子的事情。这是个文艺理论的巨大课题，也不必在此详论。

问题于是落到：在这个“境界”称“王”，是否就等于有要当千红万艳的“主子”的念头与“抱负”？

我们不应把宝玉的为人看成是要做“群芳”之“主”的大俗人

一个。

何况，雪芹所写一百零八钗（一〇八是象征数字，代表“最多数”，与“千”“万”同义），有他的嫂嫂、姐姐，皆属尊长辈分，他如何做她们的“主”？那是难以讲得通的。

做了“主子”，就是要群芳众钗都来“服侍”他，为他服役，低三下四，奴颜婢膝……这合乎雪芹的人物与精神世界吗？

如若难说符合，那就“主”字大有疑情。

人们会问：“主”固不佳，难道当主子与称王称霸还有分别吗？岂非半斤八两？

这又引出一个汉字本义与深意的大问题，也涉及此二字在中华文化传统中如何使用、如何见意的历史观念大问题。在此也难细讲。

如今我只想说说自己的感受：如是“花主”，即是百花的主子的意思，视百花为他的奴婢，尊卑上下，“身份”判然，严不可混。“花王”则是“群芳之冠”的意思，如将百花按“九品”“列榜”，则“花王”应列“上品之上”，堪居“首席”——如此而已。

那么，宝玉也是一“花”吗？

从《石头记》原著与脂砚批语中看，这一点是分明的。以常情俗见而论，这有点儿奇怪，不好理解。但如何理解是个可以研索的事情，我们不能先作出主观硬性判定，说“这不对”。那就不好“对话”了。

除此之外，还有一义，也应考虑——

雪芹笔法特点，总是妙语双关，甚至比“双”还多一个层次。这例子书中很多，今亦不遑列举。循此理而言，“绛洞花王”也暗指一种雪芹认为堪为百花之王的最上品之名花——他心目情感上最赏爱的花，故以花“王”予之。

若问此又指什么花而言呢，我答：海棠。

雪芹书中，四季季花的代表是海棠、荷花、菊花、梅花，都有特笔写之。而春末夏初的牡丹、秋日的芙蓉都无“正笔”“特写”，即不够“代表”资格，用意显明。是以“寿怡红，开夜宴”时，尽管宝钗是“艳冠群芳”，是她的“艳”可列于首位，但终不能逾越海棠的品位，“花王”之号，不肯归属于她。

在这儿，当然不可以忘掉我们文学史上的一则重要文章，即吾家周茂叔（敦颐）的《爱莲说》中的几句话：

> 水陆草木之花，可爱者甚蕃：晋陶渊明独爱菊。自李唐来，世人甚爱牡丹。予独爱莲……

这里言外之意，弦外之音：牡丹虽艳，惜涉于世俗，非极品也。此雪芹也不会以“王”予之之故也。

以上皆我个人之驰思，未必即能已探骊珠，细节也可再究；但最重要的一句话就是：“花主”与“花王”的口吻气味都很不一样，未置混同，需要精审细辨；旧钞八十回系统本子的“花王”是雪芹原笔，并无疑义。那妄添一“点”的本子实不可从。

如再细味此号因由，宝玉幼时，那“生在秋江上”的芙蓉尚未长大进京入府；与他“青梅竹马”者只湘云一人，他们两个气味最投，大约彼时湘云即有相契相约的表示（由袭人闲谈中有所逗露），而宝玉早即以“花王”明许湘云了。及至探春结社，恰咏海棠，是故特笔一点此号。而同时也就给了湘云以“枕霞旧友”的新名——其实此二号才构成真正的“对子”：其中字面字内都重在一“红”字。玉溪生诗曰：“宓妃留枕魏王才。”好一个“枕霞”——又是双关暗寓。

明乎此，则悟“潇湘妃子”“蘅芜君”等，俱是陪客，并无实际关系，不过“现象”罢了。

附记：

早年鲁迅先生为人作序，其原著题为《绛洞花主》。此非鲁迅之事，作一篇序，理应“名从主人”，随原著而称之——也不会为此而另作什么考论，此理不待多言。故鲁迅之序，不能作为论定“主”“王”孰是孰非之证据。原著所据，大约即是当时坊间流行一百二十回本，当然早已妄改为“花主”了。

“兰为王者香”，是花与王关联之一个旧例。但雪芹在书中也不正面单写兰花，衡芜苑中有诸多珍奇的香草，可也不曾将它们尊为千红万艳群芳之王。此亦可思也。

罥烟含露见颦颦

一般的《红楼梦》读者很难想到，原来曹雪芹在给林姑娘传神写照时，对如何传写她的眉和眼，却大费神思，或者不妨说简直难倒了这位艺术大师，不知怎么措语铸词，才能惬合心意。我这样说，有什么根据呢？根据就在现存的古钞本《石头记》此处的文字，其种种不同的“文本”竟达七种之多。说得更明白些，就是不同的本子写到林姑娘的眉眼之处的用语有七个样子！这个现象，若说里面可能包含着后人奋笔妄改雪芹原文的缘故，也许不能尽免，但总也表明了当年往外传钞的本子并不一致，雪芹此处的文字还没有确定下来，曾是屡经推敲斟酌，则可见黛玉的这眉与这眼，确是难写得很呢。

本文不拟罗列众多本子的异文的全貌，只举一二普及铅印本《红楼梦》为例，也可窥豹一斑。新中国成立后多次重印的那个人民文学出版社排印本，其文如下：

两弯似蹙非蹙笼烟眉，一双似喜非喜含情目。

而 1982 年出版的新校本则作：

两弯似蹙非蹙罥烟眉，一双似喜非喜含情目。

新校本此处恰有“校记”，说是这两句底本即“庚辰本”原作“两弯半蹙蛾眉，一双多情杏眼”。其余“各本均异，且大多残阙”，现在所采的是“甲辰本”的文字，而据“已卯”“甲戌”（原钞）等本将“笼烟眉”改为“罥烟眉”的。

只这么简单一举例，这“热闹”可就不小了！

先说这个“罥烟眉”，有大学中文系的老师就曾毫不含糊地向我表示，对此三字措语，他是“接受不了”的！而主张仍以“笼烟眉”为通顺可懂，云云。

我要告诉读者：是罥烟，不是笼烟。罥是雪芹原文，笼是后人妄改，绝不可从。若问这理由何在，只因“罥烟”二字明见于雪芹好友敦敏的诗句中。可见这是他们创造的新的文学语言，极有别趣。而“笼烟”则老生之常谈，不但索然寡味，而且大透其凡俗之气了。然而为陈词滥调所束缚的粗通文墨者，都往往是认识能力不够，颠倒了艺术上的高下优劣（罥音绢，缠绕、牵挂之意）。

这还不算麻烦。到了“含情目”，事情就更缠夹了。“庚辰本”的“一双多情杏眼”，俗不可耐之陈言旧语也，尚易辨识。要说对“含情目”还有什么怀疑，便不易获得同感共鸣了。但我曾细审“甲戌本”原钞，明是“含露目”无疑。这方是雪芹原文。

读者至此，定是诘问我了，说：含情目，何等自然通顺，合情合理；什么“含露目”！？真是“没听说过”，标新立异，其奈“群众不答应”何！

我说：且慢且慢，少安毋躁，听在下交代。含露者，是写黛玉两目常似湿润，如含有仙露明珠——亦即雪芹在另处说她是“泪光点点”同一用意。罥烟、含露，对仗精切无匹！这是雪芹费了大心血而创造的足以传写黛玉神态的高级艺术语言。若作什么“含情目”，不但失去对仗，简直是太俗气了！雪芹岂能出此败笔乎？

我很知道光是这样摆道理是不易说服所有人的，还得找有力佐证。

佐证哪里去寻？老天不负苦心人。1984 年 12 月，我到苏联去访寻列宁格勒所藏旧钞本《石头记》，翻到此处，只见一笔极好的小行书字，钞写清楚，其文曰：

两弯似蹙非蹙罥烟眉，一双似泣非泣含露目。

于是乎，“含露目”获得了佐证。我不禁大喜！

不但此也。上引“似喜非喜”云云，我本是蓄疑已久，细审“甲戌”原钞，已被妄人用浓墨弄得一塌糊涂。心中深为抱恨，但无办法解决。不想这次赴苏访《红》，这个疑问迎刃而解了！这才是雪芹原文啊！

《红楼梦》欣赏一隅

我们这“欣赏”一词，好像是陶渊明大诗人给留下来的，“奇文共欣赏，疑义相与析”。他和“欣赏”一同提出来的是那个“奇”字。恰巧，我们的旧小说倒是自来喜欢用“奇”来标榜的，如“天下第一才子奇书”“四大奇书”等称号，可为明证。至于《红楼梦》，也曾被标为“新大奇书”（善因楼刊本《批评新大奇书红楼梦》）——曹雪芹不是自己也说“此系身前身后事，倩谁记去作‘奇’传”吗？所以，《红楼梦》这部“奇书”，势必也更会发生“欣赏”的问题，盖无疑问。

读《红楼梦》这奇书而不以为奇的，就我所知，只有平步青先生一人。他在《霞外攟屑》卷九《小栖霞说稗》中说：

> 《红楼梦》原名《石头记》……初仅钞本，八十回以后轶去；高兰墅侍读鹗续之，大加删易。……世人喜观高本，原本遂湮，然厂肆尚有其书；癸亥上元，曾得一帙，为同年朱味莲携去。书平平耳，无可置议。

这一“平平”之评，在我们今天听来，倒是一种“奇”论。

在清代，骂《红楼梦》的，讲它的坏话的，本来不乏其人，不过那正是从什么“诲淫”啦、“流毒”啦等罪名去贬斥它，换言之，也就是因为它所表现的思想内容触怒了那些“正统”的士君子之流，这才遭了毁谤，甚至毁禁。要说从“文”的角度而轻看它的，恐怕还要数平步青先生为首先一人——说不定也就是最后一人了。

然而，要说平先生完全说错了，那也未必能使他服气。读这部小说名著的，一开始，谁也不会马上感到有什么稀奇之处，倒实在是觉得一切都那么“平平耳”，了无出人意表的特色。单就这一点来说，平先生那样看法也自在情理之中。

那么，平先生就是完全对了的吗？却又不然。读《红楼梦》的，只要不是“开卷数行，昏昏欲睡”而能看下去、看回来的（“看回来”的意义有二：一、看着后面，而时时联系前面；二、看完了后面，又回头重新温习，一遍、两遍……乃至很多遍），就会慢慢地自己发现，原来这“平平”之中，却有无限的“奇”处。

说真的，也只有这样的奇，即于平平之中而见奇，那才是真奇。拼命地追求“奇”，把文章弄得“奇形怪状”而自以为奇，那就不再成其为奇——那就不知成了什么了！平先生好像只见到了《红楼梦》的“一半”（片面）就下了结论。

读《红楼梦》而能透过表面的“一半”的，其实也不乏其人。同治年间孙桐生序太平闲人（张新之）评本，曾说：“少读《红楼梦》，喜其洋洋洒洒，浩无涯涘；描绘人情，雕刻物态，真能抉肺腑而肖化工，以为文章之奇，莫奇于此矣！——而未知其所以奇也。……自得妙复轩评本，然后知是书之所以传，所以奇。是书之所以奇，实奇而正也。”并下结论：“是谓亘古绝今一大奇书。”但只可惜他们又把“奇”引向了迷途，离开了文学，专门就字句作穿凿附会的解释，而以此为其“所以奇”，这却是能赏其奇而又求之过深的例子，和平步青先生竟成为两极端而对峙了。

张新之、孙桐生等人的所谓“奇”，完全出自“本铺自造”，和曹雪芹的本意简直如风马牛之不相及。要讲自从《红楼梦》问世以后，第一位真能赏识他的文笔之奇的，我觉得还要数戚蓼生。

他在“戚本”前面说过一段重要的话：

吾闻绛树两歌，一声在喉，一声在鼻；黄华二牍，左腕能楷，右腕能草：神乎技矣！——吾未之见也。今则两歌而不分乎喉鼻，二牍而无区乎左右；一声也而两歌，一手也而二牍：此万万所不能有之事、不可得之奇！——而竟得之《石头记》一书。嘻，异矣！

这个比方打得绝妙，实在是有所见而云然，不同泛泛称誉。

他并曾指出，这种“一声两歌”“一手二牍”的具体特点就是善用“注彼而写此，目送而手挥”的表现法。我觉得在他以前，还没有能十分注意到这一点的；在他以后，也没有能比他说得更透辟中肯的。例如，“梦觉主人”乾隆甲辰（1784）序中只说：“语谓因人，词多彻性”（按当是指语言口吻因人而异，各有性格神态），“工于叙事，善写性骨”（这当然也是极为重要的一点，是很有见地的文艺批评）；舒文炜乾隆五十四年（1789）序中也只说：“指事类情，即物呈巧”；他们二位就都未能指出那种“两歌”“二牍”的奇处。

戚蓼生所举的例子是：“写闺房则极其雍肃也，而艳冶已满纸矣；状阀阅则极其丰整也，而式微已盈睫矣；写宝玉之淫而痴也，而多情善悟，不减历下琅琊；写黛玉之妒而尖也，而笃爱深怜，不啻桑娥石女。”因此他再一次对这种奇文加以赞叹：“盖声止一声，手止一手，而淫佚贞静，悲戚欢愉，不啻双管之齐下也。噫，异矣！”他看出了别的小说家只能“花开两朵，各表一枝”，而曹雪芹的这一支笔却具有“两个面”，这是绝人的本领，这是小说文学上的奇迹。

这一点很要紧。如今就借了乾隆年间文评家的旧话略为标举如上。

可是，曹雪芹的这种本领，实际尚不止于“两歌”“二牍”，他有时竟能达到“数歌”“数牍”的高度，尤为奇绝！这里不妨举一二小例来申说一下。

第三回，写凤姐儿刚出场，从黛玉眼中，第一次领略她的风采声容，有一段文字正面加以传写，然后，我们就看到以下叙述：

> 这熙凤携着黛玉的手，上下细细的打量了一回，便仍送至贾母身边坐下，因笑道："天下真有这样标致人物，我今儿才算见了！况且这通身的气派，竟不像老祖宗的外孙女儿，竟是个嫡亲的孙女，怨不得老祖宗天天口头心头一时不忘！——只可怜我这妹妹这样命苦，怎么姑妈偏就去世了！"说着便用帕拭泪。贾母笑道："我才好了，你倒来招我！……快再休提前话。"这熙凤听了，忙转悲为喜。……又忙携黛玉之手，问："妹妹几岁了？……要什么吃的、什么顽的，只管告诉我；丫头老婆们不好了，也只管告诉我。"一面又问婆子们："林姑娘的行李东西，可搬进来了？带了几个人来？你们赶早打扫两间下房，让他们去歇歇。"说话时，已摆了茶果上来，熙凤亲为捧茶捧果。又见二舅母问她："月钱放完了不曾？"熙凤道："月钱也放完了。才刚带着人到后楼上找缎子，找了这半日，也并没有见昨日太太说的那样，想是太太记错了？"王夫人道："有没有，什么要紧？"因又说道："该随手拿出两个来，给你这妹妹去裁衣裳的；等晚上想着叫人再去拿罢，——可别忘了！"熙凤道："倒是我先料着了，知道妹妹不过这两日到的，我已预备下了，等太太回去，过了目，好送来。"王夫人一笑，点头不语。

我们且看，这一段本身已然具备两个层次：一面是写黛玉"步步留心，时时在意"的"心机眼力"（脂砚斋批语），因为这都是从黛玉眼中看得的情况；一面则是写熙凤的“浑身解数”“八面玲珑”，看她简直有千手千眼的神通，一人不落，一事不漏。然而，这一段明处是在写熙凤一人，暗处却又同时写了黛玉、贾母、王夫人等好几个人，无一笔不奇不妙。

黛玉自从出场，我们只不过知道她是“聪明清秀”“年又极小，体又极怯弱”“举止言谈不俗”“虽怯弱不胜，却有一段自然风流态度”而已，直到此刻，被凤姐拉住手上下细细打量之后，才第一次正面写出“天下真有这样标致人物，我今儿才算见了！”这就给黛玉的品貌，下了定评。所以脂砚斋在此有批语，说：“出自凤口，黛玉丰姿可知，宜作史笔看。”

凤姐一上场，别人未曾开言，先就是“贾母笑道”。脂砚斋在旁批云：“阿凤一至，贾母方笑。与后文多少笑字作偶。”一点不假，看下去便知这话之确。凤姐夸赞黛玉，是为讨贾母喜欢，说出“老祖宗天天口头心头，一时不忘”，是替贾母向黛玉表白“人情”。然后就“用帕拭泪”。下面贾母又“笑道”云云。对贾母下面这一段话，脂砚批云：“文字好看之极！”“反用贾母劝，看阿凤之术亦甚矣！”这真是几笔就写尽了凤姐和贾母两个之间的关系，一个是“承欢应候”（亦脂批语），一个是为其所弄，反而特别喜欢她，对她无限宠爱。

然后就是写凤姐以“当家人”的身份口气来周旋黛玉，连带她带来的下人也不曾冷落。

然后就是王夫人问她月钱放完了不曾。这仍然是从“当家人”一脉而来，可是就又有了一层新意趣，别具丘壑；脂砚云：“不见后文，不见此笔之妙。”我们马上会想到，后来平儿和袭人谈心，才泄露了奥妙，原来凤姐连应该按期发放众人的月钱也拿去放了高利贷，中饱私囊——这和雪芹原稿中凤姐结局也大有关系。

然后就是凤姐婉言批评王夫人对缎子一事的“记错了”，已见出王夫人之糊涂；及至说到该拿出两个给黛玉做衣裳，凤姐便说“倒是我先料着了”，“我已预备下了”，脂砚斋在此点破机关，说：“余知此缎阿凤并未拿出，此借王夫人之语，机变欺人处耳。若信彼果拿出预备，不独被阿凤瞒过，亦且被石头瞒过了！”

这话可谓一针见血，深得“石头”本意。其实，准此以推，凤姐说“月钱也放完了”，是真是假，正恐难定。——总而言之，王夫人之昏瞶颟顸，于此一二小事寥寥数笔也已被写尽了。

脂砚于下文黛玉贾赦院中见早有“许多盛妆丽服之姬妾丫鬟”迎接出来处，批说：“这一句是写贾赦（按指贾赦之好色）。妙在全是指东击西，打草惊蛇之笔。若看其写一人即作此一人看，先生便呆了！”这正可为我们上面所举的那例子作注脚。

有意思的是，脂砚斋所指出的“指东击西，打草惊蛇”，也正就是戚蓼生所说的“注彼而写此，目送而手挥”那个绝人的特点和奇处。两个人可谓不谋而合，也说明了此非一人之私见，实在有此妙理为有目者所共赏。

大家对钗、黛二人的印象，好像是一孤僻，一和善；一尖刻，一浑融。其实这也只是雪芹笔下的一面而已。还有另一面，读者却往往容易忽略过去。第三十回，小丫头靛儿因不见了扇子，不过白问了宝钗一句，宝姑娘即刻便疾言厉色，指她说道："你要仔细！我和你顽过，你再疑我！和你素日嬉皮笑脸的那些姑娘们跟前，你该问他们去！"这种指桑骂槐、夹枪带棒的话语和神情，就写出了宝钗的内在的更真的一面，她实际非常厉害，并不好惹；同时也透露了她和丫鬟们是保持"主子尊严"的面目，而黛玉却是爱和侍女们玩笑、和丫鬟关系最好的姑娘，她是天真活泼又风趣的少女，并不是一生都在"愁眉泪眼"中的一位病态人物。我们印象中的她的那些"短处"，只不过是当爱情的痛苦正在深深地折磨着她的时候的表现。——否则，那样一种不近人情"怪物"式的病美人林黛玉，还有什么可爱？还有什么可以令宝玉生死以之的可能呢？

越是才能平常的小说家，却越是唯恐读者"低能"，看不清他的文章，因而竭力要表示他那一点意思：写喜，就眉开眼笑，写悲，就鼻涕流泪；情节稍有隐曲，马上就"看官不知，原来如何如何"，就要"书中代表（代为说破的意思）"。总之，他只有那一个肤浅面，还怕读者不懂。一切可用的形容词，也都成了廉价的"描写"法宝。于是，那文章便成为简单寡味、一目了然的东西，就绝不会是能使人心游意赏、流连往复的具有魅力和美感的伟大的艺术品了。那原因，就是它不但在思想内容方面，就是在文笔方面也缺少了厚度和深度。

要欣赏《红楼梦》，我想上举的这种地方就不该粗心大意、囫囵吞咽。当然，如果超越文学作品的范围，要处处作穿凿附会的"索隐"式的"搜奇"工作，那就是另一性质的问题，也就不再是我们所说的"欣赏"的意义了。

脂砚小记

脂砚斋，于《红楼梦》撰作、整理、评点、抄传各方面，皆为功臣，与雪芹关系至极密切。然而其人为谁？“脂砚斋”之命名何所取义？说者纷纷，迄无定论。去年除夕，蕴庵兄贻书告诘：闻蜀友言，脂砚为物，尚在人间，可以踪迹，当时已诧为奇闻。今岁开春甫数日，从碧先生忽见过小斋，谈次，探怀出一小匣，曰：“今日令君见一物！”启视，则脂砚原石赫然在眼。叹为二百年来罕遭之异珍。爰为小记，以述梗概，亦艺林一段佳话也。

脂砚，歙石，非上上品，然亦细润可爱；长约二寸半，宽二寸许，厚才数分；砚面雕为长圆果子形，上端两叶，左右分披。砚背有行草书铭诗一绝，文曰："调研浮清影，咀毫玉露滋；芳心在一点，余润拂兰芝。"上款："素卿脂研"。下署："王穉登题"。砚下端侧面有铭记云："脂砚斋所珍之研，其永保。"小八分书，横行，写刻俱工。朱漆盒，盖内刻有仕女小像，刀痕纤若蛛丝，旁题"红颜素心"四字篆文，左下方刊小印一，文曰"松陵内史"。盒底复有"万历癸酉姑苏吴万有造"两行真书铭记。

按诸题刻，此砚实明代才妓薛素遗物。薛素，字素素，一字素卿，小字润娘，行五，吴郡人，入燕京，诗、书、画、琴、箫、弈、绣、走索、驰马、射弹，无不工绝，当时有"十能"之目；绘事尤精兰竹。所著有《南游草》《花琐事》，其《南游草》即由王穉登制序。证以铭记，无不吻合，而"余润拂兰芝"之句，暗切其小字"润娘"与工绘芝兰而言，尤为显证。砚在清代为端方所藏，后流落蜀中，今持至京华，乃以善价归丛碧先生。

脂砚实物之出现，其可资考索脂砚斋之为人者必多，而间接则亦有助于了解雪芹：即此一石，所关匪浅。笔者旧年尝谓，由"脂砚"之名（并结合其评《石头记》之若干线索而观），可窥其人似为女性。此说出后，异同参半。其不同意者以为，"脂砚"之"脂"，尚难遽解为"胭脂"一义；盖"脂玉"之脂，可以形容美玉之洁白温润矣；端石诸色彩中，其淡红者又有"胭脂捺"之名矣；此皆石质之品目，而未必即与人事有关也，云云。今实物既出，乃知当年拙解，幸而言中，此小砚即名妓才媛之研朱砚也，故取名"脂砚"以关合之。

然新问题亦由此而生。脂砚原主，固已判明为女流，而后来珍藏者脂砚斋，则又难必其定属女性矣（本文只能就“脂砚”一名讨论，其余线索，固当另述）。从碧意谓：此脂砚斋，既能宝爱素素之脂砚，且即以此石而定其别署为“脂砚斋”，则可能性有二：可以是女，所谓声应气求，惺惺惜惺惺，故于前代才女之脂砚珍如性命；亦可是男，然若为男子，亦必是倜傥风流人物，而绝非封建“正统”型之俗人陋士，始肯径取“脂砚”以名斋也。余谓从碧此意甚是。顷从碧复驰书讨论，更谓：“我意此砚发现，似足证明脂砚斋非雪芹之叔。”（二月二十日书，寄自长春）

揣测脂砚斋为雪芹何等亲属者，已有数说：其叔也，其舅也，其堂兄弟也，而余以为当是其妻。主叔说者，盖谓雪芹恐为曹颙之遗腹子，而叔者即曹頫辈也，殆雪芹之幼叔，年龄相去未远，习性亦复相近，故能同撰红楼。然此说之可疑，亦不止一端，今试粗略言之。

谓芹为颙遗腹，虽有线索可循，而遗腹之生男生女，其可能性与或然率皆为对半；使芹果系颙之遗腹，则当生于康熙五十四年（1715）；至乾隆二十八年（1763，此按旧日虚岁数粗计法）芹卒，已得年四十九岁，实为五旬之人，而敦诚挽芹诗一再言“四十年华”，殊难两存。可疑者一。使颙果生遗腹子，其弟頫奏折中不当仅仅言及嫂马氏怀孕已及七月（时为康熙五十四年三月初七）之外，于此后各折中绝无一字再及曹颙得子之事（頫为康熙帝所命之过继子，若曹颙本支得嗣，必须向康熙报告），何以解释？可疑者二。使雪芹果有此志同道合之幼叔，商量撰作，诗酒过从，宜其好友敦诚、敦敏集中必有痕迹线索可窥，“大阮小阮”之事，早当入诸诗句，而二人集中绝不见此等迹象，似非情理。可疑者三（如敦敏等有叔名额尔赫宜，号墨香，为《红楼》爱好者，永忠之得观《红楼》，即由墨香介绍，此叔即屡见于敦家集中不一，其理自明）。以脂批言之，如“今而后，唯愿造化主再出一芹一脂，是书何幸，余二人亦大快遂心于九泉矣”！诸语，亦殊不类叔侄口吻。可疑者四。清代常州派学者宋翔凤，尝言雪芹“素放浪，至衣食不给；其父执某，钥空室中，三年，乃成此书”（此说甚有价值，其来源余另有考），此与其“叔”批《红楼》说尤不能相容——岂雪芹适有一“叔”极端反对其放浪，而适又有另一“叔”乃复极端赞助其放浪（作小说乃当时最为“放浪”不堪之事）耶？可疑者五。

复次，脂砚斋批《石头记》，若以小说稗官迟早必问世流传，故不欲以真姓名、真身份与世人相见，深自韬晦，亦其宜也；至于一己珍惜之小砚，无关世事旁人，亦既铭记以志鸿雪矣，而落落十字之外，乃绝不存只字之下款，文玩铭题，此例良罕。然则脂砚斋何以自隐若是？必非无故矣。如谓当时政治干碍，则《红楼》作者尚肯于卷前出以“后因曹雪芹于悼红轩中披阅十载……”之明文，岂脂砚斋之铭题怀中小砚，乃复畏惧顾忌过于雪芹之著《红楼》乎？倘其原因另有在欤？

脂砚之出，非独艺苑传赏之宝，实亦文坛考索之资；其人之扑朔迷离，其文之深心密意，皆待研求。世有博雅，有以发明之，诚厚望也。

附记：

此文原刊于1963年3月6日香港《大公报》。今编理拙集时，张伯驹先生已作古人，倍增悼念之情。他对红学的贡献，不止一端，因我深知，正应在此一并叙明，这也不只是为表个人对他的纪念的意义了。我和张先生是忘年交，其交在填词，而最初的因缘，却是由于题咏纳兰容若小像和四卷《楝亭图》，这是他收藏中的异品，也是红学的宝贵实物资料。此其一。第二，我请他注意访求当时久已无复消息的“庚辰本”，这事他也竟然办到了，并且为了使此珍本得所，他也发挥了作用。第三，脂砚在当时出现，亦无人珍视，他毅然出价收留，这是他一生保存文物的素志，使许多无价之宝免遭失损。第四，他留意《红楼梦》的线索，及时见告。例如，三六桥本之具有后三十回的详情，就是张先生驰书以闻的，这对红学研究十分有助，最可感念。

还有一点不妨一提：我和他在红学上的观点，很少是完全一致的，他的推理方法我也很觉奇特，逻辑性不强。但是我们不曾因此“不欢”，始终彼此尊重，而且他对拙著，十分重视，评价很高。他为此作了很多篇题咏的长短句，名笺彩笔，朱墨缤纷，至今已皆为珍迹。可惜类似这些文献，在我手中相当丰富，只是无力整理，其实也是红学史上的第一等文艺资料。

这一枚脂砚，张先生收留之时他已没有多大财力，因此听说后来转归了长春博物馆，为公共所用，本是好事。但是再后来听说此砚迷失，不知何往了。这真是异事，正如陆绘雪芹像一样，册页原物变成了一张对开扇，使人为之震惊。又不止此，听说又有人“鉴定”此砚也是“假”的——幸好，倒没说砚是凭空假造的，而是

“已非原件”，是照原物仿制的。假使如此，那么这块已遭迷失的“假”物，仍然具有“乱真”的形态、铭刻，也就是足够代替原件供人研索的珍品了。

关于文物真伪，事情最为复杂。偏偏近年来确有妄人钻了某先生苦搜雪芹资料的空子，搞出很多不像样子的假东西、假文字来。于是有些人就被这些事缠得不耐烦了（确实可恨），或者失于急躁了，便不加任何具体分析研究，将性质不同、情况不同、出现缘由不同的一切雪芹文物资料一概加以怀疑：都是假的！并且以文物鉴定家的自信感轻予“判决”。我要说，妄人混造伪品，对真实文献确实是个极大的起混乱作用的坏事情，怀疑反对的，岂不正是为了辨伪存真、斥伪返本？如果你将真的也不去认真考辨，咸加讥讽，这貌似高明，其实却中了奸人之计，搞出了“玉石俱焚”的结果来，那么你的高明也就要成为问题了。所以一切事最好是平心静气，为真理为真相，实事求是，深入细致地作出科学的研究，不要凭任何别的名堂，也不要夹杂上任何个人人事关系上的私心杂念，雪芹幸甚，红学研究幸甚。

绛珠草·文化教养·化缘簿

绛珠草大约与《红楼梦》的知名度可以等量齐观。这种草之所以出名，是因为它就是林黛玉的“前身”——或者就是今之所谓象征。文艺理论家讲究“模特儿”（与时装无涉）和“原型”，大抵指角色人物吧。那么绛珠草如何呢？难道它也有模特原型不成？

答曰：不差。它亦有之。

绛珠草是“艺名”，曹雪芹指的（或心目中摹拟的）实是苦葴草。葴，和箴同音，都读作“针”。它又叫苦苏。据《尔雅》说，即寒浆草——亦名酸浆者是也。但它与林黛玉联在一起的缘由却在于它有一个极有趣的别名叫作“洛神珠”。

据晋时崔豹的《古今注》记载，这个名字是长安儿童给它起的。我时常兴叹：那时长安儿童的文化水平真了不起！就凭这个名字，如果那时候有什么“国际 ×× 奖”，早该获奖，名扬四海了。

崔豹说，这草能结实，浑圆如珠，未熟时是青色的，熟则变赤。苦蒇结的这种可爱的红实，长安儿童将它与曹子建所会的洛神（伏羲之女宓妃，她落水而亡）联在了一起，而雪芹则又将它赠予了苦命的苏州林姑娘。为什么单单将这洛神珠给她？

这里隐有一段深意。原来在雪芹的原稿中，林黛玉本是在冷月寒塘中自沉而死的，所以很多的艺术暗笔，即鲁迅承用的中国文学手法传统的“伏线”，都预示着她不幸死于水中。有证据吗？那太多了！

林黛玉为何“诗号”是潇湘妃子？因娥皇、女英皆水神也。她的《葬花词》特别提出的“一抔冷土掩风流”[①]，只是个愿望而已，那“（强于）污淖陷渠沟”才是命运的真正安排。她的《五美吟》开头就是“一代倾城逐浪花”，何也？宝玉与她谢罪，说：“明儿掉在池子里”变个水龟与她（死后）去驮碑，又何也（世上设的誓，哪有这么奇怪的）？中秋月夜，黛玉湘云联句，至“寒塘渡鹤影，冷月葬花魂”，妙玉出来拦住，说已是太悲凉，不祥了——也正是暗示黛玉次年此夜此塘自沉的诗谶。宝玉在凤姐生日那天，偷偷跑出德胜门外尼庵中去祭金钏（也是落水而亡）的那一回，别人不晓，独黛玉讥评他，借戏中所演的王十朋《祭江》而讽之曰：这王十朋也不通得很！不管哪里的水，舀一碗对着

① 抔，手旁，不是“土”。“冷土”，俗本用“净土”，今依在俄之圣彼得堡本。

它哭，也罢了——非得跪到江边子上去？……你听，这是说的什么？雪芹在书中已特笔点醒：那庙就是供洛神的水仙庵！……

其实，还可以再列些证据，说到底，大观园中主景是沁芳一溪，连亭、桥、闸也俱以“沁芳”二字为名，又为什么？读者至今不悟，那沁芳，即“花落水流红”的痛语，不过在雪芹的巧思妙笔之下，人们只看见那“香艳”的字面，而很少体会内中所涵蕴的无比巨大的悲痛——为妇女命运所流的血泪，酿成了这一部《石头记》。

明白了这些中华文化的富厚美丽、沉痛感人的内容与笔法，才晓得雪芹这位特异罕逢的奇才巨匠，真真当得起“伟大”这个词语的实际，而不同于庸俗的吹捧。

1932年有一位德国人，名叫恩金，撰文盛赞雪芹的书，说，《红楼梦》与《金梅瓶》不同，写的乃是“有教养的生活”。这话重要极了，“教养”是中华文化的最美好的表现，其品格风调，方是人类最高的境界。他又说，雪芹不知哪里来的这种“神奇力量”，将日常生活琐事写得如此之生动感人！

他还说：读了此书，方知中国人有权利对他们自己的优越文化感到自豪，欧洲人是从没有达到这样高度的！

我们现在重温这种评论，不免心有所感。一位欧洲人士在三十年代之初早已认识到的这种中华文化之瑰宝的价值，如今过去了六十年，可我们自己还停留在“婚姻悲剧”的水平上，只知为“爱情”哭鼻子，以为这是曹雪芹伟大之所在。岂不值得深自反省？

我是曹雪芹的崇拜者。怎样表达我的崇敬仰慕之情？多年来，积为一个大愿——久藏于心，说出来怕人笑话：就是想为雪芹修盖一座小庙，民族传统式的小小的祠庙，而不是那种洋式气味的纪念馆之类。朴素的几间小院殿堂，有一点花木泉石在跨院，正殿供一尊民族艺术式样的塑像，前设烛炉，岁时节序，前来焚上一支心香，行礼致敬，悼念他一生的艰辛困苦，赞颂他的八斗才华，人品风度——一句话，为中华文化致我最高的敬礼。

但此如何成得现实！历来名山古刹，多是苦行高僧，竭一生心力募化四方，由热诚的施主相助，造成梵宇琳宫，至今成为无价的文物的胜地。自己身为寒士，发此妄想，岂不可哂之至。世上有财力的人士原自不乏，但又未必肯对一个曹雪芹发生什么兴趣。我想写一份化缘建庙的启事，散发海内外的中华文化之善男信女们，促成这一盛举，可惜落笔不易。况且是否能招来施主，诚难预卜也。念此不胜慨叹。

“化缘”的不一定是我这书生，但盼另有大力者，登高一呼，四山响应，共同完此弘愿，则那化缘簿上，也要给洛神珠补上一笔，因为它也有大功劳，未可负也。

潘霍芬与太虚幻境

近日阅报，方知世上真有货真价实的女儿国。此“国”是德国的一个镇，名叫潘霍芬，上自行政长官，下至各种员工以及居民，一色是女子。男人因事“入境”，须出示证件，而且必须当天出去，绝对不许过夜停留。那镇长说：世界都是男人弄糟的，如战争和一切坏事，都是男人做起的。因此，她们对男性的态度，大约接近深恶痛绝，疾之如仇，拒绝与之打任何交道。

这条新闻，着实有趣有味。我马上发生一个妙想：应当把雪芹的《石头记》拿到那镇的书店里，最好是一部“汉德文对照本”。委托若干女士去举行“首发式”，告诉全镇官民：这部书“妳”们一定要买去细读，因为书里有位“不准入境”的贾宝玉，但他却是你们最伟大的知音莫逆——他也痛恨深憎所有的“须眉浊物”！

如此一登广告，作宣传，则《石头记》一定会成为该镇的畅销书（Best Seller）岂不大是佳事美谈？

当然我又立刻想起太虚幻境。此“境”被洋教授解释为书中“两个世界”之一的“理想世界”，就指大观园，是完完全全的头脑虚构品。但他看不懂幻境之仙姑即是秦可卿的化身幻影这个艺术笔法。他也不明白这个幻境竟然也有“原型”“模特儿”的实体。

友人邓云乡著有《燕京风土记》，他在此书中首次指出：雪芹写太虚幻境是运化了北京早先朝阳门外第一名胜东岳庙。（老北京叫天齐庙，庙会盛极！）

这是真知灼见之红学贡献，可惜书出后反响者罕逢。

东岳庙，门外有著名的大牌坊，正殿之外，另有一层，模拟“阴曹地府七十二司”，塑像极可畏，且装有机括，香客一脚踩上，那鬼卒们会“活”起来（真吓死过活人）。所以雪芹也写门外牌坊，写“薄命司”“痴情司”“朝啼司”……也写“簿册”（因世传阴间有世间每个人的“生死簿”）……

雪芹总是半庄半谐、亦真亦假——你们说有阎王管人的亡魂，我则偏另造一个女神，专管世上可怜可痛可爱的不幸女儿！

太虚幻境——由此而生。

邓兄没有指出的，还有重要一点：庙的正殿最后一层叫寝宫，内有名塑手所创造的一百多个侍女（当亦一百零八位），她们各有神态，各执其事，面容服饰，无一雷同。真是栩栩如生，目所未见之奇观！

雪芹的艺术天才，抓住了这种奇观，诸司的狞恶与寝宫的美妙两种景色强烈对比，使他无限感叹感发——最后一个巨大的火花在他头脑与心灵中爆出了奇芒：他萌生了要为一大群亲见亲闻的女儿（以侍婢丫鬟为主）传神写照，撰一巨著的念头。

可惜，他自然不会想到，世上真能找到潘霍芬那样的地方——这是“真事”，而不是“假语村言”；那也是现实，而不是什么“理想世界”。

多少楼台烟雨中

北京的西郊，以至于西山，是个庙宇最多的去处。少的说是三百寺，多的说是七百寺，大概谁也没法儿真数个清楚确实。晚唐牡牧之名句曰：“千里莺啼绿映红，水村山郭酒旗风。南朝四百八十寺，多少楼台烟雨中！”两相比照. 正不知谁为优胜。这种现象正常否，自然也照例是你赞成我反对，其说不一。但如果那四百八十座南朝古刹至今还“健在”的话，那么南京市的旅游收入一定居“世界之最”，无论你赞成还是反对，当你面对那种“景观”，总会暗自说一声：“真了不起！”否则，岂不太无审美能力了？

南朝为何那么多寺？我只知道梁武帝是舍宅为寺的名人，这显然起了巨大的作用。北京呢，连曹雪芹写《红楼梦》，都发表过批评意见，他说：这都是有钱的老公们混盖的。一点儿不差，明代太监是修庙的“施主群”。看来，曹雪芹对此颇有异议，但他不仅“西郊憩废寺”而作诗，而且“寻诗人去留僧舍”“破刹今游寄兴深”。据齐白石老人确言，雪芹贫极时寄居崇文门外卧佛寺，齐老并作画题诗：“风枝露叶向疏栏，梦断红楼月半残。举火称奇居冷巷，寺门萧瑟短檠寒”。这成为无价的名迹。而且，据老舍先生作诗自注，他在西郊听村民父老传述，曹雪芹曾在万安山上法海寺出过家。

这样看来，雪芹先生毕竟是个憎庙者还是个爱庙者？只怕“研究”起来又并不简单，还难以得出“正确结论”。

杜郎曾目击的烟雨楼台，恐怕早已片瓦无存。万安山的法海寺，我爬上去寻觅残踪遗迹，只见满地瓦砾，除石碑石阶外，一无所有。

读史，知道历代有崇佛造寺的，也有贬佛毁寺的，其反复兴替无常，也是一笔难算的账目，据说周世宗（柴大官人一家子）就曾尽毁天下佛寺，将无数铜佛像投入熔炉，改铸为铜钱了。我想他可能对货币流通起过好作用，有功劳。不过，许多寺庙铜铸艺术珍品，多少工艺大师、匠人的心血也就都随之“化”为铜钱了。

阅报，乃知内地、香港以至于美洲，都新铸起了“超史型”的巨大铜佛了。

用佛语来讲，“轮回”不但是人所难逃，佛也一概在内。

以上是“寺”的事，寺专指佛庙。寺，原本是一种官署名称——大理寺，光禄寺，直到清代也照旧。只因古高僧曾在寺内译经之故，佛庙就都以“寺”为名起来。寺，与祠、观、堂等有别，比如，寺的布局自有规律：山门、四大天王、弥勒、钟鼓楼、观音、韦陀、如来，大体是不异的。道观神庙，并不如此。

中国的佛寺是外来文化而“华夏化”的艺术殿堂，是百般艺术精品的大聚览——民族形式的“艺术博物馆”。所以，千百劫后幸存的古刹名蓝、琳宫梵宇，才成了最宝贵的“文物”和“旅游景点”。它包括着建筑、雕塑、壁画、书法（联匾）、刺绣（幡幔）、金银铜铁锡五金、土木……数不清的百般巧匠之绝艺，还有钟磬、梵呗、木鱼、管弦诸般音乐，还有精雕木刊本的经卷，它是“文化宫”“工艺殿”。

但中国的“本土庙”为数更多，这些应称“祠”。

所谓神，不是灵怪，是人之不朽者，不朽是指其功业、道德、精神永为后人钦仰怀慕，故立祠庙，以寄托追思。药王、李冰、岳武穆、关云长……皆此义也。这更与“迷信”是截然不同的两回事，不必一听见个“庙”字就赶忙板起面孔叫它是“愚昧”“落后”的“历史垃圾”。

到了锦里蓉城，你上哪儿去？当然地方多的是，可你不去拜谒一下诸葛武侯祠与诗圣杜少陵的草堂祠庙吗？若对此两古人，说“我无兴趣”“也无感情”，那就是对中华文化的蔑视唾弃了，这，又与“迷信”有什么交涉呢？

事情需要分源，需要识义，也需要正当运用这个本民族独创的、群众基础最为深厚的文化形式来进行文化传播、感染、熏陶、宣释等有意义的重要工作，不一定进庙就为了“烧香磕头”。

准此一义，我曾撰文，呼唤有力的施主们为咱们中华的奇才巨匠“文曲星”——曹雪芹修一座小小的祠庙，因为国人对他确乎太冷落了。

北京雪芹庙，难道不应与成都草堂祠辉映媲美吗？为何无一人出来登高一呼，襄此盛举?

拙文发后，如一枚小卵石投入了汪洋沧海。

最近，作家刘心武在《读书》上发表了对拙著《曹雪芹新传》的书评，文中抒发了他的深刻动人的感喟：曹雪芹与莎士比亚的对比和“处境”太悬殊！他慨叹说，中华文化巨人如此难为世界所了解，遑论“重视”了。他说，读《新传》掩卷之后，不禁想起雪芹的文友说他“寂寞西郊人到罕，有谁曳杖过烟林”？他感到了那个令人惆怅的寂寞，而为之酸鼻。

我读了他的文章，也不禁为之泫然。

雪芹·水星·红祠

曹雪芹是“上应星宿”的非凡人物。我这儿说的“上应星宿”，包含有“土”“洋”双关意义。此话怎讲？且听一道其详：

第一，我们本土的传统“天人合一”的大文化观念，认为非凡之人都是天上的星宿降世的。如你在旧日章回小说中就可以常常看到某某是“太白金星转世”，某某是“文曲星落凡”……所以，我们如谓雪芹乃是文曲星转生的大天才大手笔，那是并不夸张的“修辞格”吧？

第二，雪芹已然超越地球，而属于宇宙，这又是事实，而不再是一种崇仰想象之词了。那还是1974年3

月，美国发射的水星探测飞船“水手号”到达目的地，成功地探明了水星的表面上有六十多座环形山，于是就以对人类文化有巨大贡献的中外六十多位伟人的名字予以命名，其中的中国大文学家就有唐李白，元关汉卿，清曹雪。

要记清：这不是凭空臆造的说法，而是由《人民日报》等日报刊载的新华社的正式电讯新闻报道。若有蓄疑者，可以复查有关文献。

所以我才敢说，不管从哪个角度和观念来讲，雪芹是真正的一颗“天上星”，绝无虚假。

时下好像特别崇“星”了，诸如“影星”“歌星”“笑星”“武星”“球星”“棋星”……早都见于文字，但是“文星”“诗星”“书星”尚未习见，那么我这儿斗胆给雪芹戴上一顶“星冠”，似乎不为鲁莽冒昧。

但是，称雪芹什么星呢？倒成了个难题，因为诗文书画，他是样样超群，他的好友们赠他的诗文都指得明白，可以作证无疑。还嫌都不“全面”，就叫“说星”，这又实在不太“像话”，即难以够得上一个被文化人接受的佳名美号。昔年有人称他为“稗圣”，意为“稗史”（小说的别称）的圣人；但如今若仿效创一个“稗星”之名词，仍然不太像样子——不成文体。这个难题，只好以俟高明吧。

记得古寺壁画上群神之中，有金、水二星之像，而二星皆是女神，仪容美好；再一查，原来古人原是认为金、水二星者乃掌管文学艺术的女神。

如今雪芹的大名单单题在了水星之上，此事实亦“天缘”，饶有意味。最近，听说新建的雪芹祠已然规模初具，大约距离正式启祠为期不远了，这也令人十分欣慰。我曾向建祠的友人说：我们这个祠不能建成一处到别的地方也可看到的“旅游景点”，而是必须使祠的品位向成都的草堂少陵祠来“看齐”才行。如此一南一北，一个是诗圣祠庙，一个是稗圣的祠庙，遥遥辉映——这才令普天下人一起“惊醒”，抬头瞻仰礼敬！而海内外的文化名流，也会与大众一齐前来这处新祠朝圣致礼！这样在北京才是又一处足以代表中华文化辉煌成就的胜地奇观，入祠之人，都可以寄托他们的久蓄于怀的钦慕感叹之情。

这座红祠，不同于一个普通的“纪念馆”“陈列室”，也不同于一般神佛寺院，它是以展示祠主的丰貌、生平、家世、成就、影响等史资文献为主要贡献，因此具有与众不同的巨大特色。比如，你若想了解研究雪芹的宗族世系、祖籍迁寓……都能在此得到一定的收获与满足，故我为芹祠之落成深深贺敬。

竞病·丕兴·芹庙

不知哪世前缘，我弄上了“红学”，一失足而再难拔脚。弄了快五十年，近来忽然有一种说法，大贬曹雪芹，于是我犯了“左性”——左性一词在《红楼梦》里就使用过，意思是本来的执拗性因受刺激而越发厉害起来，要走极端了。我这回的左性表现在哪儿呢？如今透露一下“天机”，谅也不妨：第一是我找着了一位力量雄厚的女企业家，她慨出巨资，修盖一座雪芹庙。这是我平生一大梦想，想不到今年实现。第二，由于有了庙，人们就可以有个地方寄托追思景慕的情怀，可以进去瞻仰礼敬，那么，我很想到庙里去当一名侍者，做点事，服点务呀什么的，而我就给自己又起一个新别号，叫“芹祠侍者”。

以上两点，就是我犯左性的表现了。

说起这座庙，大概有把握向世界宣称：我们修盖了普天下的第一座雪芹庙！

此庙坐落京南大兴县境，其地据云是清代的一个旗营村，现时正在工程进展中，听说一切顺利，有希望在本年八月即可落成。

这也使我想起，辛亥推翻帝制，民国刚刚建立，就有一位学者陈蜕亶撰文提出，雪芹的书，不是小说，而应归于“四部”（经史子集）中的子部——也就是他认识到《石头记》原是一位中华大思想家的著作。此一认识，堪称有过人的眼光思力，可谓石破天惊之论。

不但如此，陈先生还提出说，雪芹是一位“创教”者！

自从人类文化渐进，兴起了宗教，几千年来，谁创过教呢？释迦牟尼、耶稣、穆罕默德……很少的几个，而且皆非吾华之人——我们的老子、孔子，人家根本没有创教之意，都不过是后人信奉，尊为教主，那是另当别论，不可拉扯。由此可见，咱中华若有当得起“创教”二字的，则非雪芹莫属！

这样说来，一位创教的伟人，难道还不该有他的一座庙出现于中华大地之上？

至于雪芹毕竟创了一个什么“教”？这倒确是一个崭新的研讨课题。也许，庙成之后，在那儿会有人为此召开举办一个研讨会，未尝无此可能，只看时机迟早罢了。

由于这么一推想，又不禁思绪纷来。我记得有一次在一篇文章里谈过“吴带曹衣”，以为那曹画家也是雪芹先世才人，后来，忽然悟及史载那曹衣画家乃“曹国人也”，曹国是指古代西域的一处国名，实“老外”也，我大约是弄错了。但是，我因此也又想起，“曹”之得姓，原本由于封地是古之曹国——后来才成曹州者是也。所以这事儿很妙：曹姓也是我们周家初封诸侯中的一个。盖史言周初封叔振铎于曹，在山东兖州济水之阳，其地晋曰济阳，隋曰济阴，后周曰曹州。宋代的有名文学家王禹偁有碑文专记此一源流，十分清楚。

振铎生太伯脾，脾生仲君平，平生宫伯侯，侯生二子……世系详明，一直传到汉初丞相曹参，大名鼎鼎，十八功臣第二名，又传到宋初枢密曹彬，开国元勋。彬封为济阳王，为什么？正是溯其封地得姓之始也。

曹彬籍贯是今河北省灵寿县人，古属真定（后之正定）。彬之三子名玮，就是曹雪芹在宋代的祖宗了。

永乐二年的一次大移民，玮之后裔有一支从江西北迁，又回到了河北，卜居在京东丰润。所以从明代起，雪芹家的老根儿就是丰润。

这个曹氏宗族是了不起的，世代出生大文学家、大艺术家、大英雄、大天才、文相武将，当中有一名画家叫曹不兴——或作“丕兴”，不知谁是？又出了一个曹景宗，虽是名将却在诗坛上留下了一则出奇的佳话。

至于女流，作史的曹大家（音姑）、大孝的曹娥（书圣王右军为她写碑记），还有八仙里的曹国舅，也都是他们一家同宗之人，在中国历史上一直是流芳千古的名宗望族。

曹不（丕）兴，名兴，他居于吴地，据传他有一回经过青溪时，见一条赤龙飞行水上，就笔摹其形成为画幅，献于吴之孙皓（孙权之子）收入秘府；至刘宋时，遇上大旱，乃取不兴之所画赤龙图，张之于水上，顿时风起云涌，大雨滂沱！

曹景宗是六朝时人，既以勇略闻于世，又深喜书史。梁武帝赏识他。后来战胜凯旋，皇帝宴于光华殿，命大诗家沈约作诗为贺，沈约乃作五言仄韵长诗，将全部韵脚字都押了，只剩下“竞”“病”二字，可就给难住了！景宗说这有何难？接笔立时续道：

去时儿女悲，归来笳鼓竞！
借问行路人，何如霍去病？

他押了这两个极难押的韵，却十分自如地写出了他身为大将、出战收功、悲喜交加的心境，并自比于汉代名将霍去病的收功于抗匈卫国，无怪乎那文化水平高的皇帝也大为击赏了（去病，古人取名的一例，略如宋代词人辛弃疾是同一取义）。

这都说明了，曹氏一门，世世出文武全才，直到清朝，仍然是如此：曹玺、曹寅、曹颙……以至雪芹，皆不坠祖风。

既然这样，我这自称“芹祠侍者”的，便有其理由了，并非盲目迷信，岂不然哉？

中华需要人才，也需要爱才、惜才、护才、拔才、用才、重才的思想感情。

不幸的是什么？是有一种人还不如梁武帝，一味妒才、忌才、贬才、挤才、害才……因为他怕别人“妨害”了他个人的“利益”。这种人，是没有资格进我们新盖的雪芹庙的，因为雪芹正是为了人才的命运才作出了一部《红楼梦》。

甲戌本联系三奇女

甲戌本《脂砚斋重评石头记》是曹雪芹在世时确定的名称和形貌之代表遗迹。民国十六年胡适先生于沪上收得，成为当代红学的真正源头或母体，迄今七十年，研究工作尚未深入。至于此书本身联系着三位奇女子，言者更少。今略为综述，俾便领略此一珍笈的特殊文化意境与价值，

三奇女：薛素素，脂砚斋，马髫眉。

薛素素，名素，号素卿，乳名润娘，明末名妓，苏州人。脂砚本是她的文房之宝。为何叫作脂砚？有些人乱解，而不知其本义即研朱之砚，而又兼切才女的文采

之事。我曾于拙著《红楼梦新证》中引明人谈迁《枣林杂俎》“彤管”目内一条云:“万历贡士兰溪舒大猷之妻陆静，专工小词，以脂笔书写，落红满纸。”词义最明。故“脂砚”也是闺秀“扫眉才子”的事情。

薛素素的奇文，下文再表，须先说清这一枚小脂砚，到清代落于雪芹之妻李氏（即书中的史湘云）之手，因此她即取“脂砚斋”为室名与别号（其真名已佚）。是她助雪芹写作而且为之评点钞整，以致成书，并定名为《脂砚斋重评石头记》——即甲戌本的行款规格的由来。

是故，脂砚斋（常省“斋”字径署“脂砚”二字）也是一位奇女才人。

那么，马髣眉又是何如人呢?

原来，她就是迄今可考的最早一位甲戌本收藏者，是她把书带给了她的丈夫刘铨福（后归胡适之，流传至今）。

承传次第粗明之后，方可略叙三奇女之奇，奇在何处。

“诗、书、画”，久号“三绝”矣，实不足奇了，薛素素却身擅“十绝”！这是震古烁今，从来未有之奇。

哪十绝?曰:诗、书、画、琴、箫、弈、绣，无不工绝！这还不算，又能走马，挟弹，常以“女侠”自命！这实在就是一位“十三妹”式的奇女。

不知其名的“脂砚斋”又如何呢?脂砚斋即史湘云的原型。她的奇，奇在诗才之过人，每次诗社属她最捷最好；奇在光风霁月、心直口快、义愤凛然；奇在“英豪阔大宽宏量”，风度襟怀迥异俗常；奇在命途乖舛，身落“贱”籍；奇在能识雪芹，千辛万苦，卒能重圆旧梦；奇在助雪芹作书；更奇在批出了一整部的“重评石头记”，其内涵之丰富重要，至今研究者也不过刚刚窥测而已。

第三奇女名叫马髯眉。对她，拙著也有记述，如今简叙供考。

提起她来，所知有限，可是意味特觉深长。最初，只见甲戌本卷端钤有“髯眉”印一方，此为何人何义，愧不能晓；后来也是“考红”史上许许多多因缘辐辏，得到刘博琴先生亲自送来了一件珍贵文物，这才豁然开朗，叹为奇遇。

刘先生是老北京琉璃厂著名篆刻家，连玉印也能镌治，此例极罕。他是甲戌本原藏者刘铨福的族裔，手中保有家世文物遗存。蒙他送来的，是一轴《翠微拾黛图》。打开看时，首幅为图，西山景色，远翠微茫，写意之笔，境界不凡。后即多家的诗文题咏跋记，不易详举。为首的就是在甲戌本也有题记的濮文暹所作的南北曲合套的《新水令》大套曲，其文笔风趣妙绝，令人倾倒不置。曲前有小序。

从卷中题跋、印记等综合而考之，方知刘郎的爱妾马氏名寿萲，字宜男，号髯眉，又别署宜男花主人、木瓜山女。

她号取“眉”义，故对画眉之黛石最有感情，是故方有“翠微拾黛”之雅趣。这想必还是受到了《石头记》中宝玉为黛玉取字“黛卿”之事影响启示。

其芳名曰萲，出自《诗经》：“焉得萲草，言树之北”。萲即萱草，相传女子佩萱，利于生男，这也就是她的字、号的由来。

唯有“木瓜山女”一号，愧不能知其何典何义。事隔多年，此四字是从卷轴中印文得来，今原件不可再寻，难以复验；我疑本是“木公山女”，而篆文“公”“瓜”形近而致混。若然，则应是“松山女”的文义。如所揣有理，则又须考究“松山”何指——是否马氏本籍关外的松山？她有无可能乃满洲旗家之女？这些问题，俟博雅君子解惑。

然后，再听刘先生向我口述的大略：马氏是一位罕见的才女，不但诗文翰墨精通，而且擅长篆刻，能手拓古碑，拓技极精，上皆钤有她的拓碑专用印。她每日与铨福先生经营这些高雅奇异的文化生活，是以深受爱重。“拾黛”一图，是他们偶然遗下的一点痕迹，已可窥一斑。

因此，我又联想到，甲戌本卷后跋记，作于满洲名士麟庆的半亩园（东城弓弦胡同，李笠翁设计的名园），又有“惜不得佟四哥三弦一为弹唱”之语，这很重要——曹家遭变，即因佟家隆科多大案之株连，而拙考雪芹的母夫人应即佟佳氏，是隆之族女，备知曹家逸闻旧事，所以“佟四哥”亦即她家之人（这也牵涉到另一资料，濮家有人见过书中茗烟，已为老僧，口述宝玉袭人之事，似出于佟家一源）。

如此看来，甲戌本的更早藏主应是一家满洲世家，后归于马髲眉，这才带给刘家。

雪芹一生著书，即为表扬女儿，今其书已得三奇女连锁文缘，真是一段佳话奇情。不可不记，爰以小文作抛砖引玉之资。

庚辰腊二十八日

张爱玲眼中的《红楼梦》

张爱玲在文坛享有盛名，自愧未曾读过她的小说、剧本，偶然见到她一两篇随笔性文章，竟然都谈到了《红楼梦》，而且见解不凡。这才引起我这孤陋者的注意，真是于心戚戚焉，不能轻易放下这个题目。

人的文艺天赋差异之大，是一种造物的游戏或有意捉弄她所“造”的人。造的人乱极了——有美有丑，有善有恶，有仁有智，有才有德……她“配方”十分奇特。别的素质才能不难见，唯有文艺审美眼光的高明（水平和能力），最是难得多遇。我平生所逢，张爱玲是一位。尤其她是符合雪芹标准的“脂粉英豪”，又与须眉浊物不同，弥觉可贵之至。

她在回忆胡适之先生的文中，是以《海上花》为主题的（话题开头是从她的《秧歌》叙起）。我看到《海上花》，想起在燕京大学时已注意这部奇书。对白是吴语，我凭参悟能懂个七八分，剩下的就请教同窗许君正扬。他是浙江海宁硖石许氏，却在上海长大，正好以吴侬软语的声调“学”给我听，顺带讲解个别词汇和特殊习俗等，十分有趣而得味。那时我已体会到，自《红楼梦》出后，一直无人能学到雪芹的笔法语调，唯此书却有三分神似，实为仅见（此意曾写入拙著）。如今一见张女士话及这部杰作，立刻想到，下面谅必也要牵连谈到《红楼》吧？果然不出所料，紧跟就是一大段——我已读过她另一处谈《红》的卓识高见，因此总盼还能见到一些类似的文章。这正可谓“夙愿以酬”——尽管还有点儿“抱怨”太短了。

她说，第一点，从十二三岁时读《红楼》。第二点，只这年龄而头一回读，读到第八十一回，什么“四美钓游鱼”等，忽觉“天日无光，百样无味”而感到那是“另一个世界”！

我读到此，真是又悲又喜，又喝彩又感叹——莫知如何以表述我的心情。

这是一位绝代的天才，她的文艺审美水平特高。用我的话说：她不俗，有灵性，有艺术眼，有上智上慧，非同小可。

她有一部考论《红楼梦》的专著《红楼梦魇》，其自序写得比这个更好。她有极精彩的话，如云：版本中一个异文，“字比笆斗大”，它“往我眼里跳”！这可见她对《红楼梦》是如何地精熟至极。从这一点说，只有她能够称为真正的、头号的“红迷”(笆斗，农村盛粮谷的柳条编成的大斗)。

她极感高鹗的伪续后四十回的毒害性，名之为“附骨之疽”——其影响之深且久，已难医治。

在回忆胡先生的这篇文中，她又提到：在美国，告诉洋人中国诗、画的“发展”(独特造诣之义也)，他们因为不懂，只有承认；但若说中国小说的“发展”，就人人“露出不相信的神气”了。因为，小说代表是《红楼梦》，在他们读来，只看到一个“故事轮廓”——而且“是高鹗的”！那就是“钗黛争婚”的一场“三角恋爱”熟套闹剧，没有别的。

她的话不多，却极深刻沉痛。对这位国际驰名的女作家，我一无所知，只见到这么两篇论《红》之文，便觉十分钦佩与倾倒。

一个十二三岁的女孩子，初次接触《红楼梦》这样的书，即能感到曹笔与高续是那么霄壤天渊之悬殊，你怎么解释？是谁“教”给了她要区别？是什么机器统计出“词汇”差异表让她知晓了“科学数据”？都不相干。

这就是雪芹讲的“通灵”之性，是“娲皇”赋予的——“天分中生成”的。中华文化讲究这个，中有至理。

然而，也有人相反，他们感不到那种巨大的悬殊，倒是认为前后“浑然一致”“都是曹雪芹的原著”……而且，曹之所以伟大，不在前八十回，全在后四十回，云云。

这个附骨之疽的毒害性一至于此——可也得思辨一下人的文艺审美能力，不能只骂骨疽。

这是个文化难题，也许一万年还会“君向潇湘我向秦”。

张爱玲还指出说，《红楼梦》应该把后四十回伪续割去，任其“残缺”不完，后面可以加上研究佚稿的成果……（按应包括后文情节要点，人物结局，章法结构……）这又正合我们倡导并一直实行的“探佚学”的宗旨，可谓相视莫逆，会心不远。

报上说张爱玲客居美国，性情孤僻，逝于寓所，无人知晓，邻居多日不见其踪影，方有疑虑，发现人已亡逝。幽独寂寥至此，令人闻之凄恻。

她原籍河北丰润。丰润也曾是雪芹祖上的籍地。与曹寅为至好的张见阳，留下了《楝亭夜话图》，就是丰润张氏。他与纳兰公子（性德）也是至交。他们三位可称康熙盛世词坛三友。

丰润又出了张爱玲，对《红楼》有极高的识见，这不仅仅是什么“才女”的俗义。这是京东山川灵秀的精气之凝结与流动。

我在美时，不及知上述这些情况意义，也就失去了试行探访她的机缘。如今念及，深为悔憾。张爱玲有极高的天赋，也有她的乖僻的性情。这完全符合雪芹所说的“正邪两赋”而来之人，岂偶然哉！

诗曰：

邪正相寻两赋来，英豪脂粉见奇才。

《红楼》高见何人及？惆怅殊乡境可哀。

字比笆斗大

女作家张爱玲辞别人世——这人世是她写作了一生的“对象”。她在时，自然名气不能说不大，但终究有点儿不以为奇，好像也不过“著名”就是了，“著名”的多得是，真如陆机说的，“若中原之有菽”。她一死，这才纷纷悼念追怀，把她的一切都另眼看待起来，理解了，珍贵了，遗憾了，后悔了……人就是这么样的，这就叫“规律”。

我没有任何资格来写悼她的诔文，因为她虽只小我两岁，真是同世同代之人，却因我素未读过她的小说、散文或剧本，对她的家世生平更是一无所知。不想日前有友人将她的《红楼梦魇》的自序，复印寄来，这才使我大吃一惊。我读了此序，感到悲喜交集，更觉十分惭愧，对不起她——1987年春，在美国时从大学图书馆里借过这本书，那是台湾版的小开本，可是我竟置而未读！你说这会让人相信吗？

为何借在手边而不予理会，现时想来，大约原因有三：一、那时因工作紧凑，所借之书以外文（过去难见）者为主，中文著述只得后推。二、那时兴趣集中在“《红楼梦》与中国文化”的新课题，见她此书却是版本考证——这是个最麻烦而缠人的主题，我怕一读它，会把我的“精神境界”一下子打乱了，影响我抓紧时间工作的计划。三、说老实话，我一见她用“红楼梦魇”四个字作书名，就打心里不喜欢，觉得“气味”不投，更怕纠缠一大阵之后并无真正收获——我目力已严重损坏，读书艰困之甚，实在禁不起滥用目睛的浪费了。

这样，我翻了翻各章的大标题，就推在一旁，直到要还书归馆，也未及重顾。

以上就是我与这位女文星的“联系”了，请想，我又有何资格来写纪念她的文章？

谁想，复印的序文来了，我一口气读罢，这才又惊又喜，又悔又愧！

悔愧与惊喜，只是一桩事情的两面，倘无惊喜，悔恨何来？所以先说说我的惊喜。

我自已弄了半个世纪的红学，所遇之人不少，却根本不知道张爱玲才是一位该当崇敬的“红学家”。世上自以为“著名红学家”的人到处皆是，其实其中有的既不“学”也不“红”，人家张爱玲从来不以“红学家”自居自认，却实在比那些自居自认者高明百倍。这就使我吃惊不小，使我心喜无量。

她说话很老实——因而也很直率真切，一点也没有“文学家”的扭捏，更无“红学家”的咋呼。她的自序中，你先听这几句——

（看了脂本《红楼》，才知道）近人的考据都是站着看——来不及坐下。

这就把“著名红学家”都兜了根揭了底，学术的事，她用不着客套周旋。然后说她自己——

至于自己做，我唯一的资格是实在是熟读《红楼梦》，不同的本子不用留神看，稍微眼生点的字自会蹦出来。

这已经是好极了！会这么感受，会这么表达的，我愧孤陋，还是第一次看到。（先师顾随先生也说过，他读诗词，好句子不是去寻的，是它自己往我眼里跳！可谓无独有偶，但那不是讲《红楼》，也不是说版本。）

我很惊喜，“红学家”们如过江之鲫了，哪几位敢说这句话。你把异文摆在他眼前，他也辨不清是非高下、正误原篡（雪芹原笔与另手篡改）。

然后她又说——

> 我大概是中了古文的毒，培肯的散文最记得这一句："简短是隽语的灵魂"，不过认为不限隽语。所以一个字看得笆斗大，能省一个也是好的。

这简直妙极，使我拍案叫绝！

这妙这绝何在？第一，说话坦率爽快，不让人气闷。第二，比喻精彩——你可知道什么叫"笆斗"？它有多大？这"名词"对哪些人才"感情"亲切？第三，最妙是不同的字会"自己蹦出来"！这种话堪称奇语，也才够个赏文的资格。

这就是诗人、艺术家的高级审美的能力（敏感性）和表达才华了。

这儿真正的重要的大道理至少有二——

一是她对《红楼》一书可谓精熟至极——大约是指坊间流行的程、高伪篡本，及至一旦展开脂本，她被雪芹的原著原貌（至少是接近原来）原文原句给惊呆了！那个"不同"和"笆斗大"才会往她眼里跳，她的艺术天才禀赋和修养给了她这种"高敏感"和"深痛切"的惊讶与领悟。

她接着说：她怕啰唆，"能省一个字也是好的"。这话似乎可以包含着她自己行文写作的信条和对雪芹原文与篡文的体察感受两方面——当然这"两"其实也是一回事。

在这儿，却有一个特大的文学语言问题由她的短短的几句话透露得十二分明白，这需要代她点破，或者说是为她译成“连贯的死板文字”——

她为什么那么样看语文？原由她自己早已说出来了：“受了古文的毒”！

这古文，就是指我们历代文星们用汉字写的为人熟诵深赏、可以朗朗上口的词意音节皆臻优美的“文言文”。

你可以恍然晓悟了，原来在张爱玲的艺术感受上，古人作文是绝不会啰唆，是把一个字当“笆斗大”来考虑抉择、推敲铸炼的，他们绝不会忘记“省一个字也是好的”！

原来，“古文”的“毒”，毒在这里。

这简直使我精神震撼。

那种体会感受的话，不是出自一个老古板、老顽固或“逊清遗老”，而是出自一位生在上海、久居美国、“英文比中文好”（其家属亲人的话）的女子！能想到和相信吗？

所以，光是骂古文，恐怕只知其一，只执一端，识见远不如张女士全面、深刻。

汉字语文的极大特点特色不必要了，要的是与洋文“看齐”的“白话文”了，“古文”应当一概打倒。这个后果，就是字再不像“笆斗大”了，每日看的读的，彻宇宙、遍世界都是些张爱玲最怕的“啰唆”，她体会的“省一个字也是好的”那种智慧的领悟语，使我们脸红——因为恰恰是大多数文章令人感觉的倒是“多一个字也是好的”了——那“白话文学”可真叫“白”得够人受，满篇是废字废句，浮文涨墨，拉扯扭捏，以便凑足了篇幅。

有些外国评论说曹雪芹“太啰唆”，而脂砚斋则强调雪芹是“惜墨如金”。

你说咱们该听谁的“意见”？

如果曹雪芹啰唆，最怕啰唆的张爱玲，能会单单对这部“啰唆代表作”精熟到可以背诵吗？道理大约是说不通了吧。

有人以为程、高本比脂本“好”。连胡适先生也特赏“程乙本”（两次篡改，文字最坏），其理由是“更白话化了，描写更细腻了”。

然而，张爱玲的看法不是如此。

张爱玲女士在这篇序文里留下了沉痛的心声，她深刻理解了曹雪芹与他那真《红楼》这部书自身的悲剧性。

她体会到雪芹的处境与心情，他的书在各种历史文化原因与条件下的遭遇与命运。

> 曹雪芹在这苦闷的环境里就靠自己家里的二三知己打气，他似乎是个温暖而感情丰富的人，歌星芭芭拉·史翠珊唱红了的那支歌中所谓“人——需要人的人”，在心理上倚赖脂砚畸笏，也情有可原……
>
> 他完全孤立。
>
> 中国长篇小说这样“起了个大早，赶了个晚集”，是刚巧发展到顶巅的时候，一受挫，就给拦了回去。潮流往往如此。
>
> 清末民初的骂世小说还是继承《红楼梦》之前的《儒林外史》。

《红楼梦》未完还不要紧，坏在狗尾续貂成了附骨之疽——请原谅我这混杂的比喻。

她分析并综括了那种历史“特征”之后，说出了一句鲸吼钟鸣的话——

《红楼梦》被庸俗化了！

张爱玲以一位“脂粉英雄”（雪芹的语文），发出了这个警醒举世懵懵总不知悟的响亮的声音。

这是一个女性作家的声音，应该不同于一般读者的理解，她是精通古今中外文化、有深厚文化教养的时代人物，大约也不会是因为“偏激”而形成的忤俗的“过言”。

她淡淡地说了这么一句，不知是以为此亦世事之常而不足怪异，还是有意以呼声来掩去她的痛切的情感。

是谁，是什么，才导致这个堪悲的庸俗化的呢？

答案由她摆出来的——附骨之疽！

我以为这种比喻并不“混杂”。她说得透：雪芹的书，未完倒还不致成为最严重后果的真缘由，糟就糟在那个狗尾像疽一般附着在一个宝物上，竟难割除根治。

这比喻透露，那个庸俗化并不是件“轻淡”的小事。

她举了实例。在海外，她所知之美国大学生，男的“关心”的是宝玉的“女性性格和同性恋”，女的则困惑不解，充其量不过认为是旧式大家庭表兄姊的恋爱，和西方差不多。她所见的中国青年学生研究生的论文一概把程本就当原著——这也反映了教授的态度。我知道她是说这就是最大的庸俗化。

以上是就雪芹著书的宗旨精义的被庸俗化。至于文笔，她没直接讲，却举出《金瓶梅》的第五十三回至五十七回，起初她忽觉不对味了，后来方知那是另手夹配进去的，不是原著——她一读过这一大截子，一到五十八回，眼前一亮，就像出了黑隧道一样！

这才是中国文评上说的“具眼”之人，对文艺的真妄高下，其感受之敏锐如水火冰炭之悬殊迥异——但庸常之人则漠然以为“都好”或“浑然一体”，并且对区分原貂与续尾的人反加以讥讽以至骂街。

张爱玲的行文也是艺术的和惜墨的，她只说到“如出隧道”即止。我这个人总想不开，总要画蛇添足：她读《金瓶梅》是毕竟还有出隧道的庆幸喜慰感，而她读《红楼梦》的流行程本百二十回，大约就是如同后尾入了隧道，一直黑昏到底，再也没了“出来”的豁然开朗之福了。

我说这话，自信无差，因为她又说了这么一段话——

> 这两部书，在我是一切的泉源，尤其《红楼梦》。《红楼梦》遗稿有“五六稿”被借阅者迷失，我一直恨不得坐时间机器飞了去，到那家人家去找出来抢回来。现在心平了些，因为多少满足了一部分好奇心。

这段妙语，充分表明了她是如何地渴望能睹雪芹原书的全貌。

她所说的满足部分“好奇”，殆指她研究了雪芹遗稿的部分真相的梗概。当然，“好奇心”是个有意布置的“低调”“俗语”，研索原著的整体，已经建立了一门“探佚学”而且作出了成绩。这是十分重大的文化问题，不是“好奇”所能标名的。

张爱玲本是个作家，但她为此却全心贯注地做了“考证派”，受了“十年辛苦不寻常”，写出了一部《红楼梦魇》。

只有张爱玲，才堪称雪芹知己。在我看来，这比她写了很多作品还重要得多。

我还有一桩遗憾：她没有用英文译介《红楼梦》。我确信，她才是最有资格英译芹书的人。——她没有做这件大事，不知因为何故。这是又一极大的遗憾！

附记：

张爱玲曾英译了《海上花列传》，她认为《海上花》三分神似芹笔。此意此语与我全合，我在初版《红楼梦新证》中正是这么说的，从未有第三人见及于此。

齐白石与曹雪芹故居

白石老人的画幅，大家常见的，多是花卉虫鱼一类；其实他画别的景子，不但是同样擅长，而且更为引人入胜，不过是极难得见到罢了。就中尤为难得的，是他的那幅《红楼梦断图》。

提起这幅艺术珍品，先要叙明一段掌故：原来在北京地方，还存在着不少关于曹雪芹的传闻逸事，听起来都饶有趣味。其中一则，说曹雪芹遭到家难之后，曾一度寄居于北京外城广渠门内不远的卧佛寺（北京共有三卧佛，一在西山，一在西城，一即此）。这一传闻，不止一人谈到过，有很多位老先生都如此讲述，想来一定有其根据，当地父老这才世代口传下来的。

白石也是知有此说的老前辈之一，因此，他有一年秋天，就和张次溪先生一同到了卧佛寺，去寻访、凭吊曹雪芹的遗迹。这次寻访，引起了他很多的感慨和想象。恰好张先生作了一首诗，中有“红楼梦断寺门寒”的句子，白石一时兴起，就借了这句诗的意境画了一幅《红楼梦断图》来抒写他这次游卧佛寺的感受。——以上是这幅艺苑珍奇的简单原委。

尤其宝贵的是，他在画上作了题记，并题了一首很好的绝句。原文云：“辛未秋与次溪仁弟同访曹雪芹故居于京师广渠门内卧佛寺，次溪有句云：‘都护坟园草半漫，红楼梦断寺门寒’，余取其意为绘《红楼梦断图》，并题一绝：‘风枝露叶向疏栏，梦断红楼月半残。举火称奇居冷巷，寺门萧瑟短檠寒。’”

这诗可说是大艺术家和大文学家之间的一段“香火因缘”。可以看出，白石老人是怀着无限的景仰和同情之心来凭吊雪芹遗迹的。在他的想象里，分明看到曹雪芹于困厄之中流落到残僧败寺之地，过着极其贫窘的生活，而当秋月胧明、风露凄冷之夜，还在一盏孤灯相伴之下，构思他那部“十年辛苦不寻常”的千古杰作——《红楼梦》。

“举火称奇”，大约是和明末遗民杜濬（号茶村，和曹雪芹的祖父曹寅很有交契）的一则典故。杜濬是湖广人，明亡以后，流寓金陵，劲节高风，生活奇窘。他曾写信给王于一，说：“承问‘穷愁何如往日’？大约弟往日之穷，以不举火为奇；近日之穷，以举火为奇；此其别也！”（《变雅堂文集》卷八）“举火”，就是点火做饭吃，“以举火为奇”，可见其贫况已到何等境地。白石老人用来写雪芹，恰到好处。至于“短檠（qìng）”，是唐代诗人韩愈写贫士用矮灯照读苦攻的典故，这是大家所悉知的。

卧佛寺至今犹有部分残存，但久已废为民居。大卧佛全体木雕，极为弘伟，至少是明代艺术遗物，至可珍惜。院中古槐一株，倾欹生姿。据说当初庙中有跨院，颇有亭石花木之胜，雪芹寄寓，可能有取于此。又，在清代八旗制度，各旗各守哪个城门，都有规定；广渠门属正白旗汉军辖守。而曹雪芹也是正白旗人（只不过他是“内务府包衣旗汉姓人”，而非“汉军”旗人），可能有同属白旗之内的亲友在卧佛寺一带居住（听说这一带到清末还是旗人聚居之地），故而辗转牵引，想到投奔外城寂寞萧凉的古庙那里去存身，这也颇在情理之内。

附记：

我为此图作过一首词，今不具引。有人将卧佛寺讹为“千佛寺”，那是错了，又有人怀疑，卧佛寺可能是指西城那一个，因它离右翼宗学、槐园等雪芹曾到之地都不远，似乎雪芹寄居于此，更为近理。不过这种事很难臆说如何，因为西城的卧佛寺当时未必像外城的寺庙更合于寄寓。所以我仍主白石老人之说，不宜用简单的推理方式轻断历史事物。

白石还曾谈到，他所听到的传说，曹雪芹的妻子是他的李氏表妹。这种传说远远早于红学上对于李煦家的考证，尤其值得重视。

上元佳节访芹居

寻找伟大文学家的故居遗迹，是一件极有意义和兴味的事情。谁都想知道并且看一看曹雪芹从南京来到北京之后的住处究竟在哪里。看看有什么用？这倒很难说得明白晓畅，条理粲然。人总是要过文化精神生活的，看看素常倾慕敬仰的历史人物、文学大师的故居，会引起一种丰富的想象，我们在此徘徊瞻眺，流连不忍离去——这处地方便能寄托我们久蕴于怀的无限景仰、怜惜怀念之情。人若有了这种感情，自然爱自己的国家、自己的民族、自己的文化。那时，也就不再是限于一人一事、某书某史的个别的事情了，换言之，故居就绝不仅仅是一处"地点""房屋"或者"院落"的问题，其所关岂为细乎。

自从前些年发现了一件档案，载明曹雪芹家在雍正六年因获罪抄家、拿问回京之后，已无立锥之地，后经人帮助请求，才"赏给"了一处住房，共有屋十七间半，坐落蒜市口——这是我们第一次"找到"了一个雪芹住过的确切地点。档案发表后，我就在甲子年的元宵佳节走访了蒜市口。

那一次，不能说毫无收获，但因不懂古建筑，无法作出比较接近实际的估计。从那以后，我就订计划，邀请一位专研古建筑的老专家，再往续探。由于他非常忙碌．要到各地去踏看、开会，因而直到二年后的元宵节，这才得以同赴蒜市口，恰好一周年。住在北京，虽值上元佳节，了无节意可赏，我们值此嘉辰，同访芹迹，这却比赏灯看会另有一番况味。

有了老专家的协助，果然与我这外行独往是大不相同。这次的收获就大多了。

蒜市口，位于北京崇文门外（由内城通往外城的三座大城门的东面一门），顺着花市往南，走到尽头便是。论范围，这地点实不算很大。论情况，房屋拆改也还不是最多之处，但那变化也是可观的。我们得到居民的热心合作，给我们指点。我们进了很多住户的院子，房主们无不表示欢迎接待，有问必答。

这样，我们经过观察比较，初步找着了一处小院，建筑旧迹尚存，布局风格未改，而且问明未加改建以前的房屋数目，正好是十七间！老专家认为，这处地方，值得注意研究，他准备继续探索，并绘出图样。

甲子年的元宵节日是这样度过的，倒也十分新雅有致，为此作一首七律，以作纪念：

上元佳节了无灯，蒜市重来问古行。
椽桷已迷原覆瓦，轩窗忽显旧镂棂。
天衢路改寻常陌，地积祠荒勇士营。
十七楹间欣可数，主人好语最堪听。

胭脂米传奇

目坏后，久不能读书，新出的书更是“耳”不暇给，于“目”则缘分无多，每每兴叹：“太落后了！”“太孤陋了！”“吾其将为‘新文盲’乎！”

忽一日，江南文友雁足传书，落于文几，展看时，一段话赫然入目（因为为我写信的，字都特大）——“告诉你一个好消息：你的大著《红楼梦新证》，久传毛泽东主席看过，人言不一，现在证实了！……”

怎么回事？原来，新近出了一本新书，题名曰《毛泽东读评五部古典小说》，著者徐中远先生。此书开卷部分即毛泽东关于《红楼梦》所引起的一切情形，包括言谈、书信、批注，以及当时的各种有关场合与情景。其中叙到他在批阅拙著《新证》时，在一处文字旁侧加了密圈。

这是哪一处呢？是《新索隐》一章中考证胭脂米的那节，我引了四种史资文献，说明此米的出处和康熙帝曾在中南海丰泽园中种植此米，并曾赏与曹寅、李煦的故事。可巧，那时毛泽东正住在丰泽园，读了这段故事，引起了浓厚兴趣，即命农业部、河北省寻找此米。后来河北省委果然寻到了，把培育收获的胭脂米运送给主席。因此米珍稀味美，有一次前日本首相田中访华时，在贵宾席尝到此米，念之于怀，竟向毛主席请索此米，据确知者言，此米果然给了日本。

我创撰《新证》是 1947 年、1948 年的事，不想在这一节上引出了如此一段佳话逸闻，思之饶有意味。当时引书只有《康熙御制文集》《在园杂志》等四种，后来又发现几种记载胭脂米的书册，却因《新索隐》已被批判为“烦琐考证”，惶恐之余，再也不敢提这些“错误”的唯心主义的“自传说”了，遂致也都置而弗录，岁久尽皆忘得精光。

不但如此，等到《新证》有了重订再印机会时，我还把那个《新索隐》全章整个儿删掉了——后来海内外的“谈红派”却常常加以转贩（因为彼时港台早有盗版的初印本《新证》）。

《新证》增订版出来之后，上海专家徐恭时先生特函见教说：增版反将《新索隐》删了，太感遗憾。因为他认为那都是很有价值的文字，对理解《红楼》大有帮助。再后，《解放日报》的陈诏先生，下大功夫，出了一部《红楼梦小考》，来京时亲对我言:《小考》完全是在《新索隐》的启发下而努力完成的，自以为这种工作大有意义——他翻阅了大量明清笔记书，把《红楼》中的事物一一加以对照印证。此书出后，颇获佳评（至于删弃的《新索隐》呢，我原已将此章修改增订，有现成文本，至今压置于敝纸堆中，尚不知其命运如何也）。

雪芹在书中写到此米时，今传之版本有两种写法：“玉田胭脂米”与“御田胭脂米”。哪个为是？红学家为此也有不止一次的“小笔战”。他们只知稗贩“资料”而不明史实。“玉田”指原产地，“御田”则指后来康熙在丰泽园亲种之地，也指他又曾将原产地区划为特产地段，加以圈护，立了“御碑”记事，故此这块产地也称“御田”。都是有来历的，不必多打“笔役”。

据河北遵化州志，胭脂米还不止一个单一品种，有所差别。产地本在玉田王兰庄，其后丰润也有了此米（玉田、丰润，皆遵化州所辖之县）。据云，将真种子移秧于他处（普通水田）则所产之米不复具有原来的特异之色香味，故那块“御田”实为一奇！

听说“文革”时，“御田”是不能有的，“御碑”要砸碎为快。至于稻种呢，我愧未知其命运如何，也许将来要“求诸野”吧。胭脂米传奇，其奇趣确不寻常也。

“红楼升官图”

什么叫“红楼升官图”？这话本来不通。《红楼梦》这部书是反官的，宝玉给热衷仕宦的人起了个雅称叫“禄蠹”，嘲其唯功名利禄是图的思想，哪里这书里会又有“升官”？

原来这不过是个借称，本不合套，但若想另换一个名目，还真不容易，况且那老名字实在带着浓郁的民俗文化的色彩，情趣十足；勉强换上个新名字，貌似“科学”了，可一切“味道”也就都荡然索然了。

一提“升官图”，便想起小时候过年守岁以及新正月里的种种乐趣，升官图也占着“重要地位”。它是一种赌彩头的家庭游戏文娱的方式，大家聚在一起玩得兴高采烈，谐趣横生。简单说来，就是掷骰子、走格子，看谁最先“走”胜了。这种游戏其实不一定是“官”，在今日儿童新游戏中，采“升官图”的机趣，模仿而变改名色的“走棋”图式，仍然多得很，只是也没有人能尽记或“系统研究”一番。但拿传统的真“升官图”来说，也与简单地“数骰子点儿”按点走格子，颇不相同，其进退起伏、升沉曲折，瞬息万变，而且大有意味——简单的走格子，不会产生那么热闹的场面气氛。

怎么，升官还有“意味”？

是的，不但意味大有，而且意味深长。

让我只举一点吧。真正“升官图”不用骰子，不是六面六点儿，却是四面的小木头陀螺，我们天津人叫“捻捻转儿”。这四面各书一字，曰：德、才、功、赃。每人捻那小陀螺，转起来，转得挺欢，等候它转完“倒”下来出现的是个什么字，这本身就是乐趣。我说的“意味”，就在那四个字上。

原来到清代为止，官吏们每年由上司给一个“鉴定”，或是朝廷上保荐参劾，社会舆论，都离不开那四个字。德，是官箴品格高尚，不畏权贵，不徇私情；才，也称“才具”，就是从政的干才，办事的能力；功，显然即指某件政绩功劳；赃呢，则今之所谓“贪污受贿”是矣！

这四个字，前三个都升，捻出“德”来可以超升“飞升”，一走就多少步。才、功，依次递减，升得慢了。唯独“赃”一出来，那非大倒退不可！轻的降多少格，重的“除名”，毫不客气。

遇上有捻出“赃”字来的，全场人哈哈大笑，看他降了，拍掌称

“快”。大新正月里，家庭热闹乐趣，就在这些民俗文化上。如今想来，它“陈旧落伍”得很了，但是似乎也还有一点儿反腐倡廉的“现实意义”可寻呢。

闲话休提，且说“升官”怎么会和《红楼》联上的。

我上文说，不易换名目；现在想来，也许可叫作“红楼游园图”吧？因为这张图上，并无官职衙署之迹，而一色是大观园里的亭台轩馆、溪泉花木的景色名称，凡宝玉、黛玉为园里题的匾额以及故事叙写的情节、地点、场合、胜景、乐事，诸般名色，图上是应有尽有，无所遗缺。这张大幅图，铺展开来，真是缤纷绚丽，热闹非常，令人目不暇接！

玩时一开头，是从入园为始，进大门后，先是“翠嶂”迎人，然后“曲径通幽”，然后“沁芳桥亭”……如此依次前行，曲曲折折，而又路分几径，各有胜境与妙趣。大家围坐，各占一个“角色”，如宝玉、黛、钗等《红楼》重要人物，以谁先“走”到顶点“大观楼”者为胜，取得头彩。

既然如此，那就叫“游园图”不是最恰当了吗，为何还称之为“升官图”呢？要想到，若叫“游园图”，人家就误会是指某幅名绘佳画了，只有“升官图”这个“不合理”“落后于时代”的老名目，才充分表出了这种家庭娱乐的真特色。你看，世上的事情，有时就是这么颠颠倒倒，说理说不清——若再宣称“反对”，那更是书呆子抠字眼儿，知其一不知其二，庸人自扰了。

张次溪先生那一幅道光年间木刻版朱色大图是件宝物，无待繁词再论了，可我在1963年纪念曹雪芹逝世二百周年的盛大展览会上，还见过类似的一幅，虽远不及张藏那样精美，到底还有个仿佛；唯独天津的另一种“红楼升官图”，我可是平生只“享受”过一回，那一张没了之后，再也没见过此一珍品的踪影。

那还是我少年时，四兄祜昌从津市买得的，幅面很大，需一张八仙桌或半边炕才能铺得开。因玩起来既不好办，又易破损，于是就自己动手裱糊在一整张大的厚纸板上。（敝沽西头有名的“振华纸板厂”用稻草所造的“马粪纸”，有很厚的。）这张大纸板，给我们（包括住亲戚的姨表妹们）的大年正月里增添了巨大的新春乐趣。

天津的这一幅，特色最大，比我先后见过的几种都大不相同。这个设计制图师可说是位早年不署名的津门红学家。他不但熟悉《红楼》景色，更熟悉《红楼》人物的特点与相互关系；并且处处有巧思，多生意趣。看来我们天津真有高才奇士。

举一个小例，别的图上只是回环（由外围向里圈）旋行路线，未见别有思路；唯独津门此图却有新鲜路线：在中部路线右侧设有一处池塘——即书中黛、湘二人中秋联句“寒塘渡鹤影”的那个池塘（不是大湖）；比如，你“走”到南岸的棠木舫这个位上，那么你就可以直接再走到距大观楼不甚远的蓼风轩去——这表示乘舫渡塘的一个捷径，自然比别人早到得彩的“终点”。

单看这一条，就够有趣了。

玩的时候，各人占一个“主名”，比如，谁当宝玉，谁当黛、钗、湘、探、凤……人越多越热闹，图上所设的乐趣“点子”发生的也越多。黛走到“潇湘馆”，得大彩；宝玉走到“红香圃”，大家共赞——因为那是为他祝寿的地方。当然，刘姥姥若“走”到怡红院的位（格子）上，肯定要挨罚！

如此，得彩的扬扬得意，挨罚“倒霉”的则大家哄然哗笑——表示“幸灾乐祸”！不管胜负荣辱，大家都过了“红楼”瘾。

你想，过年过节，家人团聚，能作此种高雅艺术的娱乐，岂不比别的强得多？

可惜，那张大厚纸板，像许多家珍一样，早归浩劫了。更可惜津门再也未见这种艺术品出现，恐怕早也失传了。

安得有心的才士，再为我们重新设计一张？如果新的“红楼升官图”印出来了，让人们在年节假日里体验一些民族文化的气氛、乐趣和陶冶，那未必意义就不如桥牌、麻将。何况这又是天津的民俗传统，任其湮没灭绝，难道不是一件很可惋惜的事吗？

这个年节家庭乐事，通共就是一张纸的事，我想印制成本不会很高，销路也不会成为问题。不知有愿一试者否？

雪芹印章·印缘小札

丙子小暑节前二日，京报《北方周末》版上发表了一篇文章，作者叶祖孚先生，内容是记叙雪芹真本《红楼梦》甲戌本收藏者大兴刘氏家世以及刘家同时世藏的一方“雪芹”二字印章。刘氏的详情，在四十年代我考索过，写的《刘铨福考》，载于拙著《新证》初版，后来胡适之先生重谈甲戌本时，引用的也即是拙考所获。后来《新证》出增订本，对刘氏考论又有补遗，但不知还有此印之事。

这颗印之首次露面，详细状况以及鉴定意见等尚未能知，但叶文说的来历流传不同于近年出现的多件伪造文物，值得重视，故尔令人有空谷足音、跫然心喜之感。

叶先生也是燕京大学的校友，我与他因姜妙香先生文集之事有过一些信函来往，但也不知他与刘氏后人交深，闻见，自较亲切。（当然，我也有一二未明待考之点，下文再讲。）

由于这方“雪芹”印，我忆起早些年我与津门印家徐鋠龄先生的金石因缘。

徐先生今已八十余岁高龄，去年又曾在客寓一面，说起他当年为我刻了数十方印，印拓订成了一册“专辑”，而其印文大部分是与《红楼》或雪芹相关联的。画家刘旦宅绘《红楼》人物，我为之题诗，共计四十幅，所钤之印，扫数是徐先生所惠之精心创作。

此画册早经印行，我已志谢于册中。此前我还在天津报上专文评介他治印功力之深厚，今不复述。

但我却想在此特别提出一点，即我的很多“印友”中，为我刻的带“芹”字的印，就数“鋠篆”为最多了。他刻的“芹”字篆文，末笔那一“竖”，都是由中央斜向右下角的，无一例外。我在别处罕见此例。家兄福民也曾指出此点（徐先生与家兄同事在一个单位时，同遭“文革”厄运；他后来是通过家兄同我联系的）。

但我此次一见京报叶文，所刊印拓之影，其“芹”字末笔正是一条“斜线”，斜向右下角，而不垂直。

这当然是为了印面“布局”的“空”“满”而特作的变通安排。唯其暗合，如此一致构思，却觉十分有趣。

我在京城“东庙”隆福寺古物摊上得到一枚“快绿怡红”旧印，鉴定家如徐邦达先生等皆承认确为古物——陈迩冬先生以为印比雪芹的年龄还大，梁均先生看出是入土又出土的旧品，年代非浅。后来津门鄂宝珍先生来函告知，此印是他祖上收藏之物。鄂姓是满族特有的“姓氏”（实际是名字的“领字”，满俗不称姓，以领字代姓）。雪芹与鄂家的关系，可参阅《红楼梦的真故事》下编《历史的逆证》一文。

回到新发表的“雪芹”二字（阴文）印上来，叶先生文中说是“脂砚斋”于“嘉庆三年”将“甲戌本”与“雪芹”印付与刘家的（铨福之父刘位坦），并云尔时脂砚年已“七十”。倘如此则脂砚应生于雍正末年，比雪芹至少要小十岁的光景。那么此人是何如人也？——因到乾隆甲戌，其人已“抄阅再评”了，其时他不过二十岁之人。

再者，甲戌本上却无“雪芹”此印之拓痕，何也？因为刘氏若同时得此二品，岂不应将此印钤在书上，题记载明原委？

还有，刘位坦是藏书家，既得秘本，何无钤印？——书上最早印章是位坦之子铨福的妾室马氏之印，这却是必须研析的重要之点。

念芹重建大行宫

南京大行宫的重建，标志着什么？这个提问让我想到很多很多，从古代六朝往事直到近世史迹，文化的多次消亡和再苏，人民的苦难和振作……因为秉性爱诗嗜曲，又想起不少人的名篇佳句，就中最属难忘的是杜牧的绝句和王安石的《桂枝香》，那写得真好！“十里莺啼绿映红，多少楼台烟雨中”“登临纵目，正故国晚秋，天气初肃。……归帆去棹，斜阳里，背西风，酒旗斜矗……”令我击节倾倒，令我神弛意远。

如今，我却为南京重建大行宫而填词抒感，其词云：

行宫轮奂映朝阳，新美旧辉煌。金陵佳丽千年事，迈风流，来续齐梁。织锦江南黼黻，艺芸蓟北缥缃。

治隆唐宋笔非常，萱瑞奉高堂。恩深保育迷青史，诵《红楼》，祠语微茫。万寿禅林钟磬，西池台榭梨堂。

拙词的要紧一句，端在“恩深保育”之句。若问为何单单此句要紧，我就爽直地回答说：若无此句，大行宫的意义和重建，也就根本无从谈起了。

若问这话又是何逻辑道理，再答：一、建大行宫为了纪念中华文曲巨星曹雪芹，而曹雪芹怎么会生在南京？由此引出织造署的前因后果，来龙去脉。二、曹家为何会来到南京做织造？由此引出康熙与曹玺夫妇的重要关系。三、这个重要关系是怎么知悉的？为何以前未闻此说？由此引出拙著《红楼梦新证》，在此书中首次揭明：曹玺是雪芹的曾祖父，其曾祖母孙氏封一品夫人者，乃是康熙幼年的教养嬷嬷（亦写作“嬷”，与“妈”不同，是满语）。康熙之得以成长，得以立为继位（顺治）人，全由嬷嬷的辛劳和求治痘疹，带养抚育，教导启兴。以故，康熙因生母佟太后早逝，即视孙嬷嬷为真慈母，终生难忘，即位后破格报恩。也就是说，曹家在江南的近六十载的兴衰荣辱，陵谷沧桑，悉由此起——也就是说，雪芹所撰作《红楼》，这才是总根源。

当20世纪20年代之最初，胡适先生即开始了红学的考证，此考证即由作者本人及其家世入手。他当时得其门人顾颉刚之助，搜阅史料，颇多建树。然而，他们师徒二人的识见却不及鲁迅先生，是鲁迅第一次提出了“不知何因，似家遭巨变”；又第一次引用了陈康祺的《郎潜随笔》，指出康熙为孙夫人题“萱瑞堂”并赏赉甚厚的史实。这就为研究雪芹打开了一个新境界（不同意“坐吃山空”“自然趋势”的观点）。

但先生未及再去寻检陈氏所记的原书与全貌。到《新证》创稿，这才根据《永宪录》抉示了这个关系——曹家最最重大的皇家内幕的真情实际。

所以，今日来讲大行宫，是因为康熙多次南巡，除首次外，皆跸驻织造署，以为行宫。

我先要讲及此一历史经过，而无法回避那是自己的考证成果。

记得昔年有一位未识面的学人，读拙著后赐函说拙著的意义，不能仅仅看作是对胡先生考证的延续继承，那不合事实；事实是在二十五六年的空白历史下，重建了更新的红学和曹学。

这个识见，我以为不敢引及，恐有自夸之嫌。但我再次回顾个人经历的六十年治学历史，终于觉得那位仁人贤者的话是有所见的，是以史论事，而不是谬奖个人的。在此一提，也还是为了表明：如果不明上述一义，那么重建大行宫毕竟对纪念曹雪芹又有何干涉。

南京织造官署与官署住宅（俗称府）原先是合在一处的，自康熙首次南巡后，于二十八年方将署、府分开，以便皇帝驻跸。府即移往“操江衙门”的府址去了。那么有人会问：既是纪念曹雪芹，应是幼年诞生之“府”，与官署何涉，亦即与大行宫何涉？我答：你这叫作“直线单行逻辑”推理。讲文化的事，这种思维模式是不合用的，那太简单化了。事实上，曹家自到江南的一切高层的文化活动，地点都是“署”内而非“府”中。眷口住宅是另一回事。到曹寅时期，子侄们（包括丰润原籍的族兄弟侄辈）也都是住在“署”内读书习学的。到雪芹时也还是祖风家数，一切如旧。他的“文化基地”是“署”不是“府”。

如照上述那种“逻辑”，把大行宫抛掉，只在其旁建一处无图无考的所谓“故居”住宅，试问这还有何重大深远的文化含义可言？论事应明通，所见者大，所虑者周，方为可取之道而不陷于流俗的浅见之列。

“萱瑞堂”一匾，是考证织造署方是大行宫的前身，亦即它与曹家的关系，重建大行宫才是纪念曹雪芹的真正纽带。这一点明确了，还应叙一叙早在 1948 年我搜寻雪芹家世史料时的往事。

我对清人诗文集的查阅和摘录工作，其所据线索有三：一是张伯驹先生珍藏的《楝亭图》四巨卷中丰富的题跋之作者署名，二是向史学大师邓之诚先生请教，亲聆其指点。从第一项线索中我最早查阅的诸家包括了尤侗的著作，从中发现了他的“萱瑞堂”所题的颂赞。然后方从毛际可、冯景两家文集中找到了十分珍贵的《萱瑞堂记》各一篇，史迹的实况，得以尽明。

拙著《新证》著录了这两记，而将尤侗之颂词略去未收（无助考证）。我看到，毛记文笔甚奇，但有疏失，如岁次“己卯”竟写成了“癸卯”，而将“署”又写成了“府”。这都不足为据：第一，康熙三十八年己卯，不是癸卯；第二，皇帝驻跸，其规模制度，随侍官员、人役之众多，俱非常人所能想象，那是不可能住在一个官眷住宅中的。由此而知，冯记明文，书作“署”是正确的，毛公有误。

但毛公之误，“署”为“府”，与今日之考辨署、府之争又不必

“同日而语”，因为，毛公曰“府”者，是个尊称泛词，比如，“宗人府”“詹事府”“内务府”，此“官署”是也，而转称曰“府”者，尊其皆为皇家之事务衙门也。所以具有钦差性质的织造署，俗话中则可以“府”称之。然而这是另一义，那种主张大行宫是“府”的错误主张，却不容引毛记以为借口。

那是康熙三十八年的夏四月，康熙到达南京是初十日。他在织造署（行宫）略一休息，即南下杭州，是为南巡终点地。由杭州返回南京，那天正是四月十五日。康熙回到南京后，即拜谒了明孝陵，并以特号“斗笔”亲书“治隆唐宋”四大字，交巡抚宋荦、织造曹寅制匾敬悬。这次留下的御笔，至今保存无恙——而同时书写的“萱瑞堂”三大字，却早已难觅了。

康熙之书赐此匾，纯为表其孝思，毛记开篇专明此义。但以我的愚见揣度当时实际，萱花本未“先期”“盛开”，不过是皇帝运用《诗经》典故，借以为喻罢了——那时只是四月方中（望日），天气尚未甚暖，有时是有寒意，而萱花是五月中方才抽茎开花的。节气相差了一个月之久，而发生“先期盛开”的异事，恐怕是本无其实，无非是文臣们的渲染夸饰而已。

康熙帝本名玄烨，住于织造署行宫，老嫫嫫（保育之母）孙夫人先要到署去行国礼，而然后康熙又到织造府（住宅）去行家礼，这是规矩：先君臣，后母子。康熙喜见幼年慈母，向随侍人等说：“此吾家老人也。”那“吾家”指皇家，因那时是把仆役侍从都看作是“家里人”的，今日读者恐怕就觉“吾家”之称太奇怪了吧。

不仅如此，这个颁赐不止是一方大匾的荣耀，而且还随带着又另赐了一个“特许谕旨”：曹家上上下下，从此不必再讳那个“玄”字了——雪芹本生祖父不是就因名“宣”而改名“荃”了吗？这是一道“解讳令”，非比寻常。若明此义，方不致疑惑：雪芹写书，为何公然写出“三宣牙牌令”的“暄”“喧”“宣”都出现于中秋联句呢。

我在此想要指明的，是今日重建大行宫，复现江宁织造署的多层次、极深厚的中华文化意义，那绝不是修造一处“古建筑”的“旅游项目”。

再以小诗结束此文：

说到江宁织署尊，行宫驻跸万马屯。

萱花献瑞须参悟，识得深涵文化存。

青史红楼一望中

——曹雪芹家为何成了雍正的眼中钉

鲁迅先生是第一个深刻思索《红楼梦》的成因与曹雪芹身世的大学者。时当20世纪20年代之最初，胡适、俞平伯诸位红学专家都还没有这种思力。例如，胡适认为曹家的败落不过是“坐吃山空”的“自然趋势”，鲁迅却说不然，他明白指出：“不知何因，似遭巨变。”这种大学者的思想穿透力（penetrating insight）真是令人钦佩赞叹不已——因为那还是八十年之前的预见！而直到今日，这才初步探索初有成果，证实了他早已指出的“巨变”的远因和近果。这“因”这“果”才是引发出一部

《红楼梦》的“谜底”。

在揭示这一重大“谜底”之前，先得让我郑重表明一点：谜底本是清代政治史上一大事件，而《红楼梦》是小说文学——就是说，这涉及历史与文学的关系问题。有不少人一听说《红楼》要讲历史，就“害怕”将文学（作品）错当了历史（记录）来看待了，是犯了“错误”，云云。殊不知，曹雪芹这位奇才和文学巨匠的奥秘和本领之不可及，正在于他极其巧妙地将二者“综合”在他的笔下和纸上，人们熟悉的所谓以“假语”将“真事”隐去的含义，正在于此。请听我为君一解百年来异说纷纭的“谜团”——

第一，小说里面不止一次写到荣府匾额是“先皇御笔”，这先皇指谁？就是曹雪芹祖孙几辈人与他“同荣同难”的康熙大帝。康熙幼时不为父皇顺治所钟爱，他的生存与成长全得一位“嬷嬷妈”（汉语“保姆”）的心力辛苦（包括抢救痘疹生死之关、抚养爱护、教导一切礼数、言辞、行止、读书做人的道理）。这位嬷嬷就是雪芹的曾祖母孙夫人——曹玺之妻，康熙终身视她为真正的慈母（生母佟太后早亡），为了孝恩而厚待于曹家，种种特殊恩惠，后世人不解了。康熙南巡时，重见孙嬷嬷，记载者说他还是称她为“吾家老人也”——是作为“一家人”（亦即亲人）来礼遇的。

第二，小说里写到秦可卿丧殡之事时，特笔点出了一个“义忠亲王老千岁”的名目。说他早年留下了一副好棺木（那时叫“板”），而后来因“坏了事”，就不曾用得——遗在薛家木店中，也“无人敢用”，这一笔，可就重要极了！

这一笔，牵引着全部书的大命脉——实际上是“隐”着曹家大悲剧的一段“真事”，而名之曰“本事”。

“义忠亲王老千岁”又是谁？

原来，康熙是个雄才大略之人，最喜的是上等人才，尤其文武双全、能办大事的人。他为了身后皇位继承的大计，费却了不可计量的心血，也带来了难以对人倾诉的烦恼和痛苦。

化繁为简地说，康熙在诸皇子中暗地观察考验，选中了次子，名唤胤礽者。于康熙十四年明诏以示天下，立胤礽为皇太子——是为“东宫”的储君，即预定嗣位人。胤礽本来材质非凡，父皇钟爱，为他选取了名师宿学作为师傅，并为他在畅春苑的西侧，特建一所读书居住之所在，名曰“西花园”（园址在今北京大学之西门对过儿）。

正因如此，诸位其他皇子，遂皆抱嫉羡之情怀，而暗藏不良之异志。他们想方用计，图谋搬掉胤礽，伺隙谋位。——而这其中，最阴柔、最深隐、最老谋深算、不动声色表面“安静”的，就是胤禛。注意：“禛”字左“礻”右“真”。

请牢记：这个“真”字在清代成了一个极端神秘、不可触及的最大最怪的忌讳！

当然，曹雪芹开卷就特意先写一个“假作真时真亦假”。“真”不可言，只好说“假”。即是说，“假语”和“满纸荒唐言”是手段，是逼出来的，是不得已的“反面《春秋》”，但其目的却仍然是要等待后来“具眼”之人能从（今曰“透过”）假中觑破“消息”得到本真。

这就是我们今日还要讲述雍正为何下毒手毁灭曹家之缘由。

清代皇室有几个英才皆不幸成为悲剧性人物者，第一个是顺治，第二个便是胤礽（另两个可举胤祯与光绪，兹不枝蔓）。胤礽是文武全才，故为康熙钟爱，但也还另有一层特殊的感情关系，即这位皇二子降生的当日，他的生母孝诚皇后便死去了，康熙深感悲痛，是以对这个终生不知其母的幼孩倍加怜惜，善待他，也就是对亡后的一种难以言宣的悼念之情。所以胤礽刚刚长到一岁半的年龄，康熙即颁告天下，立此幼孩为皇太子，为东宫嗣位之人。因作为特殊盛典，以“覃恩”普封臣僚，加惠官民。正是在这一次大典中，雪芹的高祖父曹振彦也受到了诰封。

时为康熙十三年（1686 年），那年康熙才二十一岁，雪芹之祖父曹寅年方十七岁，正在康熙身边任侍卫，寅父玺已在江宁久任织造官了。

说到康熙对胤礽特加怜爱的缘由，此时便提“文武全才”，实在可笑——因为他才两岁（虚岁），那“文武”又从何而可知，非笑话而何？这儿的真正奥秘，乃是康熙自伤自慰的心理作用是其主要缘由：康熙自己降生后，生母佟太后不久薨逝，他孩幼失母，是以孙嬷嬷为其实际的慈母而长大的；而自己的得立为太子嗣位，是一件临时“抓”的巧事，带着极大的偶然性与戏剧性。（顺治帝少亡，未及立嗣，临终匆忙急迫中方选中了第三子玄烨，即日后享名海外的康熙大帝。）如此，他今见次子的处境与当初的自己十分相似，于是悲喜情怀，百端交集——遂下定决心早早将这可怜的幼儿立为太子，以免日后的不测风云，旦夕福祸。

好了——明白了这一层要义，这就“联”上了曹家的灾祸。

你听了这句话，大约心生疑怪：这怎么讲？哪儿会有这样的“逻辑”？这与曹家有何干涉？

其实，道理不难悟知：失母年幼的太子胤礽，要由一位极其重要的嬷嬷负责带养、抚育、教导，直到长大成人。这恰恰就是康熙自己的嬷嬷孙夫人的“影子”；而当时要挑选认定胤礽的嬷嬷时，康熙肯定是要请孙夫人指示的，她几十年的高标准的经历经验，具备了这种识力资格和身份地位。

我还说不清胤礽的嬷嬷是何姓氏，只知她是凌普的妻子。凌普是满语译音记字，也写作灵普，他是“嬷嬷爹”，汉语只好叫“乳公”（实与乳母无关，乳母只管喂奶一事），正好相当于曹玺之为康熙帝的嬷嬷爹，两代太子的抚养辅佐人，关系至为紧要。

凌普其人如何，始且慢表，单说他对胤礽的影响，就与曹玺之于康熙大大不同了。

两代保母皇儿的嬷嬷家世的关系，那已是紧密相连，但推其渊源，还更富文化意义——

胤礽生母孝诚后是满洲赫舍里氏，祖名硕色，在那时代兼通满、蒙、汉语文，给努尔哈赤（清太祖）掌管文案，实为异才。子名索尼，也是身备内廷顾问。索尼长子生女，即孝诚后，索尼为胤礽的外曾祖父。但对清初政局有重大作用的却是索尼的第三子索额图，即胤礽的外叔祖。这已是索氏第三代名人，他精于鉴定古青铜器，喜招聚文士文人，可知这是那时的一大文化世家，所以与曹家的关系，实质上没有离开有清一代开国初期的文化建设与发展的重要联系。曹家和几姓文臣（范、傅、蒋……）都是老亲旧友，乡缘世谊。

康熙朝，开始局势十分复杂险恶，小康熙八岁即位，雄才大略，剪除了权臣鳌拜（似有不轨之心），索额图于此有功。官至大学士（宰相级），又以皇太子的外祖、监护人自居，富贵荣华势倾朝野。胤礽受他的影响很大。

但索额图后来逐步失去了康熙对他的信任，先是由于“撤藩”的大计，后即关系到胤礽的废、立的“国脉”问题了。

“撤藩”是怎么回事？讲这么多头绪又与本题何干？请诸君耐耐心性：要懂历史真实，把事简单化以图“省事”（美其名曰“简明”），最是害人的做法。“三藩”指明末三大将领投降了清廷，即吴三桂、尚可喜、耿精忠，此三人军权在握，兵力充盈，若一“反侧”，就会动摇新朝大局势，故此少年的康熙对这种“危险人物”不敢信任，起意撤销他们的权位兵力。但大臣们害怕朝命一旦下达，三人会立即反叛，无法收拾。这时，唯有大学士明珠（即词人纳兰成德之父）独翻众议，一力赞成。这是明珠得到康熙宠任的主要原因——而索额图却无此胆识，反对“撤藩”之计。由打这儿，康熙早期朝政两大派系遂构成了明争暗斗的局面。对曹家来说，更加麻烦的是明、索两家都是总管内务府大臣，是顶头上司，要在这种复杂而危险万分的政局之下当差服役，公私百事，哪儿出一点“错”都可以家破人亡，祸从天降！曹玺、曹寅几代人的内心苦楚，既不敢言宣，也无法尽述。

这再回来说太子胤礽。索氏要在政局上占上风，取得皇上的继续器重信任，身为太子的“叔外祖”是一个十分重大的资格（或资本），于是他便百般“照顾”胤礽。这当然又加倍助长了胤礽已渐趋骄纵的性情和行为。似乎可以说，索额图实际上“害”了胤礽。

康熙朝前期两大军事行动，一是平定了“三藩”之叛，二是征讨厄鲁特部噶尔丹之乱。康熙帝两次亲征，皆太子留守京师处理政事，十分称职，材器不凡，已可证验。但皇帝回京后即听到胤礽的许多不良行径，结交坏人，肆行暴戾——这里面有真实，也必然包含有嫉者一派的谗言诬谤。事情发展到康熙四十七年九月，康熙帝于极端痛怒中召集百官大臣，令太子跪聆父皇揭其罪状，明令废黜他的嗣位人的资格（凌普即遭查抄家产，生死未详）。

这件大事，康熙“哭倒于地”——透露胤礽以致“以剑相逼”：要弑君父以为索额图“报仇”（索已下狱）！

是后，康熙亦已觉察胤礽虽自身有过，但亦暗有异图者想毁掉胤礽为太子。最后，终于不可救药，再次废黜。再后，几位大臣贵戚劝康熙重新选立太子者，皆因康熙为之震怒，进言者有的处决，有的全家逮问，几乎遭到灭门之祸。皇帝表示决不再立嗣位人，有敢妄图者定予严惩。（所以，康熙至终未立他人，胤禛所说的他有父皇遗诏，是个大骗局——然不读清史者至今仍然相信这一大阴谋谎话。）

这些惊天动地的事变，在曹寅奏折中隐约可以寻见踪影。如一次康熙忽然问他胤礽的师傅熊赐履（在南京居住），就是暗访那一派人的“动态”，并嘱应送礼与熊。曹寅深知这种万分复杂而危险的关系，回奏与熊并无往来（这是要点），已送银二百两……

然而，曹寅心里明白：自己亡父曹玺卒于江宁任上时，只有熊大学士作挽诗，意义非同小可。再看胤礽的嬷嬷爹凌普，到江南向曹寅处取银就达八万五千多两！其他“关系”，那有百端千绪，只不过是无人敢以文字记之罢了。

——读者中必有人问：你绕了这么一个大弯子，这有何必要？让我告诉你：这已是最“简明”的叙述了，你不想了解这么一点点历史真相，嫌太“麻烦”——而又想知道雍正为何把曹家视为眼中钉，那岂不是根本不想真的听一个解谜的谜底吗？

再让我提醒你：《红楼梦》中的“义忠亲王老千岁”隐指太子胤礽，还不算，重要的是“荣禧堂”御笔（康熙所题）的下面，又有“同乡世教弟勋袭东安郡王穆莳拜手书”的镶银（相对于大匾是“赤金”，明示皇帝与东宫的“级别”）大对联，就是指的太子胤礽的手迹。胤礽的一幅对联，幸由名诗家王渔洋（士禛）记在他的《居易录》中，是一宝贵文献，大可与《红楼梦》中的联文对看。

总结几句话：雍正四十多岁上才谋得篡位的机会，他深知曹家是太子一“党”，皇家一切内幕机密，他们了如指掌，怕一旦泄露了他的“天机”，所以必须找个借口“治”他——“你们这些人混账贯（原文如此，应作‘惯’，是雍正写的‘白字’）了”，这是雍正亲手“批示”曹頫的话！

看看这句，就可以“参悟”了吧？（因为曹頫几代，并不“混账”，江南的民人口碑俱在，所作所为皆是仁惠功德之事，文化贡献更是巨大。）

曹寅是康熙的伴读，也以熊赐履为授业师辈。然而却有人说没有这回事，曹寅自言与熊赐履并无往来，可证，云云。他对本文所粗叙的这些清史内幕真情，大约是全不知晓，即信口雌黄。我希望他多读点书，或可晓然自省，那种“论史”批人的逻辑，也太简单肤浅了。

草草叙明了何以雍正忌恨曹家，但“曲终”还有“余音”：到乾隆登位后，胤礽之子名弘晳，联合了皇室中对雍正夺位、残害骨肉怀有“世仇者”，竟组成了“影子政府”，并要乘乾隆在塞外秋猎时刺杀之，为乾隆察觉，铁腕制服了这场史家罕及的大政变。而雪芹一家的再次抄家，彻底沦亡，正是又被弘晳大案株连的惨痛结局，这又是引出“红楼”一“梦”的近因。

诗曰：

生了皇儿死孝诚，东宫一位有人争。

外家索氏须深讳，却把明珠混玉兄。

壬午重阳佳节写讫于味红轩

附语：

乾隆让和珅对人宣扬，说《红楼梦》是写“明珠家事也”，这是“索隐派”学者受骗的起因；殊不知乾隆是深心毒计：把索额图、胤礽这个重要“内核”宕开，而把人引向明珠那边去，迷惑真相。这也就是“红学史”上派别争论的真正根由。但世人解者极罕，故略为提端引玉。

涉及《红楼梦》作者家世而讲这么多的清史问题，常常引起疑惑，总以为这是外务，“离了本题”；殊不知这才是问题的根本和内核之所在。例如，康熙帝于四十七年上将太子废黜后，次年即又复立，而当此之前不久，即命曹寅探访熊赐履情况，可见此皆寓有深意，曹寅身历一切内情，岂有不悟之理——甚至曹寅进京，康熙必向他密谈太子之事。及太子至康熙五十一年废之前不久，曹寅即染病去世。临终谓“亏空”无力还清，虽死不能瞑目。奏报之“遗言似简而关系重大”（即隐言此皆多次南巡太子随驾，其手下众人贪婪勒索之所致，而无法明言，而事若一发，即累及家门覆灭之祸。故康熙亦再三谆嘱“小心小心……”二人心照不宣，各有极大的难言之苦）。曹寅之卒，实以“心病”忧惧为主因。凡此，后人不能知，史家亦不曾言，唯拙著《红楼梦新证》一一考列明白。有阅史兴趣的读者可以检看，足以补充本文的简略之文。欲知雍正何以忌恨曹家，全在于兹，盖胤礽自康熙十三年生，至五十一年卒，在世之岁月，即曹家几度“大惊大险”（贾母之语，她说的“五十四年”的风波经历），恰恰就是从康熙十四年到雍、乾之际的那一段时间，若符契之合也。

黄叶山村入画图

潘素女史，张伯驹先生之夫人，画家，专工宋派山水，不但笔下功力深厚，尤擅大幅巨制，棱棱凛凛，气势宏廓，而又富巨丽之景光，精致之法度，无一丝柔弱粗陋鄙俗气息。此在女流，尤称罕见。

记得岁在癸卯（1963），其时正在举办纪念曹雪芹逝世二百周年的盛大典礼活动。我特请她为纪念雪芹曹公子而绘《黄叶村著书图》以创佳界，开新生面，亦可为艺林留下一佳话。蒙她欣诺，很快画成惠来。展示，则纸本着色，方幅，略近元人平远小景而兼现西山蔚秀之深致。

张先生缘此亦一时兴起，遍邀海宇诸诗家词客，为之题咏，积为一帙，颇多佳作。

按黄叶村者，本非实名，只因乾隆二十二年丁丑（1757），敦诚自喜峰口寄诗与雪芹，其末幅云：

> ……感时思君不相见，蓟门落日松亭罇（喜峰口古为松亭关）。劝君莫弹食客铗，劝君莫叩富儿门：残杯冷炙有德色，不如著书黄叶村。

盖暗用清初王苹“黄叶林间自著书”之句意也。复因东坡早有“家在江南黄叶村”之语，故绾合而巧用之。西山多黄柿红枫，秋来漫山绣谷，未尝实指何林何地也。

雪芹何时由京城而远徙西郊山村，敦氏此诗，已透露大概的年月：至晚，乾隆丁丑之秋，已迁居郊甸了。

雪芹是位大画家。这有三方面可以参证：第一，他的好友赠诗早已写明“卖画钱来付酒家”，他在西山生计维艰，无钱沽酒，须待卖了画方能付足酒债。所以，他卖画为生大约是个主要的收入。友人又曾题他画的石，也是一证。第二，雪芹一家能画，其祖父曹寅诗中屡曾提及；他本生祖父曹宣就是专任康熙南巡图的监画官。第三，他在《红楼梦》中借惜春作画、宝钗论画而说出一篇绝大的道理，若非真内行，那是一句也道不出的。

在黄叶村中，所著何书？正是《红楼梦》了，因为，友人赠诗也已说得明白:“废馆颓楼梦旧家。”这儿只隐去了一个“红”字，其实友朋至交，早已知道他的书虽貌似“小说”，却寓有“旧家”的重大历史事故在内。倘昧此义，那就无法理解雪芹为何“十年辛苦”“字字是血”——作“小说”用得上这些痛语吗?

如今再讲讲诸家题咏潘绘的若干好句。

我请潘素夫人作画，原是个人的意愿，但画成之后，张伯驹先生兴致甚高，他就将这一主题交与“稊园诗社”去征题，并作为此社成立的第一次“社课”。我因当时事情繁冗，并不知悉此情，事后张先生将一大卷题词送给了我，打开看时，竟有数十篇之多，其中颇有佳句。今日回顾这段往事，是为了表明，恐怕因题画而咏叹雪芹山村著书的广泛文学活动，这还是第一个创举。

“稊园”是昔年京中著名诗家关颖人(庚麟)的别署斋名。时至癸卯，老一辈知名的词客诗家，已然凋零殆尽。我重温题词，只有谢稼广(音 ān)、姚君素(灵犀)、萧钟美、夏慧远(名家夏孙桐的哲嗣)几位尚存，真是寥若晨星了——在张先生“展春园”开词社的那么多老名士，都作古人矣，不胜慨然之怀。幸而，这些题词还有值得一表的人物，今日知者未必很多了:一位是戴亮吉，一位是张江裁(次溪)。前者是发现脂砚原物的人，后者是保存了敦诚挽雪芹的两首七律珍本的收藏人。他们都有功于红学、曹学，既皆有题词，弥足珍贵。

姚灵犀，小说家，研究《金瓶梅》有名，词翰亦佳。萧钟美以书法为人所知，不必多为介绍。其他众多题家，大约江南居多。高年有八十岁者，可惜我未能向张先生问其生平成就。因本文主题是要纪念潘素女士的画品，所以词章之事，不宜多叙，今只附录一二，以窥豹斑可也。

风入松 题黄叶邨著书图

丛碧

斜阳衰草暮云昏，黄叶旧时邨。东风一晌繁华事，忍回头，紫陌红尘。

砚水滴残心血，胭脂研尽酸辛。落花如霰总留痕，知己几钗颦。是真是幻都疑梦，借后身，来说前身，剩有未干眼泪，痴迷多少情人。

题潘慧素夫人绘曹雪芹黄叶村著书图

东莞张次溪

山山风信向晚，（王勃诗况属高风晚山山黄叶树）忍冷烟凄惋。（雪芹晚年居京西香山贫不能举火）老屋村边，斜阳还缱绻。红楼休恨梦短，算付与雁声啼断。（雪芹著《红楼梦》八十回未成书而卒）唱遍旗亭，多情应泪泫。

张次溪先生词如此简婉而笔力特胜，字字有金石声，令我击节。尤须一表者，我只知黄叶著书一典，至于“黄叶村”三字，亦仅诵东坡一句，而张先生指出，早见于唐初王勃句中矣。深愧谫陋，极荷高人明教。张先生句下自注，亦见学识不同流俗。

今岁癸未，适逢雪芹逝世240周年之际，追忆前尘，四十年往矣，因撰此文，以存掌故，兼怀故人，而即以此为纪芹之微意，或不为大雅所弃乎。

癸未立秋之日写讫

西山寻梦

雪芹四十年华的后期，庐结西郊，山村笔墨，这从他友辈诗句中已然昭若日月，无待考论。但是这处“野浦冻云深，柴扉晚烟薄”的幽栖，究在何方，一直是个牵动人心的寻究课题——自然也是一种神驰意往的境界。回忆自1961—1962年之际为始，二三“红友”开山伐路，为此探胜追奇，作了多次的实地踵访；回忆种种情景，意味深长，风光殊异；随着时序的推迁，社会的变改，当年的景象，已无复痕迹；今昔之怀，陵谷之替，不禁长吟王勃的名句：“闲云潭影日悠悠，物换星移几度秋。”所谓今如不记，后则何知，是以略书梗概，聊溯情缘。

这须感谢吴恩裕先生，是他首先访得了线索，不自秘藏，招邀同访——起初只是约我，再后还曾有吴世昌加入，颇多逸事可传。

但另一重要线索却同样珍贵。因为恩裕兄的访寻目标是健锐营，而这另一线索则是万安山——是当时天津市文化局局长涂宗涛先生所提起。

涂先生能诗，也曾与我有唱和之缘，也是第一个胆敢请我到天津去讲《红》的领导干部（我是被批判的“胡适派”呀）。他对我说：某年晋京，旅游观光至香山一带，车过万安山公墓，同车一位军人忽然说起：曹雪芹就是在这地方住过。

我当年对西郊地理知识太差，一听是“公墓”，便觉不对味，也不肯深思细究，竟把这话轻忽而置之不论了。

谁知1986年冬寓居美国时，却在报上看到老舍先生的一首诗，作于万安山下的红旗村（红旗是清代八旗之一），自注中提及那儿传说早先雪芹曾在山上的法海寺当过和尚。这让我想起涂先生的旧话，但仍然不明“公墓”和“山”的关系何似。

近时又读到严宽所著《槐荫堂随笔》，见有一文，题曰《万安公墓琐记》，据此方知公墓取名于万安山，墓即山之东侧。公墓乃当代之事物，自与往昔无关；单说万安山，却有一段故事。原来远在元代，山上即有古刹弘教寺；寺内来了一位万安法师，德高望重，为山下村民驱邪疗疾，深得百姓的崇敬；为了感念高僧恩惠，遂将此山名为万安山。而公墓是正对着弘教寺的方位。

我早先不知此情，只是循着老舍诗注的指点，与好友去寻找法海寺；寺在万安山上，早已荒废，只一片瓦砾标记着明代的残痕。及至来到寺之最后边，见是一面天然石壁，上面大书深刻四个楷字：“弘教禅林”。于是一切都吻合无疑了。

然后，这才可以讲说曹公子的事迹。涂局长与老舍的知闻，已不谋而合。但还有佐证：1962—1963年之际，北京市副市长王昆仑先生的秘书周君啸邦，在西郊遍访雪芹足迹时，曾获得线索，即杏子口、南辛村一带，有传说雪芹曾居于此山的小营子左近。而杏石、南辛，即是万安山旁，小营子就在山上——是乾隆时俘虏的金川土番兵编营驻扎之地（土番一名，亦见于《红楼梦》）。

奇巧还不止此。在辅仁大学的老工友王文志，为生物系到西山去采集标本，记得一次走到香山“后街”，入一小饭铺歇脚进餐，铺主老夫妇二人自家对话时，忽然说起：“我们这铺子原来是曹雪芹的老地方。”这真是石破天惊——踏破铁鞋无觅处，得来全不费工夫！

我知此一信息后，十分兴奋，本想请王老人共同去寻访他早年的那个地点（其时他已八十高龄），不幸未及当年成行，他已谢世。后来，我又烦一位军人同志到那一带去踏寻觅访。蒙他走遍了那个区域，结论是：只有南辛村有一小街名叫“后街”，别无二处；街之尽头即是山坡了。

香山后街即南辛村的街，这真对了，因为南辛村即在香山之南侧。

经此多层互证，我们可以下个结论：雪芹有一个时期曾居住万安山，山上山下，皆有他的履印。

这个明白了，再回来说健锐营。

恩裕兄访得了健锐营正黄旗，有一张永海老者（六十多岁）曾听到过一些曹雪芹传说，便邀我同访一聆，以便评判所述是否有历史价值。那时往返一趟香山地带，可非易事，没有私人汽车，公交达不到；他只得向文联求助。幸得如愿，晤见了张永海。在他小院里放一张饭桌（矮方桌），四周坐凳子。恩裕夫人骆静蓝作记录。

张永海讲的要点如下：一、雪芹住过镶黄旗后（北）的小营。二、从镶黄旗向东排，挨着的就是正白旗。三、他遥指一所较高处的整齐房子说，那是“正白旗印房”，即掌印小官的住房。四、再东是佟峪，高处有关帝庙，小酒铺；再东是四王府（地名）。五、往北有“红门”“黑门”（皆庙宇俗称），那儿有竹子。六、与雪芹同到香山的有一位鄂（ào）比（记音），二人是好友，也能够画，他们是“一案”而来的。

那时的健锐营一带是什么样？四十多年过去了，今天的中年人已无法想象。

那时的景状，还与张宜泉的诗意依稀仿佛：“寂寞西郊人到罕，有谁曳杖过烟林？”那处大军营，四周墙垣、角楼早已荡然无有痕迹，只有山坡上尚存破碉堡，无人一顾。所经之路，地面上布满了大大小小的石头子儿——属于鹅卵石形，但不规则；其色多为青碧，亦偶有深绿的佳致；其质虽非十分细润，却不同于粗砺。我们只能踏着这些石头，有点费力地谨步而行。眼得看着它们——不时捡起一枚“品赏”，不太好的随手扔下，可取的带回几块。记得恩裕兄像入了迷，连石头也带有

“芹味”，所以他回家后花了大力气，竟将中意的一块磨制成一方雅砚，成了他的“文房”之一“宝”。

我很奇怪，这么普通遍布的石子儿，再去看时，竟然扫地而光，如铲如洗！是何人、何力、何意将这样的西郊特色消灭罄尽的？那么巨量的石头都到哪儿去了？真是“神力”，不可思议——大约就是“整顿”“清洁”“卫生”工作的成绩吧？

卧佛寺旁侧樱桃沟，原先的无数奇石，也是同样命运，再也不见了，空空荡荡——汽车需要开到里边“游览”呀！

及至稍后我与家兄祜昌同往时，见小营后难行的荒径已成马路——那时正白旗印房还未被姓舒的教师住入。去看了佟峪，我们注意的是这一方山村旗民的生活景况——营盘早荒废了，尚存的营房即是民居，他们就是八旗兵的后代。他们用树木枝条编成“院墙”，分成一个个小院子，院与院间留出窄“巷”通行。隔着篱墙可以看那些旗兵后代的男妇家庭在忙着晒晾衣物，或准备菜……他们的相貌、衣着、语音、行止，都与一般汉民不尽相同，还保持着若干特色，令人感到别有风味——我们不是“考古”寻找“活化石”，而是要从这儿体会出一些当年雪芹山村生活的遥影与遐思。

近些年，久无机缘旧地重游，一切了无知闻，想象变化必然也同别处一样是十分巨大；我揣想，上面的情景也许如同石头子儿那样全部扫光了吧？若不出所料，看惯了现代“红砖”洋楼的今日之人，怎么可能知道我之所历所知——更何况三百多年前的况味呢？故作此小记，以飨来者。

末后一点说明：传说中曹雪芹住过的健锐营，是指这三个字早已成为海淀区地名的地理范围，不再是专指那处乾隆十几年上才刚刚新建的巨大军营的本身。这种含义之异同，今天也是不知分辨的人越来越多了。

诗曰：

绿水青山曲径斜，薜萝门巷访芹家。

山村落日柴扉薄，隐约军营响暮笳。

一帆风雨路三千——探春远嫁

“抄家”是俗常的口头话，官书上的文词叫作“籍没”——即查抄造册登记没收的意思。在贾府真被籍没之前，还有许多事情要发生，不是一下子直线发展，一泻到底的形势。先说元春死后，姊妹中能有作为、可望暂支危厦的人才，只有探春一个了。有她在，委以实任真权，还能转危为安，救亡收散。可是她也必须离开骨肉家园，远远地别去了。

探春是朵玫瑰花，又香又艳，只是有刺儿扎手，不好惹。她又是杏花，命中主得贵婿，嫁为某地的王妃，一去无归。

她离去的时候是清明佳节，送行的在江边上，探春要乘坐一艘大船远行了，彼此临别都悲怀涕泣。

这都是怎样一个事由呢？

原来，她和《二度梅》里的陈杏元有些相似，是一位“和番”之女。

清代的中国是个极大的帝王之国，历史的条件使大清国拥有毗邻的藩属之邦、区。藩属在政治名义上奉清廷为主国，但保有独立主权。藩属有的提出向皇家求婚通好，为了邦交，这种求婚都是要应付的。于是，指派哪个皇女远嫁藩王，便成为一个很伤脑筋的难题。

皇家在百难之中，生出一条秘计：让一个“替身”女冒公主、郡主之名，前往应婚就嫁，有愿者予以特恩，赦免相当的过错或负担，并加表面上的宠赐。

但实际上，谁个贵家大臣的爱女，也是万万不忍让她去做“王昭君”的，大家都怕这种命运会落到自家头上来。

这时，荣府败势已显，正在岌岌可危之际，贾政已由内线探知，籍家之祸将不可免，惶急不可终日。忽然出了这个暗暗悬赏寻访愿嫁的旗家少女，而这又不仅仅是个“自愿”的问题可了，还必须少女本人的才貌出众，胆识过人，方堪此任。

这时，便出来两位献策的“贵人”：一个是南安王老太妃，一个是北静王嫡妃，她们在贾母寿筵上亲见了贾府内的四位小姐，即薛、林、湘、探。她们建议传唤贾政，授意自择。

贾政闻命后，回来计议——其实没有选择的余地，因为薛、林、史，都是亲戚，不属贾府所主，只有一个，就是三姑娘探春了。

贾政夫妇，在这种奇特罕有的事件上，一筹莫展，若向探春启齿，生怕不能如愿，反致难题更大。这儿，还有一个赵姨娘，哭哭啼啼，死活不让他“葬送”自己的亲生女！

谁知，这消息很快传到了秋爽斋，是翠墨从上房大丫头彩云等那儿听来的。

探春知后，先是一惊。随即拿定主意，挺身而出，来到父亲面前，陈情说自己愿往。

贾政闻言，万分意外——又喜又悲，就告诉女儿此去的艰难，处境的不易，以及家人骨肉的难舍之情……不知如何是好的五内煎熬……

探春说，这些，孩儿已思虑再四，才敢出头的。因为，我一走，可换来特恩宽赦，家事可保；我自己虽远嫁不幸，总比抄家之后没入官家给人去做奴婢要强得多。所以我这一去，可望家里外头勉图各保平安，不致大灾大祸。如此，只得请父母暂舍不忍之心，别无他路可走了！

这就正是所说的“从今分两地，各自保平安”的十个字的真正内涵，这也就是探春大义超常，舍身救众的“脂粉英雄”之本色！

她的“才自精明志自高，生于末世运偏消”的悲叹情怀，是一般人所不易理解和想象的。

至于四姑娘惜春，年小性孤，眼见一切变迁，更将世事看破，也怕自己会有没官为奴的危运，见三姐姐一走，她也就毅然决然地自剃了青丝，到一庙里去了——有人见她穿着一件破旧的僧衣，到人家门前，诵念佛号，化缘乞食。

迎春不久也让孙绍祖折磨死了。

贾府四春，就是这般的“原应叹息”(元迎探惜)!

至于“三春去后诸芳尽”的诸芳呢？她们一个个的命途惨遇，又是如何?

当然要待我在下文试述，此刻仍请你再听歌句，道是：

春梦随云散，飞花逐水流。

云散　水流——黛玉自沉

前面你刚听到的那两句歌词，既是泛辞，又是专指。泛辞不待烦言，专指又为何义呢？

奥秘就是：上句专指湘云，下句专指黛玉。

黛玉后来怎么样了？她是泪尽夭亡了，这已人人皆知，但真情实况，却又是大家未曾想到的——她是和湘云两个“寒塘渡鹤影，冷月葬花魂”的。

黛玉原是大观园内群芳的代表。所以她单单生在二月十二日，即古时的“花朝”（百花生日），而她作诗喜用“花魂”二字。她死时，是冷月无人，寒塘有鹤的境界。她是生趣已尽，自己投水而亡的。

她的自沉命尽，正是“飞花逐水流”“花落水流红”这些诗句所象征、所预兆的结局归宿。

当然，花落水流，在自然界表现得一切寻常，并不新奇，但黛玉之死、之水逝花流，却没有那么轻松容易。她是先有一段段的惨痛的经历，而后才决意那么结束的。那可大不同于“自然界”了。

正像紫鹃说的：

若娘家有人有势的还好些；若是姑娘这样的人，有老太太一日，还好一日；若没有老太太，也只是凭人去欺负了……

这就是一大关键。老太太在，嫌忌她的人虽虎视眈眈，常欲伺机而动，却不敢下手。如今老太太真没了！

第一个要害黛玉的，就是赵姨娘——她害凤姐、害黛玉，目的都是害宝玉，因她十分了解：凤是宝玉的保护者（专盯赵的诡计坏心），黛是宝玉的知心人（现今语言，也许就会是“精神支柱”吧），所以要害宝玉，先得害她们两个。

赵姨娘往常到探春房里去，要入园的，临回来，顺路的人情，一定要到潇湘馆，问候林姑娘。这一为讨老太太的好，二为暗查宝、黛二人的形迹，搜集“资料”，伺察“隙缝”。她对馆内情形并不生疏。林姑娘体弱声微，多愁善感，一进她那房，满室药香，总有药方、药案、打药、煎药的事物入于眼帘鼻观之内。

贾府的规矩，家下各般事项，皆有专人分管；不但账房银库等要务，就连配药制丸，也有专司其责的。林姑娘一入府，就问知她常服人参养荣丸，贾母就吩咐，命管理药剂的贾菖、贾菱加配一料，供她服用。

是后，凡叙及王夫人与黛玉的对话时，总是先问大姑娘近日服药如何。一次是说：服鲍太医的药可好？黛玉答云不大见效，老太太叫还是吃王大夫的药。由此引出宝玉说：这些汤剂丸药都不管用，太太给我三百六十两银子，我替林妹妹配一料丸药，保管治好了。还说薛大哥哥将此方讨了去，花了上千的银子配了。

后来，秋窗风雨，其先一刻宝钗来坐，二人讨论的也还是药的事情。——这还都是她素常病未太重时的情形。

再往后，她的病可就越来越重了。

老太太着急了，真的拿出大笔的钱，专给黛玉配药，这个处方用的皆是上等珍贵药味。贾菖、贾菱二人受命精心配制。

谁知，赵姨娘得知此情后，一面愈生嫉忿，一面忽然触动了心机——她想要在药上使心用计，暗害林姑娘。她支使贾环到菖、菱二人处去走串，伺机使坏。

贾菖、贾菱素知贾环为人，对他加了警惕，况且规矩是配药处不许闲人来往擅入的。贾环计难得逞，遂向贾政进谗，说菖、菱舞弊，为了赚银子，采买药材时以次代良，以似充真。贾政派管事人伴随大夫去查验药质，监督炮制工序。这时贾环却买通了管事人，将给黛玉的药调换了——虽非毒剂，却是与她病情大大相反的药品。

黛玉哪里知有此事，将配得的新药珍重服用，可是不但无有转机，反而征候日益加剧。

此时，偏偏老太太已经抛她而去，宝玉也已因家势牵连，被罪拿问。黛玉悲痛焦虑，无论体力心力，都已难再支撑。

她自觉生趣生机皆尽，强生不如就死，终于横下一条心，让人扶持到塘边，托言要赏月遣闷，以利病身。

天上一轮冷月，池内半亩清波。月色也映入了池中，融合了水光，上下一片寒气，自觉侵肌透骨，已难禁当。

她想起上次与湘云在此月夜联句的情景，如在目前。她记得十分清楚——

寒塘渡鹤影，冷月葬花魂。

她流下最后的满脸泪痕，咬咬牙，一翻身投入池中去了！

湘云呢？此时不再在她身旁——因为已经也被命运拨弄，“云散”到他方去了。

薄命女——香菱

看官：你切莫小觑了贾雨村这个人物的作用，在他身上串着好几条重要的关系全局的线儿。甄、贾二玉的线儿由他引起，林、薛二姑娘的进京入府的线儿，也由他引起。不但此也，一荣俱荣、一损皆损的护官符中四姓人家，还是由他串着这根线儿。因为，照曹雪芹的原书所写，贾府被罪、抄家系狱、人散园空，贾雨村乃是一大关键角色。这些后话，将来自会讲他一讲。如今且说，全书开卷，笼罩全盘的两个不同命运的女子，也还是由贾雨村这条线儿引起。这两个女子是谁？就是形成对照的英莲和娇杏。

这二人，一切都成“对”，连名字都对仗工整的——奇的是，英莲后来被拐卖，到了薛家，给取的名字是香菱了，可仍然与娇杏二字是十分工整的对仗。雪芹文心之细，可谓细入毫芒。

娇杏本是一个丫鬟，英莲则是这个丫鬟原应侍奉的小姐。但旋踵之间，两人的身份地位发生了变动，不久，小姐做了婢妾，丫鬟做了太太。雪芹写她二人，说一个是“有命无运”，一个是“命运两济”。这就是一种对比，对比不一定等于“并重”。那被贾雨村看在眼里，讨了去做二房，生子，扶正，当了官太太，成了“人上人”的娇杏，也许是个好人，我们不得而知，但她的命运并引不起我们读者的美感或“美学享受”。而香菱这少女则令人发生美好的感受，可她却正是全书领头的第一薄命之人。

我这样说，并不仅仅因按人物出场次序而云然，最使人注意的是，雪芹在书文回目之中有意给每个人加上一个评定，他给香菱加的，正是“薄命女”三个字。不应忘记，按雪芹之意，他所写的这些女儿都隶属于“薄命司”，但是唯独香菱得到了“薄命女”的称号。这种特例，岂不值得瞩目？

香菱为人，最是可疼可爱。论人才品貌，是第一流，实与可卿、黛玉、晴雯、三姐、龄官等相提并论。所以回目中又特标其品曰“美香菱”。论灵心慧性，独她读诗作诗曾得到宝玉的赞语，说：“这正是地灵人杰，老天生人再不虚赋情性的。我们成日叹说可惜她这么个人竟俗了，谁知到底有今日。可见天地至公。”这在全书中，也堪称特笔，不是无意的。然而就是这么个人，正如周瑞家的所评论的，“倒好个模样儿，竟有些像咱们东府里蓉大奶奶的品格儿”，却连本贯何乡，父母何在，自己已经是十几岁了，通不能知，摇头表示茫然无从答对，使得周瑞家的和金钏儿都为之叹息感伤。这就是她的册子上注明的话了：“平生遭际实堪伤！”

香菱是“副册”中第一人。自幼落于人贩子的魔掌之中，“被拐子打怕了的”，幸遇冯渊，自谓得脱火坑：“我今日罪孽可满了”！谁知冯渊又被薛蟠打死，她亦落入这位霸王之手。几年以后，薛大傻子娶了正妻悍妇夏金桂，遂将香菱折磨致死——按雪芹原书，八十回以后，她很快就命终了。

她那“册子”上画着的一幅画，是何景象？雪芹写道是：

> 只见画着一株桂花，下面有一池沼，其中水涸泥干，莲枯藕败。

要知道，这不止是香菱一人的悲剧图，也是黛玉、晴雯等一干人的悲剧图。甚至说它是全书的象征画，也无不可。

我再说一遍，一部《红楼梦》，由这样一个人物领起，它的悲剧力量笼罩着全书。作者对这些人的心情和态度，是分明的，《红楼梦》的主题思想，也是分明的。有些人看这部小说单看“爱情”，岂不令人有买椟还珠之叹乎？

秦可卿

《红楼》全书中第一个出场的不幸女子是甄英莲。若除去黛、钗二人不计（这是因为林、薛两位姑娘的重要文字都在后面呢），那么曹雪芹安排的第二个不幸的薄命女是谁？就是秦氏可卿了。对她，大家的理解认识，也不是很一致的，咱们这篇小文，也不免要略加叙议，看是如何一番见解。

可卿与香菱不同。香菱的正式文字，其实也是远远在后面的；而可卿却是由第五回起，出场露面，笔墨似断似续，到第十三回上就结束了她的一生。这可卿，也是金陵十二钗中的一名“正钗”，并非次要人物，可是曹雪芹却把她摆在书文的最靠前的重笔特写的地位，而且紧凑地了结了她的故事。这种结构，是不一般的，先就引起我们思索，其故安在？

提起结构，让我岔开话头，插说几句。现代研究文学的，海外很重视结构学。说来也巧，中国香港、美国等地，有两三位女学者来访，她们研究的都是《红楼梦》的结构！结构并不是一个不必过多费神讨论的小节目，它是伟大作家的整体构思的艺术表现，决定着很多的写作方法的问题；不懂结构，就不能对作者的文心匠意有较好的（深刻的正确的）理解。所以它不是一件小事。一位青年最近写信对我说起，曹雪芹的最独特的创造性贡献是什么？是全书的结构！因为别的方面还都可以找到他所继承的历史的痕迹（因此就还不能说是他一个人的独创）。他这个见解，我还未见他人谈过，深有意味。

秦可卿为什么出现在书的最前部分，只因这关系着《红楼梦》全部书中两个最重要的主角。二人是谁？就是宝玉和熙凤。按照雪芹的设计原意，只有他们两个才是全书的真正主角。——这种认识，也许你一下子不易接受，但不要紧，日后自会明白。

如今且说，秦可卿怎么关系着宝玉和凤姐儿的事？其意义又是如何呢？

讲《红楼梦》的事，要想一口说尽，那是办不到的，若能那样，《红楼梦》也就简单得很了。咱们只能论其大者。先说为何与凤姐有关。批书者早曾为我们点破：雪芹为秦氏丧殡一事，费却如许笔墨（他是惜墨如金，绝不肯浪费一字的），原来只为写凤姐一人。这一点，你是否有意外之感？

曹雪芹对凤姐这个人物——这样的女性，又是喜欢、赞美，又是惋惜、批评。他并不是像有些作家那样，从概念模式出发，人物必定分属红脸、白脸两派，非此即彼，是此则万不能彼——好的万般好，坏则坏得从头顶烂到脚心。曹雪芹从不搞这个的。在生活现实中，人具有何等的复杂性，他就写得他何等的复杂。这是不是“镜子”？镜子太客观了，它自己没有思想感情。雪芹可不然。只要你细细玩味他的笔墨，则他虽不掰瓜露子，却是“态度鲜明”。话扯远了，我想说的是，雪芹对凤姐这样的女子，首先是惊叹和赞赏她出众的异样的精明强干。照雪芹看来，凤姐真真当得起是一位“脂粉队里的英雄”！请你注意，这正是秦可卿对凤姐的认识。

人的才干，在日常琐碎中，不是一点也看不出，但毕竟难得鲜明。所以必须遇上大事、在盘根错节上，才越显出过人出众之才的光彩夺目来。秦氏之死，东府无人能办此大事（旧社会，婚丧大礼，非同小可，一般人是顶不起这个繁难的差使的），于是就从西府借来了凤姐儿，代理重任。

她是理家的一把好手，办事的一个奇才，可到后来荣宁二府之败，她也正是负有主要责任的人。在《红楼梦》中，“家亡人散”是相关联又相区分的两条大线路，在“家亡”这条线上，凤姐是持“纲”者。

秦可卿是很可爱怜的一位女子，东西两府，无人不对她有好感、好评，她死后上上下下一齐痛哭，可为明证。这个女性又实在可怜，她出身“微贱”，是从育婴堂里抱来的一个不知爹娘的弃婴。她生得好，性格更好，聪明善良，知人识事，在两府中也是数一数二的出众之才。只有凤姐能赏识她的真才干，而她也是凤姐这个奇才的第一个知心和知音。因此二人感情最好。可卿一死，凤姐哭得最痛，雪芹有特笔叙写，惺惺惜惺惺，正所谓只有英雄方识俊杰，一点儿不错。读《红楼梦》，要看曹雪芹这位大师的真思想，著书的真精神，须向此等处着眼，方不为次要的东西所迷乱。

这样一个从育婴堂出来的穷人家的好女儿，嫁了宁府长孙，其结果是悬梁自缢而死的！她是书中最早结局的薄命女。有不少讲《红楼》的，把她只讲成了“风流”“香艳”的人物，恐怕是有负于雪芹的苦心匠意吧。

当可卿一死，荣府中的云板传出了深夜丧音，首先惊醒了两个人——是谁？一是凤姐，一是宝玉。这证实了我上文的话。雪芹的这种特笔，不是深可注意的吗？

贾元春

雪芹为小说设色皴染，处处别具匠心。他写看戏，也不是单为了热闹，图一个取悦于世俗之人；而是各寓深意。清虚观打醮，礼成之后，例有戏文娱乐，于是就在神前拈戏——用抽签拈阄的方式来决定戏目。这不禁令人想到:《红楼梦》已经写了两次在大场面中的戏文节目，而两次都与元妃有关系。一次是她来省亲，一次就是传谕打醮。两番戏目，都由她引起。

脂砚批语，常常说到一个艺术用语，叫作“特犯不犯”。此是何义？盖谓雪芹专门喜欢自寻这种难题——故意要与前文相犯，显有某种重叠之处，可是在他写来，却又各有特色，各有精意，虽似有同，实又有异。比如，只这看戏一节，前番是点戏，是请贵人按自己的心意去“圈定”节目；而此次是拈戏，全不由人做主。两番的戏目，又有其相同之点——就是都隐喻着全部书的大局要旨，可是细一寻按，又两番各有特异之处。这正是雪芹擅长的一个独特的艺术手法。这是很难的事，俗手不敢如此自己难自己，勉强要作，结果也会是令人徒有叠床架屋之感，略无柳暗花明之致。

咱们不妨借此机会，作一小小比较。

元妃省亲时点戏戏目：第一出《豪宴》，第二出《乞巧》，第三出《仙缘》，第四出《离魂》。

荣府打醮时拈戏戏目：第一本《白蛇记》，第二本《满床笏》，第三本《南柯记》。

脂砚批语揭明，省亲时四出戏依次寓意是暗伏全部书的四大关目，即：伏贾府之败；伏元妃之死；伏甄宝玉送玉；伏黛玉之死。依此可推，打醮时三出戏必然也有寓意可寻。相较之下，我们看到两组戏目的所伏之事，都是隐喻贾府的盛极而衰。这是两者相同的一面。但也有相异的一面，即是前组中家势败亡和宝黛之不幸两条线交糅在一起，而后组则只是隐喻家势败亡的一面，并没有宝黛之事显示于戏目之中。

再一点不同之处，是省亲时“正场”演罢之后，还有“加码”，又找补了一出《相约相骂》；而打醮因是神前拈戏，自无追加之理。《相约相骂》，也是暗喻黛玉之事。

但是，如果稍一细心，便又会觉察出雪芹的笔法是极活的，富于变换的。比如，省亲一回，戏目里既有了宝黛之事的隐喻在内，书文中则一字不及；而打醮一回，戏目里不涉宝黛之事，可是书文中却明写二人因到清虚观而引起的一场特大风波。即此以观，同而不同，不同而又实同，说明了凡一涉元妃的场面，实际上却总是暗中与宝黛之事大有关联。

若从这一角度再来重读张道士提亲的文章，必然对雪芹的文心又增添一番体会。

说到此处，不妨作一“小结”，所得结论是：元春对于荣府的命运和宝黛的姻缘，都是一个至关紧要的人物。平安醮，却包含无限不平不安之兆。

然而，元春对贾府败亡的关系，容易理解；至于她对宝黛婚姻大事的关系到底是怎么样的，至今还是一个很大的问号。关于这个重大问题，实应另设专讲细论才行，此刻只能单说一点：那元春在游幸大观园点戏时，最欣赏的是龄官这个女孩子，所以才特谕着她加演一出——贾蔷让她演《游园惊梦》，她执意不肯，这才改演《相约相骂》。而这龄官（就是“画蔷”的主角）不但性格属于黛玉类型，就连相貌也酷似黛玉，书中明叙大家都看出她扮上戏，活像林姑娘，只不敢说出口来，却被湘云不管不顾，一语道破。再者就是黛玉后来在中秋月夜与湘云联吟时告诉湘云说：像凸碧山庄、凹晶溪馆等许多匾额，都是当日宝玉未曾题完时由她补题的，贾政看了十分喜欢，就都采用了（当然也是要奏请元妃同意的）。这一切，都说明了元春对于黛玉并无恶感，正是非常爱赏于她。可是不知由于何故，等到赐下红麝串的时候，不是黛玉与宝玉的赐品相同，却是宝钗与宝玉的一样。因此宝玉才十分疑心，说：“别是传错了吧？”

看来，隐隐约约，此中大有文章了！又由此可知，打醮一回书，特笔涉及宝黛，非无故矣！

《红楼梦》照鲁迅先生的理解认识，是一部“正因写实，转成新鲜”的小说。书中明言“吾家自国朝定鼎以来，功名奕世，富贵流传，虽历百年……”所以书文的内涵，主体是雍正末年、乾隆改元，及至乾隆四五年间的事（此截至八十回而言）。清代皇族都是强弓硬马的武将，到了“百年”时期，军事战争已非主要功业，但满洲皇室、贵族，仍然要保持习武的传统。怎么习呢？就是以打围（猎）为习练骑射本领的重要方式。

皇帝每年都要到口外去避暑，去打围。那地点相当于现今的河北省承德及其西北的围场县，距京八百里。

那时的旗人贵家公子，因习于逸乐享受，已经视打围为苦事了。书中第二十六回，有一段特提铁网山打围的事，看似闲文，却正是伏笔要害。

那是薛蟠请客，神武将军冯唐之子冯紫英忽然来了，因久不见，又脸上带有一处青伤，问起缘故，方知就从三月二十八跟他父亲到铁网山打围去了，脸上是让鹰的翅膀划伤的。这贵公子彼时就说：我没法儿，只得去；不然咱们一起聚会多么乐，会自去寻那苦恼去？还又说，此行有一件“不幸中之大幸”，前文还特提与“仇都尉”打架的事。隐隐约约，内藏无限丘壑，大有文章在后面。

原来，在历史上，发生了一件大事变。

乾隆四年（1739），皇族内四家老亲王（康熙之子）的本人或子侄，许多人联合密谋，另立了自己的“朝廷”机构，准备推翻乾隆（旧恩怨还是在报复雍正的残杀骨肉），至此暴露，获罪者不计其数。到次年，乾隆又举行“秋狝”，在围场又遇到庄亲王王子的密计，险遭不测，幸被发现，将主犯囚禁后，假装无事，照样行围，以安人心。这种历史事态，曲折地反映于小说之内。元春的死，正是在她随驾到口外围场期间，事变猝起，她乱中被敌对势力的人员乘机杀害了。

这就是“望家乡、路远山高”的真情和痛语。

这也就是她的簿册判词所说的——

三春争及初春景，虎兕相逢大梦归。

虎兕，语出《论语》，两种力最大的兽，比喻二强相斗。元春死于非命，年方二十。（元春的册子上，画有一张弓，此或谐音“宫”。但另一义即清代宫中有以弓弦缢死后妃的习俗。）

元春归省，自己点的四出戏，第二出是《长生殿》，脂砚斋批语也点破了：这出戏暗伏了元春之死。这怎么讲？原来此戏演的是唐明皇、杨贵妃的事迹，杨贵妃正是死在随明皇入蜀逃难的路上，被迫缢死的！

李义山的名句：“此日六军同驻马，当时七夕笑牵牛。”六军不行，妃子只好以自己的性命解围了。

这就是元春大小姐的悲剧。

给“老外”讲《红楼》

全国政协开大会时，我住的是亚运村的五洲大酒店。我这乡下人闹不清“酒店”的实质，总觉得它大约不过与天津的登瀛楼“饭庄”差不多。当然大大弄错了。且说这处新酒店，很是高级——如今的高级酒店，似乎都很洋气，不然怎么算高级呢？今年“五洲”这儿果然就是接待世妇会第一批来宾的宾馆。那地方四面高楼围住，当中是个洋式花圃，圆圆的，设着洋文的牌子，令人恍如置身域外。幸而开会的会场就是右邻的国际会议中心，从酒店内就可以“曲径通幽”地到达。这“中心”门外，却有一对巨大的铜麟，铸造工艺十分精美——其式样很像燕京大学正门内的那对石麒麟（圆明园遗物）。而酒店门前则是一对石狮。我用手抚摸了这两对仿古的文物，这才恍然“醒”觉，原来我所置身的还是古都北京。

住进这地方，心想：开会期间，可以与“红学”暂告“免战”了，所思所议，都该是别的了。谁知不然。我“命中注定”了，红学是我的“对头”——即在任何一条路径上都会迎头对面相逢的。这回，“红学”找上来，而且还与往常不同。

来的客人是罗马尼亚驻华大使夫人。她自有名字，但我只称她为罗明夫人。她辗转托人，邀我去为在京使馆界人士讲讲《红楼梦》。

我在这五洲大酒店里接待了罗明夫人。

我平生会过两位罗马尼亚女士：第一位是普林斯顿大学比较文学系的小说叙事美学专家浦安迪的夫人，在访美时浦教授邀我去讲红学，特意引我到他夫人的“单位”去见了她，后来夫妇二人又来京到我家做客。罗明夫人是第二位了。她们都不是细高型身材，人很和气亲切健谈，给人以愉快的印象。

我们约好了时间地点。时间是我们开大会的闭幕日，因为要使尽可能多的使馆人士能去听讲，所以时日的安排并不能有太大的挑选余地，只有那天上午是最合宜于双方了。地点呢，定的是北京大观园相邻的“大观园酒店”——又是一个酒店！

大观园的主管人热情同意招待，借给会场，会后还可以游园。

那天确实称得上是别有一番盛况和情趣。

我没有统计才能，据热心的介绍人告知我说，到会场的总共是二十多个国家的四十多位听众。我目中所见，则男士只有几位，占绝对“优势”的是女士。从神情看，她们非常认真严肃，聚精会神地听讲，没有一个吸烟的、交头接耳的、随随便便“满不在乎”的动作出现过。

我是用英语讲的。大约正因此故，她们似乎很感惊奇——在这地方居然能出来一个满头白发的老者敢用英语讲学问。这一点从一开始，贯彻全场，直到结束，听众的表现是鲜明的。

我首先表示，英语并非我的“母语”，一个老人，如果五十年不讲母语，也会“说不上来了”，何况我五十年不说英语——舌头发硬了，不听使唤了，再何况讲的不是普通日常的闲文琐务，而是一种十分独特的内容，我用外语来表达的能力也感到不足。请了一位社科院的年轻同志做“备用翻译”，因为我声明为了尽量节省时间，除非个别地方遇到困难请他协助，一般是不劳动他的。这样，也得到了各方面的赞成与谅解。

但是，真正的困难并不在语言交流，而在于我须估量准确：以这样一群特殊听众为对象的红学讲座，我该以何方式、用何“手法”来引导他们的兴趣并真能理解体会这个主题的意义。这确实是个很不易讨好、很容易失败的任务。

我决定的“策略”是从“文化基础”开始，而归结到这部小说的意义——为什么说它是中国的最伟大的一部小说著作。否则，空谈理论是难以收到预期的交流效果的，因为双方的文化底基和历史背景等都太不相同了，讲起来处处都成为理解上的问题。

例如，我就从这书的题名为“红楼梦”三字到底表示什么含义、引起何等美学联想讲起。我得先讲什么是“红楼”，红色在中国文化上所代表的情怀意趣，中国的“楼”与西方现代的楼有什么不同，红和楼组成一个词语表达的是什么地方和景况，这些，单单是这么一个“启蒙”的开头，就“抓住”了听众，因为他们正是需要从这根本汉语字义上（其实也是文化上）理解起，所以听的人兴致高涨了，讲的人也就得以顺水行舟，往下一层一层地讲解引导了。

我告诉他们，“红楼”在唐诗里时常出现，它特指中国古代富贵人家（即物质生活与文化教养都很高级的家庭）的妇女之所居的精美雅秀的木结构两层式的“妆楼”，雕栏绣户，女主人（往往是女诗人、音乐家、艺术家）可以向外倚栏凭眺，而不是“火柴盒式的洋楼”（他们笑了）。

我还得讲解“十二钗”是怎么回事——中国的钗，不是现代“发卡”！比如凤头钗，什么样，多么美。又要讲为什么“钗”会用来代表“女性人物”……

然后，我得层层递进地讲，《西厢记》的“花落水流红”的代表性和象征性，中国诗人为什么对红花的凋零飘逝给予那么深切的悲痛——那隐喻着旧时广大妇女的不幸处境与命运，所以曹雪芹特别重视这句话，把它变为“千红一哭”，变为“万艳同悲”，变为“群芳碎”，变为“沁芳溪”——即“花落水流红”的那条溪水！由这儿，将外国听众引导到了《红楼梦》的主题，亦即作者的独特的妇女观，在中国文化上无有先例的。

这时，听众们已然明白，说《红楼梦》是伟大的小说，并非夸张附会之词。

我还引及了早年欧洲读者对这部奇书的评价与观感，引了俄国、德国人的话，用以说明并非我这中国人自己夸耀吹嘘，欧洲人的评价早已十分崇高，说《红楼梦》是中国文化的奇迹，是欧洲文化从未达到的高度写照。

我也说明了此书现行本是个假全本，原书八十回后情节与此大大不同。这引起了反响，他们提问，要我介绍梗概——但时间已不允许了。

我讲完了，听众报以热烈的、长时间的掌声。几位领头的有地位的夫人到前面来向我致谢，还有一位代表向我赠送纪念谢品，一个预先烧制好的带有题字和画竹的瓷盘。

这次演讲十分成功，因而又引出另两场。一次在英国使节夫人的寓中，一次是联合国所属驻京文教机构。

我想，为了宣传发扬我们的优秀文化，我以“红学”为例，还是收到了很好的效果的。

《红楼梦》世界语版序言

亲爱的世界语读者：

你也许还不知道，你现在拿在手中的这部书两个半世纪以来都被人称作“奇书”。

人们又早已公认共识，这是中国所有无数小说中的最伟大的一部。

你也许会疑问：在欧洲文学观念中，小说本有“新奇”一义，如英语的novel，正是如此。那么何独这书特称“奇”字？至于“伟大”这评语，也会有时被用得太滥，不无夸大张皇之例。所以，这部《红楼梦》，到底是否真奇，真伟大？还待深细探究。

好了，我就来解答你的疑问。

说它奇，奇在多端，但首先应举一点：

这部小说，人人爱读，可是几乎每个读它的人都各有各的认识，以致大家对它不同的解（interpretation），可以列成一个长串——

（1）有人说它写的是清代第一朝顺治皇帝的故事；

（2）有人说它写的是那时第二朝康熙皇帝的大臣明珠家的事情；

（3）有人说它写的是那一朝到第三朝的政局变化的内幕；

（4）有人说它是暗写反对清代满洲人的皇位统治，而怀念被满人推翻的前一代——明代的旧世；

（5）有的又说它是讽刺清初期的某某贵家豪门的家庭丑事的，而这某家的说法又有很多种；

（6）有的则认为它是演说《易经》的妙理的；

（7）有的则认为它是演说道家修炼丹药的秘诀的；

（8）有人又说它是讲宋代儒学家修身养性的理论书；

（9）有的则又说它是一部“谶讳书”——即预言将来国事巨大变革的秘书；

……

请看，这个不一定完全的表列，已经是让人眼花缭乱，叹为大观了！

你便会承认，一部书而能为人作出如此不同的理论解释，这是从来没有的事，确实当得起“奇书”之美称了。

但你自然也会诧异：这又怎么可能呢？——这里显然出了大毛病，

不知怎么造成这种不可思议的奇怪现象。

你想的有理，我们正是应当从奇怪现象而探寻它的来由和真谛。

原来，在中国这古老的文化大国来说，她有一个几千年的传统观念：小说著作是史书的一个分支；国家官方撰刊的史书，叫作“正史”，而小说就叫作“野史”，“野”是非官方的、一般民众百姓的意思，所以认为小说即是民间私下记述某一史事的著作。而从来的史书撰者、小说作者，理所当然地都是由他来记述别人的事迹，唯一分别是：史书是明白指称某人某事的，而小说却隐讳了真实时代、地点、姓名，只能凭读者去揣测或学者去考证，方知真相。

因此，小说在中国，是一种以文学为形式、以历史为内涵的特殊作品，而不同于西方的 fiction，即纯属虚构的人物与情节。

因此，在古老的中华，每一部小说（实际包括剧本）问世，读者的最首先的反应总是议论纷纷：这书是写谁家何人的事情？——这个谁家何人的故事的观念，中国有一个专名，叫作“本事”。

明白了此一特殊缘由，便恍然大悟：为什么人们对《红楼梦》会发生种种不同的“本事”的传说、猜测、推考、辩论……

但是，仅仅这一缘由，还不能解说这部小说的全部问题，因为，同为中国小说，也各有“本事”，却大致诸家意见基本相合，而没有发生过“十几个”的不同解释的怪事情。那么，为何又是单单《红楼梦》与众独异呢？这必然还有另外的缘故。

显而易见，了解这些原由缘故，正是读懂这部“奇书”的钥匙。

从“本事”上寻求正确理解，终于寻得了这部小说的独异性：它的作者不是写别人（评议、讽刺、贬抑、诬谤……都是常见的），而是写自己。

这种独异性与自叙性，在其他地方也许是并不足奇的，但在中国古代则是一个极为罕有的特例。

在古老中国，道德传统，伦理观念，社会舆论，文人的自尊虚荣心理……都不允许作者去写他自己，因为那必然会牵涉到很多的家庭、亲友、政治身份、社会关系……那将是异常复杂而困难的事情。更重要者，解剖暴露自己，这更需要极大的勇敢与智慧（因为要站在客观地位去看自己的一切，而不是指为自己装扮、夸奖、宣扬）。如有敢于那么做的，定会冒犯众怒，引惹群起而攻之，致难被容于世。

然而，《红楼梦》的原作者曹雪芹，却毅然决然地走了这条“绝路”。

《红楼梦》的奇与它的伟大，首先在于这一点。

必须了解：此书是自叙性的这一事实，莫说在古代，就连近现代之得到承认共识，也是一个十分曲折艰难的历程。

简而言之，在此书被传抄（小范围流布，并无刊印本）时，作者的亲友是知悉此情节的，但一般得读抄本的人却不相信会是写己而非写人。稍后也只有很少数人凭着敏锐的文学感觉而悟知是作者“自叙生平”或“自况”（况，是兼形容与比喻二义）。大家信的仍然是写别人的传统观念。直到20世纪20年代之初，才由学者考明此书确为自传性小说。中国伟大作家兼学者鲁迅是首创中国小说史的国内学人专家，他在《中国小说史略》（1923自序）中设一个专章（第二十四篇）讲述《红楼梦》的各种情况和问题，结论是完全同意“自叙”说的论点，而且另在第二十七章中与较晚仿效《红楼梦》的小说《儿女英雄传》作比照时，又特别强调表明：

> 文康（《儿女英雄传》作者，“家本贵盛”，后竟贫困）晚年块处一室，笔墨仅存，因著此书以自遣。升降盛衰，俱所亲历，“故于世运之变迁，人情之反复，三致意焉”。荣华已落，怆然有怀，命笔留辞，其情况盖与曹雪芹颇类。唯彼为写实，为自叙，此为理想，为叙他。加以经历复殊，而成就遂迥异矣。

这段重要的论述，就是了解与理解《红楼梦》的关键之点。

正好，要想说明《红楼梦》何以独称伟大著作，也还是利用比照的方法最为简捷方便。方才讲的鲁迅以二书相比而评其成就，那是一个后出之书受《红楼梦》影响而产生的例子，而《红楼梦》本身也是承受了在它之前的一部书的影响而产生的——那书即世界有名的《金瓶梅》，也早译成欧洲语文了。如今以三书递相承受而观其异同，那就可以看清：三部书都是以一个家庭的日常生活、一个男主角与多个女主角的生活关系为内容——这样的内容在它们以前是没有的，所以是一大创造。此为共同点。

但，《金瓶梅》所写的乃是一个市井俗人、恶劣品行的故事，他与许多妻妾、侍女、女人的淫乱关系，女角色也都是低级趣味的精神世界，因而它以“淫书”（大量描写性行为）而闻名。《儿女英雄传》则只是一个少年公子如何读书上进、做了高官，又娶得二妻一妾的富贵享“艳福”的经历——这实质只是一种非常庸俗的“兴家”“荣显”与“享受”的梦想，此外并无思想内容可言。

然而《红楼梦》，虽然它上承《金瓶梅》，下启《儿女英雄传》，却与两书的品格境界迥然不同。

其不同在于：

与前书相较，这一部小说所叙写的众多人物是有高级文化教养的世家男女，而不是市井俗恶角色。

与后书相较，这部小说所叙写的不是荣华幸福，美满得意，而是家亡人散，一大悲剧结局，而此悲剧结局的思想内涵是深切悲悯妇女人才不幸的遭遇与惨痛的命运。

这部小说的伟大，由此已略显端倪。我们不妨换个方式表述：这部书男主人公对女性的态度是悲悯、同情、怜惜、不平、惭愧（自己不如她们，而又毫无能力救解她们的不幸与苦难），而大异于那两部书的只是将她们视为男人的附属品和享乐工具。

这种思想认识，在古老的中国来说是一种崭新的崇高的妇女观！

《红楼梦》的伟大，正在这一点上表现得最为突出鲜明。

但是，这种崇高圣洁、博大精诚的精神境界，却非一般常人所能达到，因此不但觉得难于理解，而且更易发生误解错觉——很多人把书中男主人公贾宝玉看成了只是一个“花花公子”，甚至是个下流的只愿和女人厮混的“色鬼淫魔”。

这也就是这部小说本身所具有的多层次悲剧性的一个深层。

这一层异常要紧，因为假如不能理解它，那就必然对“自叙”“自传”也作出误解——以为自叙就是单为了写一个微藐的自私自利的“小我”，而不知《红楼梦》的自叙性的伟大意义正在于它是通过自叙、以自己的身世生平、经历“词典条目”，而是在一个大整体建构中的精致巧妙的“构件”，各自起着错综回互的奇妙作用。

《红楼梦》是中国的唯一的一部文化小说。凡是想要了解中国传统文化的人，若肯来读读它，一定会感到惊奇与喜悦。

这小说而具有如此巨丽精深的文化内涵与表象，这个事实却早为欧洲的读者看清了。1926 年，一位德国人名叫理查·威廉，他说:《红楼梦》像《绿衣亨利》，是一部自传体小说，提供了大清帝国的文化史图画。

1932 年，另一德国人名叫恩金，他说:《红楼梦》与《金瓶梅》不同，写的是一种有教养的生活。作者曹雪芹不知何来神力，把日常琐事写得如此生动！读过《红楼梦》，才知道中国人有权利对他们的优秀文化感到自豪，——欧洲人是从未达到过如此高度的。

我想，这些话如出自中国人之口，会被讥为自大无知；如今实系欧洲读者的心声，这就很有不同，其说服力不能说不大吧。

《红楼梦》一部书写了几百个男女老少的人物，而主要的女性就有一百多个。我曾打比方：伟大的莎士比亚所以写出众多人而腾誉寰宇，他的人物分散在三十六七个剧本中；曹雪芹不但写的人物数量超过莎士比亚很多，而且这么多人是在一部大整体结构中出现和活动的！可见曹雪芹的神力更是惊人。

说到大整体，我不能不深抱憾恨地向读者表明：曹氏原著的大整体已不复存，今只传有八十回（还包括小的残缺，由后人补缀过）。其后四十回，是雪芹卒后很多年别的人续作的，伪托说是“发现”了“全本”，蒙蔽了当时与后世的无数读者。

后续作者的头脑心灵与曹雪芹距离甚远，不是一类人。他把原著的总精神歪曲狭隘化了——变成了一男二女“三角恋爱”的争婚故事，把原来悲悯所有妇女不幸命运的大悲剧性质品位彻底改变了，也破坏了原著的精密奇特的总体章法结构。

这确实是中国文化、文学史上的一个最大的不幸与损失！

这不幸损失，促使了有些学者努力研求原著整体的大概轮廓与内容，成为一门专学——“红学”（Redology）中的一个分科：“探佚学”。已作了一些成绩，可以初步打破伪续的长期留下的影响，而逐渐理会曹雪芹的真实境界与伪续是如何地悬殊迥异。

曹雪芹（1724—1764），是清代的“旗人”，他家自明末成为满洲人的奴隶，清代建立后仍为“内务府包衣人”，即皇室奴仆身份；他祖先本是河北省丰润县人，明代末年，他的四世祖被满洲兵俘虏，做了奴隶。他的曾祖母是康熙大帝幼年的教养者（保母），因此世代三辈四个人相继在南京作织造官，不但是皇帝亲信，生活优裕，而且一家都酷爱文学艺术，他祖父曹寅更是个杰出的诗人、剧作家、藏书家，《全唐诗》就是由他主持编刊的——共收唐诗人二千余家，诗六万余首！

由于皇室内部争夺权位的政治原因，他家受到牵连，受到屈枉，很快陷入不幸与贫困的境地。雪芹本人一生遭遇更惨，在衣食短缺、住宿无家的处境中，坚持了至少十年辛苦，写成一部一〇八回的《石头记》——即《红楼梦》。可惜由于后半部分（三十回左右）内容触及了政局的变革，犯了皇家的忌讳，遂将全书割弃了原来的后部分，而改由别人另续出四十回，拼在一起，是为现在流行的一百二十回本《红楼梦》。

作者曹雪芹与书中男主人公贾宝玉相似，是东方特有的积世教养的文化诗人型的人物，这种人感情特别丰富敏锐，灵智至为高深超俗，品德又只为利人，不知利己——因此其对宇宙万物的看法、态度，以及对世间事物的价值观念与世俗常人遂极为不同，因此便被视为疯子、傻子；他们的文化冲突与灵智冲突都很深巨，有时甚至十分激烈——于是最后乃不容于当时的社会，受尽歧视与误解，成为大悲剧！

我介绍这些中国文化历史的若干有关实际情况，就是为了说明这部小说何以为奇书，何以为伟大的根本因由。今日的读者，尤其是不同历史文化背景的不同国度、地域的读者，读这种“奇书”，也会发生各式各样的“文化冲突”——不能理解，不能接受，疑问重重，以致茫然莫知所谓……这都是定会发生的情形。

但是，这不应该成为阻碍你理解、欣赏、赞叹这部小说的理由。我相信你会坚持地反复地把它读懂——因而终于领会它为何确实伟大。

1995年6月4日于北京

美红散记

小引

1980年6月，出席美国威斯康星大学召开的首届国际《红楼梦》研讨会，颇有感受，归来之后，记为小文若干则，以存一时史迹，而题之曰《美红散记》。为什么如此题它？其实只为字少读来方便。若论意思，当然是说“美国红学会”，而美字又可作动词理解，即赞美之义。正如古语有“献芹”的典故，有时说作“野人美芹”，那美字就是这种用法了。

赘此数行，聊当题解。

怀着的心情

行前，杭州友人洛君来信见询，略言闻悉将有赴美之行，不知情怀何若？我拜复说，1978 年秋，周策纵教授来京访问，就首先向我提到要筹办一次国际《红楼梦》研讨会议的设想，征询我的意见，并希望我能参加。此后，蒙他再三“促驾”，俱未敢立应。到 1979 年秋，他又在信中详叙筹备工作的成功，各方响应的热烈，至言：“此诚空前之盛会，兄不可不来也！”这确实打动了我——心想，雪芹一生坎坷穷愁，如今却赢得全世界学者为他的作品召开大会，如拙句所言：“即今价重寰瀛日，岂信虞卿事事愁。”曷胜欣慨。又正如策纵教授为拙著《曹雪芹小传》作序时见赠之句云：“且与先期会瀛海，论红同绝几千韦！”大会空前，盛情綦重；我如不往，深觉对不起雪芹耳。

这就是我所怀着的一种心情，没有什么堂皇正大的题目，“卑之无甚高论”，甚至是有点可笑的。

“红楼胡同”

被邀到会的，从高龄的专家到青年的学子都有，多达八十余位；最大的一次宴会，宾主共计一百一十多人！美国几乎各个著名大学都有教授出席，包括面既广，代表性也强。大会因此特为印制了一份详细的人名单，附有与会者的“单位”和家庭住址、电话，以便今后交流联系。新在大会上结识的一位教授，为人豪迈，殊多奇文妙语；他见我的住址是“北京红 × 胡同 × × 号”，就笑对我说：“要改，要改！”我问：“怎么改？”他答：“应改红楼胡同。”闻者皆为拊掌。

会上会下，谈笑风生，大抵类此。严肃的内容，风趣的语式，最受欢迎；八股气是吃不开的。

佩石群贤

大会主席为筹备一切，煞费苦心，也具见匠心。他曾来信，希望我们协助，在北京制作大会纪念徽章。可惜起意太晚了些，已是来不及了。抵美后，每人立即发到一枚佩章，虽出临时所制，却很新颖不俗，上面有中英文姓名，大会名称，左方印有一块石头，嶙峋有致，成为大会的“徽记”——此石实为周策纵先生手绘（他是一位博通古今中外而又多才多艺的学者、诗人兼艺术家），连同字迹，镌为印章，以红色印成之。此章佩于胸前，无论新交旧识，异域殊方，一见便可呼出姓名，方便之至。因此，我戏作五言律句云：“群贤皆佩石，万语只缘红。”

燕京出红学家

耶鲁大学的余英时教授，是知名的历史学者和红学家。一见面就指着自己对我说：“我也是燕京的！”简短的话语，深情的含义。“燕京大学出红学家”，真的，国内的例子，不必举；到美国，不止一位是老燕京。不想归途一回到香港，中文大学的宋淇教授在夜里赶到机场迎接，初次晤面，几乎和余先生一样，宋先生也是向我先报燕京的“学历”。人，有各种情谊，如国谊，民族谊，乡谊，戚谊，友谊等，而校谊一层感情，也殊不在诸谊之下，只有到了一定的场合你才会感受深刻的。

就为见到你们

余先生风度端重，语言简净，而出语皆有斤两。有一次，他和我们坐在一起时，谈起赴会的心情。他指着一些久居美国的学者对我们说："我们这些人，本来早都熟识，见面也很容易；我这次来，就是为见到你们。"

话是不多，却时时萦回于我的耳际。"遥闻声而相思。"神交已久，一见如故——也许可以概括我们这些研红者的心境。

读完了才得睡

潘重规先生早先是四川大学的中文系主任；香港的红学，可以说是他一力创始经营起来的；后来又到了台湾省。他对《红楼》版本有独到的贡献，而迄今为止他是亲眼见到列宁格勒藏本的唯一一位中国学者。我们也是初次相晤。蒙他告知我这次协助周策纵主席觅借胡适原藏甲戌本到美展出的详细经过——这里面有唐德刚教授的功劳。然后又对我说起，昨日下午才到麦迪逊（Madison，即开会的地方），远程旅行，十分劳顿，但是马上分发到了新的一批与会者的论文复印本。"见其中有你的《红楼梦'全璧'的背后》，我什么也没有做，只有晚饭是要吃的，然后我就开读你的论文——直到午夜十二点，读完了，这才收拾就寝。"

无独有偶，四十年前燕京老同窗程曦教授，曾是陈寅恪先生的得力膀臂，这次重逢，格外高兴。他的高睨大谈的湖海豪气，依然不减当年。他说："昨晚读老兄的鸿文，直到午夜后一点多，快两点，一口气读完了才得入睡！”他并奖饰说：“全文二十节，如闻柳敬亭说书，忘记读的乃是学术性很强的论文也！”

潘先生也有过奖之言，我自然不敢当，但以文会友，也实在是这次盛会的主要内容之一吧。

真假伊藤

众位学者到达之后，大会尚未开幕之前，赵冈教授邀请了一次晚餐之会，主妇陈钟毅女士，也是红学家，一手料理，两大圆桌，菜肴丰盛，宾主尽欢。在这会上，首次出现了日本红学家伊藤漱平先生——主人这样介绍，大家这样认为，“伊藤先生”也这样答话。第二天一早，在举行大会的楼厅前却看到了另一位伊藤，体格胖胖的，身穿深蓝色西装，一目微闭（刚从眼科医院手术后出来），手里提着珍贵《红楼》刊本的书包……我一看，就知道这才是真伊藤——我在离家前往北京机场的前一刻，刚接到了他的信札。相见恍如旧识，因为我们从六十年代最初期就成了通信的学友。至于昨天宴会上的那一位呢，原来是假伊藤——他就是妙人唐德刚教授，他本着“呼牛唤马”的庄子精神，当主人戏呼为伊藤时，亦不置辩，坦然承之。唐先生诗才极为敏捷，可比八叉手的温飞卿，他为此做了一首诗，题中有云：“席上诸公终宵呼余为伊藤先生……”阅之令人绝倒！他在会场上即席赋诗，顷刻数首。6月18日上午当哈佛大学的俞珍珠女士介绍了她的论文《〈红楼梦〉的多元观点与情感》，我在发言中特表赞赏，于是唐先生递给我一首题为《听周汝昌先生评论俞珍珠女士论文有感》的七绝一首，我也立刻回赠了一篇。

这种丰富多彩的各种活动，依照“惯例”，会被视之为“花絮”；我看倒是大会内容的真正组成部分。

王国维“评论”的评论

从东京直飞芝加哥，下了飞机，才是真正踏上了美国土地。一入境，移民局验护照，海关验行李，这才正式用上了我这点废置了已经三十年的英语。海关听我叙明了身份来历、此行目的，以及行李内容之后，一句“OK”，一个包也不要我们“打开来”（鲁迅先生用过的话），顺利放行。不论移民局还是海关，还是别处，没有让我感到有什么官气。

从芝加哥再换飞机，前往麦迪逊，这是最临尾的一段行程了。刚一找着座位，左旁就有一位美国乘客要和我攀谈（大约是由服装外貌看出我们是来自中国的）。一谈之后，他不但知道《红楼梦》，而且知道王国维的《红楼梦评论》，使我大为惊奇。于是我就问：为什么在美国至今犹有不少人对王国维感兴趣？他答：这是因为有些美国人空虚消极的思想与王国维有某种共同之点的缘故。

到了大会上，果然就有两三篇论文是研论王国维《评论》的，其中以叶嘉莹教授的发言给我的印象最为深刻。叶教授现为加拿大籍，是我的同门学长，精研中国古典诗歌文艺理论，是屈指可数的世界知名的女学者。她对王国维的分析评价，与俗常之论迥然不同，她那是通过了深入细致的研究而获得的精辟见解，讲得也生动具体，说服力很强，使我洞开心臆，方知过去自己也曾随着人云亦云，说王氏是清朝的殉国遗民等，全非确论。这种缺乏自己的真正探讨而盲从“时论”的教训，使我憬然，而对叶教授倍增钦重之怀。

一涉王静安先生，大都忘不了提到叔本华，提到尼采，提到自沉昆明湖……只有叶教授指出：王先生殉的并不是清皇朝，他殉的实在是他当时自以为已然来临的中华传统文化的总崩溃。他实际上是抱着这一深悲剧痛而自尽的。这种认识与行动之是否正确那是另一个问题，但世人对他的误解和错评，一向却是很少异议。

知人论世，谈何容易。高明的学者之可贵，正在于他能揭示给人们以历史的真实，事物的真相。

比较文学

西方重视比较文学的方法，大学不但设有比较文学课，有的还设了比较文学系。用这一方法来研究《红楼梦》，如果真能精通中西两个方面，作出精彩的比照和阐释，确实能使人耳目一新，开扩“脑界”，对中外的文学艺术都会有很大的教益，因此是值得重视的一条研红道路。到了香港，在中文大学和香港大学会谈时，同学们也关怀以比较文学研红的情况和前景。

当然，如果不是真的精通中外，对《红楼梦》和西洋小说文学无透彻理解，只凭看到一些表面的“共通”点，便强作牵合，其结果自然会浮光掠影，似是而非，毫厘千里。在会下，俄亥俄大学的李田意老教授，曾再三向我谈到此一问题，表示了他的感想和关切。

我个人的看法，外国学者研红，由于种种条件的不同，往往多走比较文学的路子，这是很自然的。但是我们中国学者，兼通中外的也颇不乏人，他们如果能走这个路子，也许会给红学作出新贡献——也就是说，红学今后要靠中外人士努力合作，因为它越来越是一门“世界性”的专门学问了。

我深深相信：从比较文学的角度来研究，将会发现两百多年前曹雪芹的文学艺术成就已然在某些方面远远超越了世界水平，我们说他伟大，不是夸张炫耀之词。在过去，人们还只会用“曹雪芹比之世界大文学家并无愧色”的这种语式来发言，那已经是“高抬”了。谁人敢说他胜过之？外国的月亮也“圆”，或者洋鬼子通通可恶，那自然都是另一回事了。

听曲断肠

6 月 18 日确实是个热闹日子，上、下午共有两组重要论文十篇之多，要进行讨论——这两组是“主题与结构”和“心理分析”——而晚六时半就在宝塔大饭店举行最盛大的一次晚餐宴会。一进餐厅，光线甚暗（美国人吃晚饭同时是一种休息，不喜灯火辉煌过于刺激，而多是燃点一支蜡烛，别有风味），我的目力还未能适应时，朋友就介绍说：“林黛玉在这儿！”我不免暗吃一惊，这时，“林姑娘”已走上来握手，我仔细打量，才见绿衣长袖，高髻云鬟，旁有花锄——我才记起今晚节目原说有《葬花》京剧段子。席间，鼓板丝弦忽作，随之而歌韵悠扬，花魂徙倚，此时中外人士皆凝神静听，不觉恍然，欣慨交集，真不知身在何乡也。

不想余英时先生也是才华赡敏，当场赋诗抒感，题目是《席上闻沈正霞女士黛玉葬花》。诗云：

重抚残篇说大荒，雅音一曲听埋香。
终怜木石姻缘尽，任是无情也断肠！

此诗我是事后得诵，正巧我自已也有腹稿，未曾示人，今览佳作，不觉兴起，因附记焉。诗云：

一曲清音九曲肠，浑忘陌地海天长。
名轩缀玉谁收拾？百感闻歌是异乡。

盖沈女士所传，为梅先生正宗，我早年亦耽丝竹，备谙其谱律，今日重闻，乃在九万里之外，真不知今夕何夕，百感中来，固非陈言套语之比。

然而，越发深深感到，真正的艺术，是没有国界的。

电子时代

“红学也进入了电子时代！”“听说科学方法证明了前八十回和后四十回是一个人写的，是吗？”大家表示了普遍的兴趣和关心，可能也是看了报纸上的报道而得知的。

事实如何？小作说解。

早年汉学家高本汉，好像已经用比较词语的办法去考察《红楼梦》前后的异同，结论是“一人手笔”。林语堂相信的大约也是这种理论。这次会上是陈炳藻先生所作的贡献，题目是《从字汇上的统计论〈红楼梦〉的作者问题》，就是对小说中的 vocabulary 进行 Statistical analysis，所不同的是现在有了电子计算机。

与会者对陈先生所投入的功夫是一致钦佩的，由于他表示这只是一个初步结论，所以大家也都鼓励他继续努力。不过，许多人也表示，单单用这种办法，能否确定《红楼梦》原著与续作的作者是否一人的问题，还有怀疑。

记得这次在主席台上，左边是潘重规教授，右边是执行主席赵冈教授。潘先生评论时提到赵教授前几年已经小规模地试验了这一电子计算机统计工作。我立即“笔谈”，问赵教授：所得结果如何？他立刻写答：“我的答案是肯定的：后四十回是出于另手。”

即此可见，用此同一个方法，得出的结论也并不是一模一样的。

我曾试行指出：“同是中国人，同是乾隆时代，同是北京人，续作者又不能不有意仿效原著的语言文字，那么在词汇上发生类似和相同现象，是理所当然的，这能否证明即属一人？我们汉字文学的奥妙，却往往在文字迹象之外……”

其实，探本寻源之论，还是在于根究思想感情。让我举一个例子略事分疏——我是借花献佛，例子是小说家胡菊人先生举出的，这次来去都经过香港，两次蒙胡先生接待，并以他的著作《〈红楼〉〈水浒〉与小说艺术》见赠，这册铅字细小、二百五十多页的小说研究专著，第一章就是“红楼梦的文字”，而第一节就是“后四十回的用字”。他说：

欣赏《红楼梦》最便捷的方法，是将后四十回与前八十回，互相比照一下，前八十回与后四十回相差极大，大部分非曹雪芹原作。有人认为，后四十回根本不能读。

他随后举了第八十七回的一个例子，这回书写的是黛玉想家，你看那是怎么下笔的——

……便想着：父母若在，南边的景致，春花秋月，水秀山明，二十四桥，六朝遗迹，不少下人服侍，诸事可以如意……香车画舫，红杏青帘，唯我独尊，今日寄人篱下……真是李后主说的，此间日中只以眼泪洗面矣！

胡先生于是指出：这种劣笔简直无法与原作相比。“续貂之坏，完全是文字带来，文字破坏了黛玉的形象。这段文字赘累，庸俗。用的四字成语，又是馊文腐词。春花秋月，水秀山明，二十四桥，六朝遗迹，像顺口溜，黛玉不会念这些字眼，一个人伤感时也不会这样文绉绉地念陈腐词句。什么香车画舫，红杏青帘，唯我独尊，又岂是黛玉随口说得的话！”

胡先生在这一章里用了五节来论述高鹗后四十回的糟糕文字，我是句句同意，篇幅所限，不能尽举了。单从上面一例来看，你可感到那种空洞而又庸俗的文字的气味是何等强烈（当然，如果有人感不到，甚至以为这种文字也有它的“好处”，那就是难医的问题了）。试问：这种文字（其实是思想感情、文学造诣）上的区分，也能用计算机算得出吗？如果算不出，结果就会觉得词汇很多相同，应出一人手笔了。

会上多数人对此表示存疑，岂为无故之事哉。林黛玉像一个附庸风雅的冬烘夫子学念“词章”，李后主那个典故用在这里是如此地俗不可耐，它的“好处”何在！？红学并未进入电子时代——这是我的感受。

一本书的种种因缘

斯本思教授（Johnathan D.Spence）写了一本书名叫《曹寅与康熙帝，包衣与主子》（*TsaoYin and Kanghsi Emperor,Bondservant and Master*），耶鲁大学1966年版，也是一部三百数十页的厚厚的专著。著者原是从历史学家的角度（即不是为了红学）来写此书的。

我始闻此书之名，为时已经很晚；知道之后，也无从一读。这次归程路经旧金山，蒙斯坦福大学的王靖宇教授热情招待，留住两日，小作参观游览；临行，又蒙他特持一书见赠，我一看正是此书，打开封面见有题记数行，其词云：

耶鲁大学Spence教授此书之完成，曾得力于汝昌先生宏著《红楼梦新证》甚巨。兹以汝昌先生于参加首届国际红学大会后来访之便，特转赠留念。王靖宇志于美国斯丹福大学，1980年6月

29 日。

王靖宇先生也是被邀参加这次红研会而且是会上第一个宣读论文的小说学者专家。他著有对金圣叹的研究专书（英文本）。而这次他贡献的论文是对道光年间王希廉（雪香）《红楼梦》批语的分析评价。对这个专题，他恐怕也是第一位撰出专文以抒所见的学者。

由于他的题记是在会后，不禁使我想起会前的事，即周策纵先生曾于一封来信中说："近者 Spence 教授有信来，知你即将前来参加国际红学会，而他因事不能出席，嘱我转向你致以敬意，并为不能晤面深感怅怅。"我听了十分惭愧，因为我未曾为曹寅与康熙写出一本专著。而这对清代史的研究来说，却是一个很有意义的课题。

当然，我为了要了解曹雪芹，对曹寅作过一些探索，这已然就遭受讥嘲了；至于康熙帝，我在一册拙著中倒也提过几句，其后果则是招来了"大字报"的批判。研究学术，是做事情还是犯罪恶，当时闹不清。

再有就是，国际学术交流中，学术道德是要讲的。受了人家的启示和教益，汲取了人家的劳动和智慧，都是要公开表态的。这虽是通例，而斯本思先生于今日犹然见怀，却令我不无感想。数十年来，红学界有些人从拙著中引用了大量资料和见解，却从不肯明言一字，好像都是他自己的创作——这也何必计较，但问题是他同时还要掉一两招笔花，以明枪暗箭来对你进行"答报"。学风的浇漓，大约是和文风的败坏密切相关的吧。

交流岂宜再缓

到了外边，会到很多新识面的朋友同行，一交谈，首先向我表示一种“强烈反映”，说：“大陆的书刊杂志，太难买到；你的著作、论文，还有你所写的杂文散文等，我们都看不到。等知道了，托人在香港买，那为时已晚，运到香港的那一小批书，早已卖完了……”言下不胜怅惘与叹惜。

我怎么回答呢？真是“彼此彼此”“同病相怜”。“你们的很多著作，我也久叹难逢呀！”

明尼苏达大学的那宗训教授，原是北京人，现在老父尚居台湾。他告诉我说：“在美国，查寻你们的文章，找刊物可难了。例如，××杂志，全美国只有两本。我为找一篇文章，常常是驾了车子跑出几百里，受尽辛苦，我们费的这种事，您也是难以想见的！”真的，这次大会的最后一天，他们贤伉俪驾车奔赴威大，只为见到我们，他们在为红学的发展而东奔西跑，有时竟然要在路上过夜——在车子里过夜呢！

因此一谈起来，我们彼此都深感此种学术交流不便利的状况，非从速改变不可了。

难免闹笑话

会上的著名学者甚多，觉得他们各有成就，各有风格，都有值得学习的一面。就中，李田意教授多次俯就畅谈红学上的一些问题，尤为快幸；回程一到香港，他嘱托的出版社已将一包书送到寓所，是他校订的

《拍案惊奇》二巨册——他为此书，亲到日本，访得明刊原本，据以整理印行，功力深厚。

初到麦迪逊，和李教授尚不熟识，一次在旅馆出入处碰见，可巧这次正有周策纵教授与我们偕行。我只听见周、李两位先生的谈话中有这么两句——

周先生指着我，对李先生说："他的《曹雪芹小传》又修订出新版了，你再写一篇文章……"李先生答："好，我再写一篇……"

我说明《小传》已经携来，即将以一册呈正；但他们两位的"再写一篇"的交谈，我是茫然莫知所云，因此对之无能置一词。

等到大会已然闭幕，策纵先生忽然送来几份复印件，看到末了，只见一文，竟是多年以前李田意教授给拙著《曹雪芹》所作的评论专文。我才第一次知道，在海外早有学者对此书给了很高的评价——也才恍然明白"再写一篇"的对话是缘何而发的了。

这固然是我个人的孤陋所致，但学术交流的不便利，恐怕也不能不是原因之一，在周、李两教授意中，我绝不会不知道此文此事，而我在听了他们重提此事而且要"再写一篇"时，竟不发一语！——这真是天下罕闻的异事。

别的例子还有，大大小小，认真说来，都不妨称之为闹笑话。笑话倒在其次，令人叹惋的是学术上的损失——互不通气、犯重复、浪费思力、走弯路、受局限，甚至还会招致一些本可避免的误会。这样久了，隔阂越来越大，造成各方面的不利与损失，对谁也没有好处。这是冤枉事，也是蠢事。

《勘误》的“逊让”

大会的最后一天，和伊藤漱平先生同在主席台上，左右相邻而坐，他把摆在手边的一本英文学志拿给我，并翻开一页，指着一处让我看，口中说了几句话。由于在台上难于细说，又由于英文字极小，一时也阅看不清，心中有点莫名其妙。等到伊藤先生发言了，他是用中文口语介绍日本国内翻译和研究《红楼梦》的各种版本、著作的概况；临到末了，他提出一项“声明”，说：“周汝昌先生的《红楼梦新证》，增订本出版后，他发现有不少误植之处，再有一些修改更正和学术上的商讨意见，便油印了一本《红楼梦新证勘误》。他寄了一册给我；我接到之后，认为难获，就复印了很多份，分赠各地友好。这本学志上的一篇文章，评述近年来世界学者对中国古典文学的论著时，把《新证勘误》列在了我的名下，以为是我的著作。这是误会了，我趁此机会特作说明。”

我听了，这才明白，他刚才对我说的，就是这件趣事——确实是一则有趣的红坛掌故，在场的很多位学人听后都表示出善意的微笑，没有谁对这个小误会哈哈大笑，意存诮讽。我不认为这是由于文章作者也在会场，而是良好的学术空气、学术道德作风之所致，这在我感觉起来，是非常宝贵的品质和态度，真应当学习。“轻薄为文哂未休”，诚然是“古已有之”，但做学问的，谁敢“保证”自己“一贯、绝对、完全正确”？笑人的人，往往实际比被笑的还更多可笑之处。

学术空气和道德作风怎样才能好起来？我是写散记，无意妄作解人，只是觉得，学术讨论必须有充分的百家争鸣精神和条件，仁智之见不同，是自然之理，应当视为天经地义。久而久之，那种“定四海于一尊”“天下之美尽在于己”的念头和派头，就没有多大市场了。因此，学术民主的良好空气，定然有助于匡救那种狭窄的器局胸襟。

在会上，使我感受深刻的，例如，叶嘉莹教授在评论席上，毫不犹疑吞吐地对米乐山教授的论文观点提出了批评意见，在那里，没有人认为这是“不客气”“伤面子”，这原因在于：批评者是为了学术真理，光明磊落，和那种因“私憾”而贬人扬己的，迥然不同。我们一同前往的三人，如某人的论点，周策纵和赵冈两位教授各有专文提出不同看法；对某人，则有刘绍铭教授的评议。对我，米乐山教授就坦率地指出，我的论文中有一个环节论证还嫌不够充分。

这，难道是坏事吗？

莫把前人作后人

出席会议的马幼垣教授和马泰来先生，是棠棣联辉，各有贡献。我们从东京一直飞抵芝加哥，在机场等候和协助我们的，就是他们贤昆仲，英年俊秀，文质彬彬，令人钦慕。这次，幼垣先生是对所谓“高兰墅太史手定”的《红楼梦稿》（国外有称为“全抄本”的，国内则误循“脂京本”等一串不通的简称排出一个什么“脂稿本”的名字来）首次提出真伪问题，对此本的性质表示了怀疑。泰来先生则用一篇极简短的论文考证出那个持有“原本《石头记》”的恒文，是乾隆时人，而并非像一粟的《红楼梦书录》所说的是晚至同治年代的人，对引人误入歧途的不确实的考据提出批评意见。

我对此也作了发言，我说：真是无独有偶，记叙《红楼梦》来历的一个名叫吴云的，《红楼梦书录》中也是张冠李戴了，说成了很晚的另一个同姓名的吴云。实际上，前一个是乾嘉时吴县人，进士，官至御史；后一个是归安人，官职只是府道，到清末光绪年才下世的。这么两个人，也被“合而为一”了。

但是也有同时同名的例子，也给红学家带来了麻烦。例如，近来有人硬说俞楚江是顺天籍的乾隆二十二年进士，他忘了俞氏的交好如袁枚，称他为“布衣”，沈大成尊之曰“徵士”——难道在那种时代，朋友竟能把一位进士公改称“白丁”吗？然而，考证家硬是这么论证，并用以否认一帧曹雪芹小照的真实性；这么一比，反觉错把前人作后人的，还“有情可原”了。

何来黑格尔

回程一到香港，就看到当地报纸刊出一条消息，说是会上有一位外国学者将曹雪芹和黑格尔作了比照云云。我不禁大为惊诧，是哪一次会上曾发生过这种怪事的呢？

会上倒是有一位美国红学家米乐山教授（Lucien Miller）。他是在加州大学（伯克莱）以比较文学而获得博士学位的，也仍在大学里教授比较文学课程。这次他的论文就是《替旋风命名：海德格尔和曹雪芹》。

马丁·海德格尔（Martin Heidegger）也倒是一位德国哲学家，但他逝世才不太久，和黑格尔混在一起，这比“错认颜标作鲁公”还要有趣多了。

米乐山教授在他那部长达345页的专著《*Masks of Fiction in Dream of Red Chamber*》中，是用中国神话、佛教、道家的世界观以及西洋心理学去阐释《红楼梦》的，这次却是要用海德格尔的“实存现象（Being）哲学”去阐释，“是把宝玉看成‘存在于世界中’的一个实例去研究”，想藉此来探索文学与哲学的关系，他用《创世记》约伯（Job）的故事来与宝玉的《石头记》相比较，认为：“《圣经·约伯》和《红楼梦》固然是截然不同的两部著作，可是如果把《红楼梦》看成是一部有启示性的书，要说明人生的无常，描述不可知的奥妙，那么这两本书也未始没有共通之处。”

由此可见，这和黑格尔则实在是“没有共通之处”的。

新闻报道的失实，造成的混乱有时候也到了可惊的程度。

小扇题诗

归程是经过旧金山、火奴鲁鲁、东京、香港、广州，回到北京。在广州一上飞机，我们就说：这回真到家了！

刚坐下不久，空中小姐就送来了礼品，每位乘客一把小折扇。这时，陈先生见扇子一面素白，就递过来，说：“一直想求你的墨宝，请在扇上题字。”我提笔写道：

御风万里快同行，只为芹溪笔墨光。

昨望京华依北斗，今离粤海驭归航。

另外一人见了，不觉兴起，也把小扇递过来，我又提笔写道：

万里重洋去复回，红楼盛会喜曾开。

与君偕影星洲地，看遍鸿儒四海来。

1980年中秋节前写毕

域外红情

一

我的“出洋”，自然是因红学而往的。走了几座大学，会了许多青年学人，除了老“红友”，又结识了好几位著名的专家教授，感受是随处皆有。如今择其可记者，略述一二，以报国内这般殷殷见询的朋友们。

我想头一个要谈谈的，应当是《红楼梦》的海外地位与影响的问题。

对此，我之所知当然有限，但耳目所及，亲身所历，也不无令人深思的事例。比如，我之所在地，威斯康星大学的东亚语文学系，上学期就开设了《红楼梦》与“红学”的专题课。这是为研究生开的班，一般美国大学生是听不懂、闹不清的。我在这个班上讲了几堂课，得到的反响颇为热烈。第一次讲时，一位留美的台籍女学生就写来小条递给我，上云：“我们很喜欢听，请您这样讲下去！”等我结束了我最末一课之后，班上的同学还总有人来问我，是否还能继续给他们再讲。——以上是举专题开课的例子。

另一件事，是纽约市立大学，他们正在准备一个宏伟的新计划，开设世界文学名著课程，而我们中国的文学代表作荣膺选列的，就是《红楼梦》。经历史系主任唐德刚教授的盛意安排，我为该校的文学院长和几位有关的系主任和教授讲了《红楼梦》的价值与意义。这些听众主要是美国人。我对他们这个复杂的课题，未必胜任，不过借此可知，《红》书的地位在美国大学里是日益重要起来了。

不少美国大学都在增设东亚和中国的课程或研究组织。纽约市立大学的例子，虽然只是一个迹象，但是我觉得这却是一个不可小看的迹象。也许它说明的乃是日后发展的一种趋势。这是值得注目的。

为什么《红楼梦》被选为代表中国文学的作品而列入世界文学？这需要我们好好地思索一番、研究一下，才能回答得出。有人以为，小说在西方的地位高，容易讲，所以就拿《红》书作了代表。这听起来似乎也有几分道理。但实际是一种浅见的解释。但丁、莎翁，就都不是小说的范围，又该怎么讲？事情总不会那样简单。

我想，这里面除了文学艺术的诸般标准之外，还有一个谁能代表我们中华民族文化传统、思想精神和心灵境界的巨大因素在起着作用，那才是更重要的更有代表性的精髓之所在。所以，我以为《红楼梦》在海外的地位，绝不只是“一部著名的小说”所决定的。我的这一拙见，未知是否？

二

去年秋天，我刚到美国不多几天，就从华文报纸上看到一桩特大新闻，那大标题是“红楼风雨急”五个斗大的大字。对我来说，这自然是惊动耳目，必令人欲一明究竟的头等要闻，于是一字不遗，把所有有关的文章都详细读过。

原来，这是夏志清和唐德刚二位先生因谈《红楼》而引起的一场特大争论。他们二位，在美国学术界是被尊为大师级的著名学者教授，又是数十年的老交谊，好朋友，如今竟然因为“谈红”而掀起一场轩然大波，真可说是轰动一时，人人瞩目。

这件事，由于争论的双方都动了真火，口诛笔伐，毫不留情，甚至于大大超越了学术的范围，自然引起文化界友好人士的关切，后来几经调解，一场不愉快的笔战揭过，言归于好了，大家才于心稍安——这是我在纽约亲眼看到的唐、夏两先生为首，共同醵宴相款，后又在夏先生府上看到他们言笑甚欢，略无芥蒂，我相信，也才放心的。

但我如今要说的并不是那些争论的细节和“内情”，等等。而是这件事使我大为惊奇，长久思索，为什么？为什么会发生这样的事？它说明了什么问题？给我们以什么启示和教训？

唐先生是历史学专家（曾在中国很多大学讲过美国史），夏先生是中国小说史专家(《中国现代小说史》与《中国古典小说史》两部著作最享盛名),他们都不专治红学(其实,在美国本无“红学专家”,都是“业余”性质,人数也很有限)。他们并没有因为“历史”学问而争论起来,却因为一部《红楼梦》各自写了数万字的长文而大吵了一场,十分尖锐激烈!这毕竟所因何故,如何解释,我一直在想这个问题,希望有人给我作出一种予人教益、启人智慧的论文来。

在我看来,这里的真正的核心问题——不管你是明确地意识到了它,还是尚未多思——乃是其中深隐着一个中华民族文化传统的巨大课题。每一个真正的学者,当他的研究的对象接触《红楼梦》时,不管他的注意点与方式、角度、层次各自如何,都不可避免地要涉及他对此书的理解,以及评价的标准或尺度的大前提,而这个大前提,实际上就牵及对中华文化认识得是多是少、是浅是深的复杂问题。现代学者们对待《红楼梦》,是认真的“表现自我”的一种方式,而不是游戏,是极“在乎”和“计较”的。——这说明了什么呢?正说明,凡属学人,不管他是否曾“公开声明”过,都是在自己心目中把《红楼梦》的地位尊奉极高的,是“足以左右一切”的!唐、夏之争,就证明了这一点。

《红楼梦》怎么获得这般独一无二的地位,我不免有“一言难尽”之感。但其真正原因也与“人为的”因素并无多大瓜葛。它是来自此书本身所包含的中华文化的最丰厚深刻的内容。它不是一个一般地讲讲什么“人物”“性格”“故事”“情节”的事情,从这里或许也可以略明一二吧。

这样认识问题,有什么意义呢?我看意义不小,至少可以增强人们对研究它的必要性与重要性，也可以开扩心胸，容许研究上的多角度、多层次、多方面、多方式、多流派，而不必忧心忡忡，总想把如此一个巨大丰富的对象“单一化”。

唐、夏之争是过去了，但事情并未“完结”，倒毋宁说它在某种角度上也开始了红学上的一个新章节。它将留下深远的影响。

三

浦安迪教授是邀请我到他们大学去讲《红》的发起人，也是最热情招待的东道主人之一。他在通信中就向我介绍了他的同事高友工教授的一篇论文，认为所论深为透辟。我拜读后，果然不差，很是佩服。这是一篇极高明的英文写成的文章，主题是“《红楼梦》中的抒情诗境”。说真的，不必读正文，只要一看这题目，我就如同居空谷而闻足音了。

高教授并不研治红学，他是中国诗歌方面的专家教授，不想他与《红》也结有因缘。等我到了普大，刚卸了行装，他就来看我。一见之下，好像故交——他对于拙著都很熟悉（兼指诗词方面），并且深通红学上的一切情况，就连新出不久的《红楼梦新补》，他竟然也已细读过，这真使我“大吃一惊”，暗服他的渊博，对红学的关注也就可见一斑了（附带一句话：他对《新补》有相当的正面估价，与国内的那么多的反对者认识不同）。

关于《红楼梦》的诗的表现手法与诗的境界，是雪芹独擅，与其他小说绝不相侔，这一论点是拙著中首先提出的。但是高教授的论点和角度，对我来说却是崭新的，教益很大的。这实在使我大为喜欢赞叹。

原来，高教授经过了宏观研究，发现中国的叙事文学从来罕有自传的机会与地位；所以传记大抵是传人，而不是传己。那么中国的自传性文学都归于何处了呢，这就落到了诗词上去。谁都无法否认，在中国文学史上，只有当诗人吟诗填词的时候，才是能够随意抒写自我的机会。在诗词中，作者写下了自己的经历、交游、生活、感受、心情、意境，所以只有中国的诗（都是抒情的）才是这个民族的自传文学。从这个论点来看，那么为什么只有《红楼梦》的诗的因素与气氛那般浓郁绝群，迥然不同于一般小说，正因为它的本质就是自传性作品！因此自然地与诗的联系或组合特别紧密。只有从这个角度去理解《红》书的抒情诗成分的高度浓度，即是它自传性的深度与实度。

这个论析，确如浦安迪教授所云，是十分精辟。迄今为止，还没有第二位学者曾经这样深入红学的堂室而得其奥秘。

说到自传性，这在中国一度是个特大问题。但在海外，这个命题已然是无可争议的事情了。例如，浦教授说，《红楼梦》的自传性是无可否认的。他并且列举了世界文学中自传小说的各种类型与它的特殊重要地位——是促进小说发展的重要一环；而现代日本小说中第一人称形式的自传作品几乎成了“基本形式”。夏志清教授则拿《儒林外史》中的杜少卿与贾宝玉作比较，认为一比之下，就看出吴敬梓写自己时，总是“摆姿势”给人看，真正的私生活是一点儿不敢面世的（尽管他在南京的花柳繁华生活中耗去资产之大部分），而曹雪芹则不然，他能解剖自我，把从外面到内心的一切，都如实地显示于读者。实在无比难得。

这都是一生致力于小说研究的首流学者的心得之见。难道他们的见解不足以使人折服吗？

如果我们能够拓展自己的视野与胸襟，多知道一些自己的和外界的情况，也许就不至于把大家公认的文学事实视为异端而如此大为惊怪。就是那些什么"《红楼梦》成于众手""石兄原著，曹雪芹后改"等奇谈，也就根本无人问津了。

浦教授还告诉我，他听说德国慕尼黑大学的一位教授写了一篇专文研讨《红楼》自传问题，问我见到了没有，建议向他联系。可惜我至今也未顾得上写信去。

四

到美国，一共在四座大学里讲过《红楼》，即威斯康星、普林斯顿、纽约市立、哥伦比亚大学。不想后来又受到亚美文化协会的邀请，又到纽约该会的夏令营大会上讲了一次。我因年老，耳目皆艰，本不愿多所奔波劳顿，但协会极为热情，三次电请，再不好说不往了。于是重莅纽城，作了一周的勾留。

会场设在纽约郊区的金氏大学（King's College），林峦优美，十分幽静宜人。那会的规模虽不算大，也就有一百多位出席者，纽市几大华语报纸，都有人到会。我国的总领事馆，也有几位莅会者。海峡两岸的学者、专家济济一堂，讲论两大方面的课题：一是城市环境保护，一是文学与社会。所讲大抵十分精辟，听者也聚精会神，深为感动。所以我对大会的人说，这个会真好，"比我想象的要好得多！"

我的赴会，心理上是很勉强的，我初受邀时就回复说："不行啊，我的这一行是古典文学，和会议不对口。”主持人萧女士却说完全都“对”。我又说，时间太紧凑了，赶不出论文可以提交呀。她说没关系。其时我正在台湾的《中国时报》和纽约的《中报》发表了一篇题为《〈红楼梦〉与中华文化》的文章，她说这就太好了，就讲它，你亲自来讲，又比看报好多了。就这么“赶鸭上架”地，我又飞到纽约城，心里却实在没有一点儿把握，认为讲的效果不会太理想。所以我说去得非常勉强，是真实不虚的。

不料事情竟大出意料——我的讲演，用一句“新闻辞令”来说，确是“受到热烈欢迎”！

这个受到热烈欢迎，由两点可以证明并非是我自己的错觉。其一是讲演的时间一再延长，在整个会上成为特例。那天下午我是第一个发言人，我为了不致妨碍下面的演讲，严守时间规定，一句不敢多讲，即告结束。这时，主席特再延长二十分钟，要我续讲。事后得知，香港中文大学哲学系的何教授，因是我在讲中恰好涉及了他要讲的某一点，遂表示不必复述，原意匀出十分钟来给我。盛意令人感动。这还不算，四个讲演结束了，本应休会，但主席见离晚餐还有一小时，又临时提议，并征得大家赞同，又要我再讲！

第二点证明是，会后晚餐时，很多同会的人士纷纷前来向我表示：“太精彩了！”“真是耳福不浅！”“您的讲演令人百听不厌！”大会主持人萧女士也说：“一听您讲，才真打动人，比看报纸大不一样。”从台湾著名作家李昂女士为始，又有很多人上来要拍合影，一时真是十分热闹。

这种种情景，我感到高兴，不易忘记。但我也十分清楚，这当然不是我个人的荣幸。我知道这就正是我想要讲的“《红楼梦》与中华文化”这个主题的重要性，是这个伟大的意义才使我的讲演受到海外众多与会者的鼓励。

看来，我既然写的是域外红情，当然要把这些情景告诉关心的朋友们。

五

有一天，在“梦多榻”湖边的“帆海思”楼里，演出了一场十分精彩的中国民族舞《黛玉葬花》。

“梦多榻”是麦迪逊的一个大湖，威斯康星大学的建筑，大抵坐落于湖边上。“帆海思”是其间最高的一座，东亚语文系就在此楼的第二层。这“葬花舞”因是由东亚学系举办的，所以这个格局别致的盛会就在十二层上展开。

事情的原委还得从程曦教授说起。他和我是燕京大学的同窗学友。后来他给陈寅恪先生做过助手，平生酷爱诗词曲，古今名句，背诵如流；今在“爱吾华”（IOWA）大学戏剧系执教。我们阔别数十春秋，他得知我再次旅居北美，偕夫人王菁棣女士驱车数百里，特来相会。那次是寒冬岁尾。这次则是时届芳春，因有前约，不辞辛苦，再来晤聚。但使我更高兴的是他因我在此，特意将他的助教傅女士陪来，要演“葬花舞”给我们看。

会场规模并不很大，观众主要是东亚学系的部分老师和同学们，外系的，只有经济系的赵冈教授，因是红学家，所以也出席了。

会场“地”上满饰着落花，“黛玉”淡妆清雅，珠缀云鬟，一派东方气息，她的优美精妙的舞姿，传达了丰富的感情，使全场人凝神叹赏，可谓得未曾有。

我坐在前排，确实被感动了，心情如同1980年在麦迪逊观看沈正霞女士演梅派京戏《葬花》完全一样。

演出开头由周策纵教授致辞，程曦教授讲解剧情背景意义，傅女士自己用示范动作介绍中国舞蹈特点，我们则被邀发表评论意见。——不消说，因为观众是美国学生，自然都是要用英语的。

美国的大学里，有这样的人才和文艺活动，实出我意想之外。我因此十分兴奋而又感慨。我们中华民族文化的这种精华，也成为美国高等学府里可以接触的一部分了。

我为此作了几首七绝，以志此日情景。程曦兄则于别后寄来七言长歌行一首，风华慷慨，才调不群，令人想起吴梅村——而此种诗才，在国内似乎也不多见了。所有这些，都是使我想用小文记一记这次盛会的原因。

六

古之圣贤尝说：“三人行，必有我师。”“十步之内，必有芳草。”四十年来，因研红而结识的学友到处皆有，深感古人之言不诬。那些自谦为“我是一个普通的《红楼梦》爱好者”们，常常提出极好的意见——好的思路，好的见解，好的启示，好的建议，他们的高明的程度，照我看来，实在比某些以“红学专家”自封自居的“知名人士”要胜强十倍。这在国内是如此；但在海外，情况是否相似？我本来是不敢妄断的。可是后来有很多好的事例，使我相信：海之内外，并无两样。

我记得是4月6日上午，在纽约市立大学讲毕，方往外走，即见台湾《中国时报》的杨先生（在普林斯顿大学刚认识的）陪同了一位女士前来相接，她因知道我到纽城，必欲一会，先驾车把我送回寓所，并约定午饭后再来接我聚谈。下午她准时而至，先陪我们游了几处街景，然后就在一个咖啡店小憩，共进点心甜食。这时便是她向我谈红学的一个好时机——因为晚上《中国时报》的许多位先生和她夫妇还要在山王饭店设宴相待。

虽然杨先生已向我说过她素喜《红楼》，所以慕名求教之意，我毕竟不敢估量她的“红学水平”到底如何。一谈之下，才使我大为惊讶，原来她对红学十分之精通，对诸家的主张与著作，无不了如指掌。她提出了几个问题，想听我的意见，这些问题全是红学上的关键的难度大的要害之点。真是“不可轻量天下士”，我不禁向她表示我的赞佩。

我还记得，在她关心的众多问题中，“靖本”的下落是一个。她听了我对她讲出了事情的全部经过和疑点之后，连连点首。人家是早有蓄疑在胸的，并没有为一些花言巧语所惑。

我们从此成了朋友。等到我二次访问纽约，曾到她府上叨扰，种种帮忙，临别时，夫妇二人还要驾车送到机场。

她告诉我，她母亲是《老残游记》作者刘铁云先生的孙女，排行“厚”字（现居台湾）；她自己还依外家的规矩排“德”字。她赠一部

《老残游记全集》给我。这真是一种深有意味的纪念品。

七

1980年6月，第一次去美时，由中国香港起飞，到东京，在东京稍停，直抵芝加哥，是为入境之地点。由芝城再换一个小飞机，就到威州首府麦迪逊了。

横渡太平洋的飞机大得很，舱腹像个小电影院。乍一登上小飞机，局促之感逼人。刚一找着座位，还未坐稳，同行的便又把我推上“第一线”——他们不会英语，遇上洋人很紧张，说：那位美国先生要和你谈话。我只好又换到与那位美国人较近的座上。一谈之下，我刚告诉他我们是从中国来，到威斯康星大学去开一个学术会议，他听了马上就问：是不是讨论《红楼梦》？跟着他又提王国维的《红楼梦评论》……

说真的，我当时实在惊奇异常，大出意外。

这一回赴美，路线不同，乃是由中国上海直飞旧金山。一下飞机，便到移民局办事台验证入境。只见一位年纪较长的官员，身量不高，慈眉善目，和蔼近人，他一看我的护照，便向我说：是不是研究《红楼梦》的？我答说是，并告诉他我此来的原委，我的身份和目的，他听了，露出了很高兴的神色，对我说，吴晓铃教授刚来过。还说，是谁写了一本书，专门讨论《红楼梦》末四十回续书的问题。他一面忙着看证件，签署，盖印，一面问：“有名片没有？希望留一张。”我女儿从行囊中取出，给了他，他伸出手来和我们热情握手，礼数有加。我们推着大批的行李（车），顺利地出了机场——已望见有两位美国朋友在迎候了。

我再次体会到美国人对学术和学者的尊重和敬重，使我深受感动；但是我更惊喜的是《红楼梦》的声誉之流传海外，竟然远远超出我的想象。

我到了麦迪逊，草草安顿下来，才能设几捉笔，便写下我到美之后的第一首诗，记下我这次所遇到的第一位美国人：

身才着陆眼谁青，相见浑如识姓名。
道得红楼好研索，方知芹韵满寰瀛。

八

我在几所大学里讲演红学时，中心课题是《红楼梦》的结构学。这个题目，普林斯顿大学的浦安迪、哥伦比亚大学的夏志清两位教授尤见击赏。浦先生办公室墙上挂着一幅大观园图，临别前，特将这园图的照片送给我，背面有题记，中言："谨致我最好的祝愿和最大的敬意！"夏先生送我一册《四海集》，题记里有"……是'红迷'，亦'周迷'也"的谬奖之言。后来纽约《中报》的《东西风》副刊版，发表了我写的关于"《红楼》结构学"的文章，一共三篇。

红学的这个新支专学，似乎以前未曾有人着重提出，当作一门专学来看待。哈尔滨国际红学会上，我提交了一篇题作《曹雪芹独特的结构学》的论文，这似乎是第一次正式提出了这支新专学的含义与意义的事例。我这些年的新论点新著作在国内报章刊物上得到齿及的极罕，知道的人不多。国外有教授向我说："您怎么没有参加哈尔滨的会？"我说："怎么没参加？我去了的。"他说："不对吧？我见某刊物刊发一篇文章报道哈尔滨国际红学讨论大会的概况，根本没有一个字提到您。我很感奇怪，这是什么缘故？"我只好报以一笑，无话可答。既然我不被齿及，当然结构学的事更不会提到了。可是，浦教授当时就非常注意（他有一天晚间到我屋来看我，因澳洲的柳存仁老先生正在与我长谈直至午夜，所以未能讨论）。到今春，他来信邀我去讲《红》时，我本来另拟了一个讲题的。但他表示"不满意"，一定要我去讲结构学。

讲坛设在"壮思堂"——美国大学里竟有中国字题名的讲堂，这是我不曾意想到的。这次听众人数之多，反响之大，在几次演讲中恐怕都是要数第一的。

刚一讲完，还未离开讲坛，只见一位女士从座中直走上前来，问我说："您还记得我吗？"看时，我才想起这是余珍珠女士，1980年曾在首届国际红学会上相识，我曾作了特别发言赞赏她的论文的见解。如今她是因为看见了我要来普大讲《红楼》结构学的"告白"，特意赶来的。她向我索要我提交"哈红会"的那篇文章。后来我寄给了她。

看来，海外对学术的认真讨究，对新论点的重视，都使我有所感触，觉得在那边似乎令我得到的鼓舞很大，那边的门户之见的复杂关系较少。一位教授对我说："学术当然也要有竞争性，但是妒能嫉贤，专靠'打倒'别人以'树立'自己的事，是得不到人们的尊敬的。受尊敬的是能拿出点儿真东西来。只有这才能竞争，才能算数。比方您提出了结构学的新观念新内容，就是贡献；某人可以不同意您的论点，但是他必须承认您是有创造性的，我们重视的就是ORIGINALITY（创见）！"

我听了，觉得这确是学术发展的一种必要的条件。

九

在海外谈《红》，有两个问题常常向我提出：一是“毛泽东为什么爱读《红楼》？你研究红学是否受他的影响？”这种问题总是来自美国学者。二是“你和胡适的关系都是怎么样的？”这种问题则大抵来自居美华人。

对于前一个问题，我的回答是：“毛先生为什么喜欢读《红楼》，特别是 1953 年以后，更是时常提到《红楼梦》，这确实是一个耐人寻味、值得深究的文化学术课题，恐非数语可了。回答此一提问，需要先作研究，此刻不能以妄揣来充数。至于我之研《红》，并不是受了他的影响，我开始这个工作是三十年代的事，早得多呢。”

对于后一个提问，我的回答也不复杂：我在 1947 年写了一篇考证曹雪芹的文章，发表后胡先生见了，主动写信给我，由是建立了学术讨论的关系。后来，我向他借阅“甲戌本”，这是一个非常冒昧的请求，竟蒙慨允。对此我深为感动，因为那时他地位声望甚崇，我是一个未曾识面的学生，把一部极珍贵的古钞本借给我，一点儿也没有疑虑，这是罕见的事例。他并非不重视这部最古的《石头记》，因为当他离开大陆时，所携书籍只有两种，而此本竟居其一。可见这种孤本秘笈在他心目中的价值何似了。

再后来，我向他提出：亟应校勘整理一部接近雪芹原貌的真《红楼》，而莫再提倡那种极糟糕的篡改本程乙本了。这下子惹得他不太高兴了，因为我批评了他，说他只知道一条道理：只要是“白话”就好；《红》书被妄人乱改，越改得“白话化”了，就越“好”，这实在是一种成见偏见和浅见（实质大意如此，措辞当然委婉一些）。由此，我们的见解开始有了更大的争执。由于他提倡程乙本，为之作序，让“亚东”重排新版印行，风行天下，流毒之酷，达数十年之久，我一直与这个坏本子争而不让。直到1982年，在国内这才争出一个“新校本”来，才算打破了程乙本的垄断，我们才有了较好的《红楼》本子可读。所以要谈“关系”，一是我始终感谢他慷慨借书的高谊，二是对他的“白话一定便是好的”的见解持批评态度。

还有一点也很有趣。我到美国之后，才看到《胡适口述自传》，其中把“新红学的建立”列为很醒目的一章。这可见他自己对此是十分得意的一桩大事。

但当我细看时，却发现一点意外的情况；他自己在叙述早年考《红》的贡献时，里面竟包含着并非他自己的见解。最显著的就是他不再提“雪芹若生的太晚，就赶不上繁华了”和“坐吃山空”“自然趋势”了，相反，他列上了曹家与皇室的密切关系，曹家在江南的文化经济使命和作用，曹家的败落是由于雍正夺位争斗中沾带了政治干系等一连串要点。

熟悉红学史的人都会知道：以上这些历史事实，都远不是胡先生那个时期所能考知和理解的，那是三十年以后的研究成果了。胡先生实际是倒填了历史年表。

当然，胡先生如此做法绝不是偶然之缘故。这一现象，其中颇有值得探索的内涵。如果有谁认为这是胡先生“剽窃”，那未免太浅之乎视之了。

某地方有一轻薄文人，曾著书立说，把我说成是“胡适关山门的弟子”，并且还加上了许多胡言乱语，肆口狂云。而这只说明他对历史真实全属无知。这原不值得提起，但我一细想时，在海外有些人士注意询问我与胡适的“关系”，或不免受过那种妄人妄语的欺蔽。自然，一听我告诉他全部经过之详细情形时，就恍然而粲然了。

写于丁卯立秋日

“红楼梦”解

《红楼梦》本来不叫“红楼梦”，只叫《石头记》。“红楼梦”，原只是小说第五回中的一套曲子的名称。当宝玉初会警幻时，警幻就告诉他说：“此离吾境不远，别无他物，仅有自采仙茗一盏，亲酿美酒一瓮，素练魔舞歌姬数人，新填‘红楼梦’仙曲十二支，试随吾一游否？”及至宝玉享用了“千红一窟”“万艳同杯”之后，十二个舞女乃上来请问演何词曲，警幻吩咐：“就将新制‘红楼梦’十二支演上来。”随后又命小鬟取了“红楼梦的原稿”来以便宝玉照词听曲。——这套曲子的第一支，就叫《红楼梦引子》，有云：“趁着这奈何天、伤怀日、寂寞时，试遣愚衷。因此上演出这怀金悼玉的《红楼梦》。”因此，这回的回目就作“开生面梦演红楼梦，立新场情传幻境情”（甲戌本）；又作“游幻境指迷十二钗，饮仙醪曲演红楼梦”（庚辰本）。这意思，十分清楚。

《红楼梦》十二支曲（实际连开头的引子带最末的收尾，共十四支），概括了十二钗的身世经历——这一点也十分明显，因此若把它移借为全书的一个总名，当然也还凑合，但是已将全书的广阔面大大地缩小了。但是不久就有人正式提出这个办法来：甲戌本第一回正文明言：“空空道人……改‘石头记’为‘情僧录’；至吴玉峰，题曰‘红楼梦’……”而同书卷首凡例第一条亦标为“红楼梦旨义”，说“红楼梦，是总其全部之名也”。——虽然如此，这条“旨义”末后也还是说：“至‘红楼梦’一回中，亦曾翻出金陵十二钗之簿籍……”仍旧把“红楼梦”用为那一回的专名，未离本义。

俞平伯先生主张：“红楼梦”是“大名”，“石头记”是“小名”；“曹雪芹计划中的全书，从开头到结尾，每一个字都是‘红楼梦’。如开头有‘题诗’‘缘起’或叫‘楔子’，结尾或者有‘馀文’‘跋识’等，都在这‘红楼梦’大名的范围以内。‘石头记’却不然。各本都有‘按那石上书云’一句……自此以下‘当日地陷东南……’云云才是‘石头记’的文字。”“‘石头记’好比一个小圈子，‘红楼梦’好比个大圈子，小圈包括在大圈之内……”（以上皆见其《影印脂砚斋重评石头记十六回后记》）我的意思正相反：“红楼梦”，只是“石头记”中的情节，只能包在其内，绝不能说“石头”之“记”的始末根由却反过来被包在

“‘红楼’一‘梦’”之中。

我们今天所能见到的曹雪芹著、脂砚斋评的小说旧抄本，毫无例外地都标名为《石头记》，直到近年在山西发现的一部“甲辰菊月（乾隆四十九年九月）”梦觉主人序本，才把全书题作“红楼梦”（这本子的文字开始接近程本）。乾隆五十九年周春作《阅红楼梦随笔》，又说明在乾隆五十五年，他的朋友买到两部抄本，一部八十回，名叫《石头记》；一部一百二十回，名叫《红楼梦》。可见彼时程刊“全”本尚未印行，已然先以抄本的形式流传了，而且正式采用了“红楼梦”一名。自从程本出来，“红楼梦”三字遂全取“石头记”而代之。不过，新中国成立后商务印书馆的重印本，仍用《石头记》一名，这在《红楼梦》版本史上是应该提起的。

就“红楼梦”和“石头记”两个名字本身来说，那“意味”和“气味”上的分别也是很大的。前者，毕竟是“文绉绉”得多。作为专门要用“假语村言”来写的小说，取上这般一个文文气气的名字，细品起来，就越品越觉得不甚对头，因为它们并不“合套”；倒是“石头记”三个字，显得平实、谐调，和通俗小说的体例更能配合得好。当日脂砚斋和曹雪芹两个最后决定正式定名仍用“石头记”，完全有其道理和意义。

既然如此，那么为何后来还是“红楼梦”一名占得上风，几乎取“石头记”而代之呢？这就要追溯此书最初出世时的流传情况并由此来看问题。鲁迅先生见得最是，他说：“明季以来，世目《三国》《水浒》《西游》《金瓶梅》为‘四大奇书’，居说部上首，比乾隆中，《红楼梦》

盛行，遂夺《三国》之席，而尤见称于文人。唯细民所嗜，则仍在《三国》《水浒》。”这话对极了。《红楼梦》得以在细民之间流行，首要是靠曲艺的“段子活”的宣传、媒介的作用；那时细民的一切条件，想直接接触这部小说，还十分困难，所以实际上《石头记》初期确是“掌握”在一班文人的手里。而文人的习气，我们是不生疏的，他们就是重“雅”轻“俗”，以为“红楼梦”总比“石头记”要“雅”得多，于是取前者而舍后者，这是非常自然的事情。梦觉主人序本和程本之所以定名为“红楼梦”并由此而沿袭下来，没有别的，就是由于这一点原因而已。可惜他们是不能了解芹、脂二人的用意的。“红楼梦”三字作为书中一套散曲的名称，完全好，无可褒贬，而移作一部通俗小说的名字，就不那么值得赞美了。

“石头记”，这名字还待讲解吗？——这本身就说明了它的优点。“红楼梦”就不然——这也证明了我上文指出的“文绉绉”的提法大致不错。

“红楼梦”，到底是什么意思呢？问题主要在“红楼”上。还是借重那位梦觉主人的话吧。他说：

> 辞传闺秀而涉于幻者，故是书以“梦”名也。夫梦曰“红楼”，乃巨家大室儿女之情，事有真、不真耳。红楼富女，诗证香山；悟幻庄周，梦归蝴蝶：作是书者藉以命名，为之“红楼梦”焉。

他把“梦”字义归之于庄子的“梦蝶”寓言，是否能得作者原意，姑待下文再谈；若单就“红楼”一词而言，他的解释却是不错。

所谓“诗证香山”云者，是指唐代诗人白居易在他的《秦中吟》第一篇《议婚》中曾写过“红楼富家女，金缕绣罗襦；见人不敛手，娇痴二八初”的话，这和“绿窗贫家女，寂寞二十余；荆钗不直（值）钱，衣上无真珠”是对举对比的。《鸿鸾禧》这出旧戏，不是身为乞丐头儿之女的金玉奴一出台口，就念“生长在贫家”和“绿窗春寂静”的定场诗吗？那贫家“绿窗”正是富家“红楼”的“对面”了。

所以，“红楼”就是富家闺阁的意思。

“红楼”是什么时候起就成为富贵人家闺阁绣楼的代词和专称了呢？我还说不确切，也许六朝、隋唐时期已然流行这种用法了。唐代大诗人李白（或作王昌龄）曾说：“美人一笑褰珠箔，遥指红楼是妾家。”可为白居易诗作一佐证。不过，那种美人是“良家”与否，尚在两可之间，单看《酉阳杂俎》所记：“长乐坊安国寺红楼，睿宗在藩（还没做皇帝时）舞榭。”则红楼亦可为歌伎所居之处。再看看白居易“到一红楼家，爱之看不足”的句子，益见红楼在当时不过统指绮罗脂粉的住处，可以是良家，也可以是狭斜之所在了。其实，“红楼”与“青楼”两词，在最初毫无分别，青楼原来也是富贵人家所居，后来才变为冶游场所的专用词，而“红楼”，到清初的文学家还用为歌楼舞榭之称。如孔尚任作《桃花扇传歌》一折《秋夜月》曲子：“深画眉，不把红楼闭。长板桥头垂杨细，丝丝牵惹游人骑。将筝弦紧系，把笙囊巧制。”就是对“红楼”用法的佳例。

曹雪芹用“红楼”，则并无此意，所以说梦觉主人以“红楼富家女”

而“诗证香山”的讲法是对的。

至于“楼”，本训是“重屋也”，就是“屋上架屋”的重叠式建筑，这意思至今未变，原用不着多讲；但是“红楼”的楼，却不必拘看，认为一定是至少两层的“楼房”。正如习惯上称富家女子的住处为“绣阁”“绣楼”是一样，不一定要我们分辨平房楼房，不过是有如刘姥姥说宝玉的怡红院卧室“这是哪个小姐的绣房，这么精致？我就像到了天宫里似的”那一种情况。也正如“楼台殿阁”，本是四种不同的建筑式样，而在一般语言里，那分别并不是永远都很严格——我记得《西游记》里好像就有“一座楼台殿阁”的语式，可作参考（这有点像径把“诗词歌赋”泛指“韵文”一样了）。附带提一下，在翻译家把“红楼梦”译成欧洲语的时候，译“楼”字大多用 chamber 一类字，那意思是较精美的房间。翻译家用不着特意强调“重屋”一义，倒是正好；只不过 chamber 之类局势又忒小些了，传达不出原文“楼”字的气派、气象和格局了（因为“楼”完全可以指一整所居宅，而不是一间屋子）。

“楼”非“红”不足以为“富贵”者，大概和汉代以来贵族大官重用朱红色的风气有关，如“朱门”“朱轮”“朱邸”“朱户”等皆是。白居易在另一组名作《新乐府》中有《两朱阁》篇，说：“两朱阁，南北相对起；借问何人家：贞元双帝子。……”正是说两位公主的旧宅，而“朱阁”也正就是“红楼”的同义异词。诗中又有“第宅亭台”“妆阁妓楼”等语，更可为“红楼”的局面作写照。

这种朱红为上色的风俗，也许可以从北京的那种高大雄伟的故宫殿屋墙垣和无数的庙宇建筑物的红颜色去寻求遗迹和“遗味”。不明白这些关系来历，“红楼”将成为一个不可理解的东西。外国的《红楼梦》读者看到“一间红色的房间”的译文时，真不知他们作何感想？——据我想象，多半是有点莫名其妙的吧。

那位乾隆年间的梦觉主人解“红楼”两字是解对了，可是他解“梦”字的说法却要商酌。所谓“悟幻庄周，梦归蝴蝶”，应该是指《庄子·齐物论》“昔者庄周梦为蝴蝶，栩栩然蝴蝶也：自喻适志与，不知周也。俄然觉（睡醒），则蘧蘧然周也。不知周之梦为蝴蝶与？蝴蝶之梦为周与？周与蝴蝶则必有分矣。此之谓物化”那段话。这样讲“红楼”之“梦”，与曹雪芹本意并无直接交涉，只是“梦觉”主人自己的意思罢了。

其实，要想注解曹雪芹之所谓“梦”，不管引庄子哪一段话，到底都还是有些迂阔；要追寻这“梦”字的用法的真正来历，恐怕不能忘掉唐人传奇小说的《枕中记》和《南柯记》，以及从这里演变而来的明人汤显祖的《邯郸梦》和《南柯记》；而在他著名的“临川四梦”之中，连《牡丹亭》这一本曲剧亦其一“梦”。曹雪芹取出“红楼梦”这个套曲题目，显然和“四梦”有较为直接的渊源关系。

话再说到翻译的问题上来：“红楼”译成“一间红色的屋子”，已然令人莫名其妙；而“梦”呢，势必又要译成 dream。但这个外国字，其含义往往是尚未见实现的“梦想”“迷梦”“美梦”的意思，和汤、曹等作家所指的醒了的“梦”正好相反。不难想象，如果是我们看到“在一间红颜色的屋子里做美梦”这样一个书名字的时候，那我们会起什么样的感想和猜想呢？——所以，当一位外国读者若可能体会到“红楼梦”

原名和那个译名之间的区别是多么巨大悬殊，他也要啼笑皆非吧？

说到这里，可见就是从翻译的角度来讲，也以“石头记”为更好，比方，如果书名译成 A Tale of the Stone，不是就丝毫不致引起那种令人啼笑皆非的误会了吗？

本文目的只在解释“红楼梦”一名。至于此名相沿已久，海内海外，都已周知；把道理讲讲，是必要的；倒也没有主张改掉“红楼梦”、恢复“石头记”的意思。

末后，再附带一谈。“红楼梦”这三个字，是曹雪芹自创新词呢，还是承袭旧语？这个问题，一时还不好决断。就我所知，明、清两代，诗中用过“红楼梦”三字的，不止一个。明末谈迁著《枣林杂俎》，其“丛赘”类中一则，记嘉兴朱仲莪嘲尼七律诗，末二句云：“一心未绝红楼梦，春夜犹思醉管弦。”可知至晚到明代，已有“红楼梦”三字连文之例，而其含义是指豪华欢乐的事情。

讨论“红楼梦”三字来历，得李化吉先生提示：《唐诗纪事》卷四十九，载蔡京《咏子规》七律诗，中二联云：“愁血滴花春艳死，月明飘浪冷光沉。凝成紫塞风前泪，惊破红楼梦里心。”雪芹取义，或与此有关。李先生并为指出，张问陶赠高鹗诗，适亦用“紫塞”“红楼”对仗，似可参看。亟为补记于此。按蔡京，晚唐诗人。初为僧，令狐楚劝之学，后第进士，官御史，谪澧州刺史，迁抚州，《全唐诗》收其诗于卷四七二。此一线索，至堪宝贵。

到清代，翁方纲的《复初斋诗集》里又出现过一例。其卷八《药洲集》七，《赋得护花铃二首》之一，起云：“绿树歌翻未动尘，红楼梦又静生因。”（下文云“卷帘倒卧午醒人”，诗意不过是说护花铃惊动红楼人午睡）此诗作于辛卯初春，即乾隆三十六年年初。其时曹雪芹逝去不过七年，《红楼梦》仅有抄本流传，而且还不叫《红楼梦》，只名《石头记》。则翁氏此诗，恐怕只是字面偶合，未必与小说名称有什么关系。

稍晚，则有孙星衍，在《芳茂山人诗录冶城遗集》的《口占赠庄公子逵吉》诗中，又有“青山丝竹红楼梦”一例。此义与翁句不同，与曹雪芹的取意倒有一点相近。这是否已然受到了这部小说名称的影响和启示？可以研究（满洲女诗人西林春的《天游阁诗》有“红楼梦未醒”之句，这样的例子，已经较晚了，故不在论内）。

从这些迹象看来，还难说曹雪芹用这三个字作为一套曲子的名称，是采自他人的旧语。大约伟词还是出于自铸的。

附说：

过去有人曾提出，《红楼梦》与明末张岱的《陶庵梦忆》有些许关系，我看未必尽然。但张岱与雪芹亦有可以对看之处。他的《琅嬛文集》卷五有一篇《自为墓志铭》，节录一段，以资比照：

蜀人张岱〔按岱为山阴人，此盖指祖籍〕，陶庵其号也。少为纨绔子弟，极爱繁华：好精舍，好美婢，好娈童，好鲜衣，好美食，好骏马，好华灯，好烟火，好梨园，好鼓吹，好古董，好花鸟，兼以茶淫橘虐，书蠹诗魔，劳碌半生，皆成梦幻。年至五十，国破家亡，避迹山居，所存者，破床碎几、折鼎病琴与残书数帙、缺砚一方而已。布衣蔬食，常至断炊。回首二十年前，真如隔世。常自评之，有七不可解：向以韦布而上拟公侯，今以世家而下同乞丐，如此则贵贱紊矣。不可解一。产不及中人，而欲齐驱金谷；世颇多捷径，而独株守于陵，如此则贫富舛矣。不可解二。以书生而践戎马之场，以将军而翻文章之府，如此则文武错矣。不可解三。上陪玉皇大帝而不谄，下陪悲田院乞儿而不骄，如此则尊卑溷矣。不可解四。弱则唾面而肯自干，强则单骑而能赴敌，如此则宽猛背矣。不可解五。夺利争名，甘居人后；观场游戏，肯让人先？如此则缓急谬矣。不可解六。博弈摴蒱则不知胜负，啜茶尝水则能辨渑淄，如此则智愚杂矣。不可解七。有此七不可解，自且不解，安望人解？故称之以富贵人可，称之以贫贱人亦可；称之以智慧人可，称之以愚蠢人亦可；称之以强项人可，称之以柔弱人亦可，称之以卞急人可，称之以懒散人亦可。学书不成，学剑不成，学节义不成，学文章不成，学仙、学佛、学农、学圃，俱不成。任世人呼之为败子、为废物、为顽民、为钝秀才、为渴睡汉、为死老魅也已矣。初字宗子，人称“石公”，即字石公。好著书……

为了研究曹雪芹这样一位作家，我也曾留意看看，在他以前，是否有类似的人物出现过，结果是很难找得到，而觉得像张岱的这种自叙为人，也许是最为相近了，因此以为值得研究他们之间的某种关系。当然，所谓相近，也只能是从某一个意义上来讲，不是说他们就完全是一回事了。不过在明清之际出现了张岱这一流人，对

“贵贱”“贫富”“尊卑”“缓急”“智愚”等传统观念，一概都弄得颠倒反“常”起来，这极像脂砚斋批《红楼梦》中人物宝玉时所说的那种无以名之、前无先例、不可理解的人物性格。所谓“说不得善，说不得恶”“说不得贤，说不得愚”；所谓“其宝玉之为人，是我辈于书中见而知有此人，实未目曾亲睹者；又写宝玉之发言，每每令人不解；宝玉之生性，件件令人可笑。不独于世上亲见这样的人不曾，即阅今古所有之小说奇传中，亦未见这样的文字。……”我们怎样来看待这些当时人自以为不可解的现象呢？如果以为只不过是事出偶然，例有巧合，那是否能成为令人满意的比较合乎科学的解释？所以我觉得，在明清年代，出现这一流人物的原因，还是应从当时的社会经济基础的发展变化上去找寻。这实在是不同于以前所有的那些人物类型了（如有人举宋词人晏几道来和曹雪芹作比，等等）。我觉得这也不能拿作者的想象或理想化来解释（以前的人为什么就不能同样想象或理想化），这只能是社会生产关系中逐渐发生新的因素的必然反映。

至于张、曹之间，同为“纨绔子弟”，同为“败子”“废物”，为世人笑骂，但他们二人又不尽同。张岱表现的，主要是“易代”“隔世”、追怀已逝种种如同一梦的那种幻灭空无的思想情绪。曹雪芹即不然。他比张岱，对世界、对人生、对社会，有他自己的独特的看法和主张，哲学意义上深刻得多了。张岱除了罗列旧梦，看不出他的很多的思想特色。而曹雪芹的主要光芒是思想的光芒。他对封建社会有全面的深刻的不满看法，但又不是停留在暴露黑暗上。他的作品有主张，有光明;《红楼梦》不是一部《陶庵梦忆》，也不是一部《官场现形记》。其间的区别是重大的、重要的。

因此，理解“红楼梦”一名的意义，单是训诂、注疏、征典数故，是不行的；还必须结合上面所述的这一层要义来体认问题。

图书在版编目（CIP）数据

梦解红楼 / 周汝昌著. 周伦苓整理. —北京：中国工人出版社，2017.6
ISBN 978-7-5008-6719-7

Ⅰ.①梦… Ⅱ.①周… ②周… Ⅲ.①《红楼梦》研究—文集 Ⅳ.①I207.411-53

中国版本图书馆CIP数据核字（2017）第130531号

洋葱 STUDIO

智识 | 趣味 | 无用之魅

梦解红楼

出 版 人　芮宗金
责任编辑　宋　杨
责任校对　董春娜
责任印制　黄　丽
出版发行　中国工人出版社
地　　址　北京市东城区鼓楼外大街45号　邮编：100120
网　　址　http://www.wp-china.com
电　　话　（010）62005043（总编室）
　　　　　（010）62005039（出版物流部）
　　　　　（010）62379038（社科文艺分社）
发行热线　（010）62005049　（010）62005042（传真）
经　　销　各地书店
印　　刷　三河市东方印刷有限公司
开　　本　880毫米×1230毫米　1/32
印　　张　13
字　　数　283千字
版　　次　2017年10月第1版　2019年11月第3次印刷
定　　价　48.00元